BASTEI
LÜBBE

David Leavitt

Nachtmusik mit einem Fremden

Roman

Aus dem Englischen
von Michael Kubiak

BASTEI LÜBBE

BASTEI LÜBBE TASCHENBUCH
Band 14 199

Erste Auflage: April 1999

Sie finden uns im Internet unter
http://www.luebbe.de

Originaltitel: The Page Turner
Originalverlag: Houghton Mifflin

Lektorat: Annerose Sieck
Titelbild: Archiv für Kunst und Geschichte, Berlin
Umschlaggestaltung: Gisela Kullowatz
Satz: KCS GmbH, Buchholz / Hamburg
Druck und Verarbeitung:
Brodard & Taupin, La Flèche, Frankreich
Printed in France
ISBN 3-404-14199-7

Der Preis dieses Bandes versteht sich einschließlich der gesetzlichen Mehrwertsteuer

Für Mark Mitchell

Vieles von dem, was ich über Rom weiß – und vor allem über das alte Pasquino-Theater – verdanke ich Louis Inturrissi (1941–1997), in dessen Schoß eine Katze gelandet ist, nachdem sie vom Himmel fiel.

Warum können die Menschen nicht haben, was sie sich wünschen? Die Dinge waren da, so daß jeder zufrieden sein konnte. Trotzdem hat jeder das Falsche.

– Ford Madox Ford, *The Good Soldier*

EIN OHRWURM

1

»Paul! Laß mich deine Schleife richten!«

Plötzlich stand seine Mutter bei ihm und fummelte an seinem Hals herum.

»Mutter, bitte, meine Krawatte sitzt richtig ...«

»Ich will nur den Knoten festziehen, Liebling, du willst doch nicht, daß du bei deinem Debüt einen lockeren Krawattenknoten hast ...«

»Das ist nicht mein Debüt.«

»Wenn mein Sohn auf einer Bühne vor zweitausend Menschen sitzt, dann betrachte ich das als ein Debüt. So, das ist schon viel besser.«

Sie trat ein Stück zurück und strich mit ihren schlanken Fingern seine Revers glatt. Dabei war ihr Gesicht zum Küssen nahe. Er konnte die Krähenfüße unter ihrem Make-up erkennen, atmete den süßen, Coca-Cola-ähnlichen Duft ihres Lippenstifts ein und roch den Kaugummi in ihrem Atem.

»Das reicht jetzt, Mutter.«

»Nur noch eine winzigkleine Korrektur ...«

»Ich sagte, es ist gut so!«

Paul schlängelte sich an ihr vorbei und eilte durch die Seitenkulisse dorthin, wo Mr. Mansourian, der Impresario, ihn schon erwartete.

»Schön, schön, schön«, sagte Mr. Mansourian, »du bist sicher der bestaussehende Blattumwender, den ich je gesehen habe. Komm schon, ich stelle dich Kennington vor.«

»Viel Glück, Liebling!« rief Pamela beinahe traurig. Sie winkte Paul zu und zerknüllte ein Papiertaschentuch in der Faust. »Hals und Beinbruch! Wir sehen uns nach dem Konzert!«

Er antwortete nicht. Er war außer Hörweite, außerhalb der Kulissen, hinter denen das Stimmengemurmel des Publikums zu hören war.

Mr. Mansourian führte ihn eine steile Treppe hinauf und durch nüchterne Korridore zu einer Garderobe, an deren Tür er dreimal energisch klopfte.

»Herein!«

Sie gingen hinein. Vor den Spiegeln saß Richard Kennington, der berühmte Pianist, in einem Plastiksessel, die Frackschleife ungebunden um den Hals. Er trank Kaffee. Isidore Gerstler, der berühmte Cellist, aß aus einem Karton einen mit Zimt bestäubten Doughnut. Maria Luisa Strauss, die berühmte Violinistin, drückte gerade eine Zigarette in einem Aschenbecher aus, der bereits von lippenstiftroten Stummeln überquoll. Ihr Parfüm, üppig und schwer, ließ einen unvermittelt an einen Harem denken. Trotzdem gab es in dem Raum nichts Weiches, keine persischen Teppiche. Statt dessen waren da nur Glühbirnen, die den Gesichtern der Musiker eine gelbliche Intensität verliehen.

»Guten Abend, Leute«, sagte Mr. Mansourian und schloß hinter sich die Tür. »Richard, ich möchte dir Paul Porterfield vorstellen, deinen Blattumwender.«

Zögernd drehte Kennington sich in seinem Sessel. Er hatte dunkles, glattes Haar, kurze Koteletten und kirschholzfarbene Augen. Feine Linien durchzogen sein Gesicht, das ein wenig wettergegerbt wirkte. Es sah nicht richtig alt aus, sondern nur älter, als die Photos auf seinen CDs andeuteten. Zufälligerweise besaß Paul alle acht Kennington-CDs.

Kennington lächelte. »Es ist mir ein Vergnügen, dich kennenzulernen, Paul Porterfield«, sagte er und streckte ihm die Hand entgegen.

»Danke, Sir«, erwiderte Paul und ergriff vorsichtig

die Hand. Schließlich hatte er noch nie Gelegenheit gehabt, etwas derart Wertvolles anzufassen. Und doch fühlte sie sich nicht anders an als eine ganz gewöhnliche Hand, dachte er. Und nichts in Kenningtons Händedruck vermittelte Paul den Zauber, der sich entfaltete, wenn er an einem Klavier Platz nahm.

»Es ist mir eine Ehre«, fuhr Paul fort. »Ich war schon immer einer Ihrer größten Bewunderer.«

»Es ist sehr nett, daß du das sagst. Darf ich dich mit meinen Mitstreitern bekanntmachen?«

Isidore Gerstler, der immer noch mit seinem Doughnut beschäftigt war, winkte nur. Aber Maria Luisa Strauss zwinkerte Paul zu, schüttelte ihr langes schwarzes Haar und spielte mit einem goldenen, ägyptischen Kreuz, das zwischen ihren mit Sommersprossen übersäten Brüsten hing. »Ich habe noch nie einen so elegant gekleideten Blattumwender gesehen«, sagte sie.

»An was arbeitest du gerade, Paul?«

»Zur Zeit an der *Kreisleriana*. Meine Lehrerin ist übrigens Olga Novotna. Sie bat mich, Sie von ihr zu grüßen. Und für mich alleine studiere ich Webern. Miss Novotna hat für Webern nicht viel übrig, deshalb ...«

»Die gute alte Olga Higginbotham! Ist sie noch nicht tot?« ergriff Isidore Gerstler das Wort.

»Nein, Sir, das ist sie nicht.«

»Kessler schrieb seine Zweite Sinfonie für sie«, sagte Maria Luisa Strauss. »*Sie* ist die ominöse O.«

»Ich habe nie verstanden, weshalb sie ihren Namen geändert hat«, sagte Kennington. »Ist denn ein amerikanischer Name nicht gut genug? Naja, wir sollten lieber mal das Programm durchgehen. Hol dir einen Stuhl.«

Paul gehorchte. Braune Ringe verunzierten die

lackierte Tischplatte, die leer war bis auf einen Stapel Notenblätter, ein Brillenetui und einen Plastikbeutel, der anscheinend Strickzeug enthielt.

Kennington schlug die erste Partitur auf. »Also, wir fangen mit dem Tschaikowsky an …«

»Eine wundervolle Wahl, Sir, wenn ich das sagen darf.«

»Es freut mich, daß Sie damit einverstanden sind. Oh, wir spielen bei den Variationen die Standardversion.«

»In Ordnung.«

»Dann, nach der Pause, kommt der *Erzherzog*. Dort dürfte es keine Probleme geben. Und wenn das Publikum brav ist und wir bereit sind, noch eine Zugabe zu spielen, dann ist es das Andante aus der Schubert B-Moll. Ich nehme an, du kennst die Schubert B-Moll …«

»Ich besitze Ihre Aufnahme von 1983 mit DeLaria und Miss Strauss.«

Miss Strauss lächelte.

»Du hast wirklich deine Hausaufgaben gemacht«, sagte Kennington. »Es kommt nicht oft vor, daß ich einen so versierten Blattumwender kriege. In Ravenna hatte ich mal eine alte Dame namens – du wirst es nicht glauben – Signora Mozzarella. Erinnerst du dich noch, Joseph? Reizend, aber völlig konfus.«

»Signora Mozzarella ist in der Heimat Dantes eine Legende«, stellte Mr. Mansourian fest.

»Ich glaube, Blattumwenden ist auf seine Art auch eine Kunst«, fuhr Kennington fort. Dann, nachdem er aus seiner Tasse einen Schluck Kaffee getrunken hatte, brach er – zu Pauls tiefem Bedauern – diesen Gedankengang ab. »Nun, ich glaube, ich bin bereit. Tushi, bist du soweit?«

»Ja, Richard.«

»Izzy – bereit?«

»Ja, Richard.«

»Waren alle austreten?« fragte Mr. Mansourian.

»Autsch. Danke, daß du mich daran erinnerst.« Während er sich Zimtspuren von den Fingern abwischte, eilte Izzy zur Toilette. Er schloß die Tür nicht.

Das Öffnen eines Reißverschlusses erklang, gefolgt von einem männlichen Urinplätschern.

»Also bitte!« Mr. Mansourian schlug sich mit der Hand vor die Stirn. »Leute, muß ich daran erinnern, daß eine Dame unter uns ist?«

»Hey, Izzy, heb was für mich auf!« rief Kennington. »Ich habe Durst!«

Tushi verdrehte die Augen und warf Paul, der errötete, eine Kußhand zu.

»Du mußt uns entschuldigen«, sagte Izzy, während er seine Hose schloß. »Nach ein paar Wochen Tournee sind wir ziemlich gereizt.«

»Nicht schlimm«, sagte Paul. »Wenn ich anfange, öffentlich aufzutreten, werde ich bestimmt auch hin und wieder gereizt reagieren.«

Kennington lachte.

»Nun, dann sollten wir jetzt endlich gehen«, sagte Mr. Mansourian und öffnete die Tür.

»Auf Wiedersehen«, sagte Paul.

»Auf Wiedersehen«, sagte Kennington.

Paul folgte Mr. Mansourian hinaus in den Korridor.

Paul, der gerade achtzehn war, hatte noch nie als Blattumwender fungiert. Oh, natürlich freute er sich. Er hatte sowohl gegenüber Miss Novotna wie auch Mr. Wang, seinem Musiklehrer an der High-School, angedeutet, wie dankbar er für eine solche Gelegenheit wäre. Nichts hatte sich jedoch getan, bis jetzt Judith Smith, die Ph.D.-Kandidatin für Musikwissenschaft in Stanford, die gewöhnlich diesen Job ausübte, sich im letzten Augenblick entschieden hatte, an einer Schostakowitsch-Konferenz in Arizona teilzunehmen. Daraus ergab sich eine Gelegenheit, die Paul sofort ergriff. So kam er zu Scheinwerferlicht, zu Bühnenluft und einem Schlitz im Vorhang, durch den er jetzt den riesigen Steinway-Flügel betrachtete, der vor einem noch nicht zur Ruhe gekommenen Publikum geradezu vor verhaltener Energie pulsierte.

Neben ihm stand Mr. Mansourian und gab ihm noch einige Ratschläge. »Genieß deine Zeit da draußen«, sagte er gerade. »Achte nur darauf, daß du nicht irrtümlich zwei Seiten auf einmal umblätterst. Richard hat deswegen einmal einen Blattumwender verprügelt.«

»Keine Angst. Ich habe mit meiner Mutter geübt.«

»Aha, mit deiner Mutter. Ich nehme an, sie sitzt sicher im Publikum.«

»Das hoffe ich doch sehr.«

Mr. Mansourian legte in einer väterlich anmutenden Geste eine Hand auf Pauls Schulter.

»Wie sehen denn deine weiteren Pläne aus, mein Sohn? Hoffst du, damit Karriere zu machen?«

»Ich hoffe es nicht. Ich habe die feste Absicht.«

»Du mußt wirklich sehr gut sein.«

»Miss Novotna meint, ich sei der meistversprechende Schüler, den sie seit Jahren hatte.«

Mr. Mansourian, der dieses und ähnliches schon oft gehört hatte, unterdrückte ein Lächeln. »Dann wird der K-Kurs für dich sicherlich der richtige sein«, sagte er. »Konservatorium, Konkurrenzen und Konzerte. Ja, ich sehe es ganz deutlich vor mir. Vom Cliburn Konservatorium zur Carnegie Hall, von der Carnegie Hall zu einem Exklusivvertrag ...«

»Ich denke, solche Überlegungen sind ein wenig verfrüht«, unterbrach Paul ihn. »Aber ich habe die Absicht, nach Juilliard zu gehen, falls ich angenommen werde.«

Mr. Mansourian schob Paul eine Visitenkarte in die Brusttasche. »Nimm das«, sagte er. »Komm doch mal zu mir und spiel mir vor, wenn du willst. In meiner Suite im Clift steht ein Klavier.«

»Ja, Sir. Danke, Sir.«

»Oder wir könnten etwas trinken.« Sein Blick wurde schlagartig wachsam. »Das heißt, wenn du schon alt genug bist, um Alkohol trinken zu dürfen.«

»Gesetzlich noch nicht.«

»Dann eine Cola«, schlug Mr. Mansourian vor und schluckte so heftig, daß Paul seinen Adamsapfel tanzen sah.

Draußen im Zuschauerraum hatte seine Mutter tatsächlich Platz genommen, in Reihe zweiundzwanzig vor dem Orchester. Links vom Mittelgang. Paul hatte ihr erklärt, daß ernsthafte Musikliebhaber immer links vom Mittelgang säßen, damit sie die Hände des Pianisten sehen können. Nachdem sie ihren Mantel über die Lehne des Sitzes vor ihr drapiert hatte, überflog sie nun das Programm mit einem rotlackierten Fingernagel.

»Nein, er wird nirgendwo erwähnt«, sagte sie zu Clayton Moss, der sie, zusammen mit seiner Frau, ins Konzert begleitet hatte.

»Ich glaube nicht, daß das üblich ist«, sagte Clayton. »Ich meine, ich habe noch nie gesehen, daß ein Blattumwender im Programm aufgeführt wurde. Oder, Diane, hast du schon mal den Namen eines Blattumwenders im Programm gelesen?«

»Nicht, daß ich wüßte.« Diane kramte in ihrer Handtasche. »Möchte jemand einen Kaugummi?«

»Wußtet ihr eigentlich, daß Kennington sein Debüt gab, als er vierzehn war? Vierzehn Jahre! Und seine erste Schallplatte nahm er mit sechzehn auf!« sagte Clayton.

»Aber das ist doch lächerlich! Vielen Dank. Also wirklich, sie führen alle möglichen Leute auf – Konzerthallenchef, Inspizient. Nun, der Blattumwender ist viel wichtiger als jeder einzelne von ihnen. Der Pianist *braucht* den Blattumwender.«

»Wenn du mich fragst, da bin ich völlig deiner Meinung«, sagte Diane. »Wenn Teddy da oben sitzen würde, wäre ich fuchsteufelswild.«

»Vierzehn Jahre alt, und dann auf einer Konzertbühne«, sagte Clayton. »Ich frage mich, ob das wirklich richtig ist. Ob das bei einem Kind nicht irgendwelche Schäden hinterläßt.«

Pamela überlegte, ob sie nicht einen Brief schreiben sollte. Sie hatte im Vorjahr einen Brief geschrieben, als Paul bei einem Wettbewerb für junge Nachwuchsmusiker disqualifiziert wurde … nicht daß es irgend etwas genutzt hätte. Niemanden interessierte es, was eine Mutter zu sagen hatte.

Während sie sich eine Haarsträhne aus den Augen strich, klappte sie die schwarze Handtasche auf ihrem Schoß auf. Eine Duftwolke L'Air du Temps drang aus der Öffnung. Sie zog ein Papiertaschentuch heraus und tupfte sich damit die Lippen ab.

»Möchtest du wirklich keinen Kaugummi?« fragte Diane. »Ein Karamelbonbon? Oder eine Hustenpastille?«

»Wahrscheinlich haltet ihr mich für ein wenig verrückt. Nein, danke. Aber was soll ich tun? Ich bin so stolz auf ihn, wirklich, er ist gut, richtig gut. Ich weiß, du hast ihn noch nicht gehört, Clayton. Trotzdem ...«

»Ich habe immer gesagt, wenn es etwas gibt, das ich an Paul Porterfield bewundere, dann ist es seine Hartnäckigkeit«, sagte Clayton. »Vor allem wenn man sich die meisten anderen Jungen ansieht mit ihrem Internet und was weiß ich noch allem. Aber Paul! Der ist aus einem ganz anderen Holz geschnitzt. Ich sage immer zu Diane, dieser Junge weiß, was er will. Er hat Disziplin, ist ehrgeizig. Er könnte der nächste Van Cliburn sein.«

»Übrigens, nimmt Paul dieses Jahr am Bankett anläßlich der Preisverleihung des Optimisten-Clubs teil?« wollte Diane wissen. »Teddy war vergangenes Jahr dort, und es hat ihm sehr gut gefallen.«

»Nein, er nimmt nicht teil«, erwiderte Pamela kühl und blickte zur leeren Bühne. Optimisten-Club, also wirklich. Es bedrückte sie, sich mit Leuten abgeben zu müssen, die so wenig Verständnis für den kreativen Geist zeigten. Wohingegen Pamela, die selbst keinerlei schöpferisches Talent besaß, wenigstens eine Begabung auf Anhieb erkannte. Und tatsächlich hatte sie sie schon beim ersten Mal erahnt, als sie hörte, wie Paul eine Melodie auf dem Klavier klimperte. Es war in der Woche vor seinem fünften Geburtstag gewesen. Schon damals hatte er den Wohlklang gesucht.

Sie rieb sich die Augen und versuchte die frische, lästige Erinnerung an Dianes Stimme zu verdrängen. Es gefiel ihr gar nicht, zusammen mit den Mosses Konzerte zu besuchen, aber es ging nun mal nicht anders. Es lag ihr überhaupt nicht, Dinge alleine zu tun, und Kelso hatte abgelehnt. »Was ist schon Besonderes daran, daß er umblättert?« hatte er gesagt. »Wenn er spielt, dann gehe ich mit.« In ihren Augen war Kelso ein Banause, und doch ersparte ihr seine Abwesenheit die Sorge, daß er womöglich einschlief.

Es dauerte nicht lange, und ein massiger Mann mit glänzend kahlem Schädel blieb vor dem Sitz vor Pamelas Platz stehen. Er fixierte erst ihren Mantel, dann seine Eintrittskarte, dann sie.

»Madame, gehört der Ihnen?« fragte er und deutete auf den Mantel.

»Oh, das ist *Ihr* Platz? Entschuldigung.« Sie nahm den Mantel an sich.

Schnaubend setzte der Mann sich. Augenblicklich ersetzte sein breiter Hinterkopf den Flügel. Entsprechend jener unglückseligen Gewohnheit kahler Männer hatte er seine wenigen Haare sehr lang wachsen lassen und sie dann über seinen Schädel nach vorne gekämmt.

Wenn Clayton ein Gentleman wäre, dachte sie, würde er ihr anbieten, den Platz mit ihm zu tauschen. Aber Clayton war kein Gentleman, denn er tat nichts dergleichen. Was wieder mal typisch war. Nichts entwickelte sich so, wie sie es sich erhoffte. Trotzdem dachte sie nicht im Traum daran, Clayton zu bitten, mit ihr den Platz zu tauschen, denn einerseits war sie dazu viel zu stolz, und andererseits gefiel es ihr eigentlich ganz gut, ein wenig demonstrativ zu leiden.

Die Lichter im Saal verdunkelten sich. Sofort sank das Gemurmel im Publikum zu einem Flüstern herab.

»Es geht los!« sagte Pamela zu Clayton und reckte den Hals, um etwas sehen zu können. Außer dem Flügel und Kenningtons Hocker waren auf der Bühne nur noch drei Stühle und zwei Notenständer zu sehen. Niemand gesellte sich hinzu. War das Ausschalten der

Beleuchtung ein falscher Alarm gewesen? Das Publikum schien gemeinsam die Luft anzuhalten, während die Sekunden verstrichen. Es war, als bildete sich eine riesige Blase über dem Publikum. Dann betraten einige Leute die Bühne. Applaus ließ die Blase platzen – Applaus, der mindestens genauso Erleichterung signalisierte wie auch Begeisterung. Der Cellist erschien als erster, rundlich und strahlend, das Gesicht von Locken umrahmt. Als nächstes folgte die Violinistin, eine dunkle Frau in einem schwarzen Rock und schwarzem Trikot. Als sie sich verbeugte, wurde ihr Körper schlaff wie der einer Lumpenpuppe, und ihr Haar, das genauso glänzte wie der Flügel, wallte nach vorne und berührte beinahe den Fußboden.

Schließlich war da der Pianist. Ein jüngerer Mann, als Pamela erwartet hatte, der irgendwie geistesabwesend erschien, so als dämmerte ihm erst jetzt, daß er sich im Blickpunkt der Öffentlichkeit befand. Indem er sich durch den Applaus schob, als wäre er dichtes Laubwerk, begab er sich zu seinem Platz. Paul, der ihm auf dem Fuß folgte, setzte sich auf den Stuhl links neben dem Flügel, wo er auch die Partitur auf den Notenhalter legte.

Während der Cellist und die Violinistin ihre eigenen Partituren aufschlugen, flüsterte der Pianist Paul etwas zu, woraufhin dieser seine Armbanduhr abnahm und in seiner Brusttasche verstaute.

»Sieh ihn an!« Pamela stieß Clayton mit dem Ellbogen an. »Oh, seine Krawatte! Er muß daran herumgefummelt haben!«

»Sie ist in Ordnung, Pamela.«

Der kahle Mann wandte sich um. »Pssst«, sagte er, und Pamela errötete. Er schlug die Partitur auf, die auf seinem Schoß lag.

Der Pianist schloß die Augen und faltete für ein paar Sekunden die Hände, so als wollte er beten, dann, als es im Saal still geworden war, nickte er seinen Partnern zu, die sein Kopfnicken erwiderten. Sie begannen zu spielen. Pamela rutschte langsam nach vorne und preßte die Knie gegen die Rückenlehne des kahlköpfigen Mannes. Er hob den Kopf. Eine Ader pulsierte hinter seinem Ohr. Geschieht ihm recht, dachte Pamela und faltete ihren Mantel zusammen.

Es geschah gegen Ende des Tschaikowsky – und es mußte natürlich Tschaikowsky sein –, daß Kennington, zu seinem Verdruß und seiner Überraschung, allmählich Notiz von Paul nahm. Das heißt, daß er ihn nicht nur als einen schwarz gekleideten Arm wahrnahm, der jedesmal, wenn er das Ende der Seite erreicht hatte, nach vorne schoß, die Ecke des Blattes zwischen Daumen und Zeigefinger ergriff und auf ein nahezu unmerkliches Nicken hin, das Blatt mit spatzenartiger Schnelligkeit umschlug. Unsichtbarkeit ist bei jedem Blattumwender eine hohe Tugend. Auf der Bühne muß er seine Anwesenheit, so gut es irgend geht, verschleiern, damit es so aussieht, als würden sich die Notenblätter von ganz allein umlegen. Und was seine Unaufdringlichkeit anging, so war Paul einfach perfekt. Er blätterte keine Seite zu schnell oder zu langsam um, er schniefte nicht oder zitterte mit dem Bein. Ja, die Armbanduhr war ein Fehler gewesen, aber das verzieh ihm Kennington und schrieb es der mangelnden Erfahrung seines Assistenten zu. Auf jeden Fall hatte Paul sie sofort abgenommen, nachdem er darum gebeten worden war. Und trotzdem, auch ohne die Uhr, stellte Kennington fest, daß er sich der Nähe Pauls bewußt wurde, seiner leicht gespreizten Beine, der Falten seines Hosenstoffs im Schritt, des weißen Hemdes, wo sein Jackett aufklaffte. Er war so verwirrt, daß, als der Tschaikowsky zu Ende war und Paul, der die Pflichten eines Blattumwenders kannte, die Partitur schloß, zusammenraffte und zur Seite trat, damit er vorbei kam, hinter die Bühne eilte und um ein Glas Wasser bat. Sogar auf diese Entfernung hin kribbelte Pauls schwerer, beinahe medizinischer Eigengeruch noch in seiner Nase.

Als die Beleuchtung wieder aufflammte, erkundigte er sich, ob er für einen Moment irgendwo ungestört sein konnte. Er hätte Kopfschmerzen, erklärte er. Der Inspizient brachte ihn zu einer leeren Garderobe, wo er sich im Dunkeln an einem zerkratzten und ramponierten Tisch auf einen Stuhl fallen ließ und die Finger gegen die Schläfen preßte. Im Gegensatz zu Izzy Gerstler war er kein erfahrener, zügelloser Mensch. Auch ließ er sich durch Blattumwender normalerweise nicht zur Raserei treiben. Und doch brachte irgend etwas an Pauls nervöser Makellosigkeit, an seinen guten Manieren und dem rasiermesserscharfen Scheitel Kennington völlig durcheinander. Er konnte nicht genau erklären weshalb. Vielleicht war es die Tatsache, daß Paul ihm so unendlich ähnlich erschien, daß er ihm wie sein eigenes Echo vorkam. Als er vor vielen Jahren als Junge seine erste Tournee durch Europa veranstaltete, hatte er ebenso diesen Geruch animalischen Unbehagens an sich gehabt. Er war genauso umgeben gewesen von dieser Aura nicht offen gezeigter Begierde, die nun an seinem Anzug hing, aufgesogen wie statische Elektrizität aus einer Wandsteckdose.

Ein Klopfen erklang. »Fünf Minuten!« rief der Inspizient, und Kennington kam schwankend auf die Füße.

Beschämt stellte er fest, daß er eine Erektion hatte. Er schloß die Augen, versuchte sie mit reiner Willenskraft zu beseitigen, weil er in diesem Zustand nicht sehr gut die Bühne betreten konnte. Aber trotz seines Bemühens, sich in Gedanken ausschließlich mit dem *Erzherzog* zu beschäftigen, erschien auf der Innenseite seiner Augenlider ein Bild von Paul, der mit der Boxershorts um die Knie auf allen vieren kniete. In diesem Bild auf der Innenseite seiner Augenlider streichelte er den gewölbten Hintern, den schmalen Streifen heller Haare, der vom Rückenansatz bis hinunter in den Spalt zwischen den Gesäßhälften verlief. Und Paul flehte ihn an und sagte: »Bitte, Sir. Bitte.« Das war nicht so ungewöhnlich. Zumindest in seinen Phantasien liebte Kennington es, gebeten zu werden. Er hielt sich gerne zurück, ehe er befriedigte.

Nein, was ihn aus der Fassung brachte, war die Tatsache, daß die Phantasie eher ihn gepackt hatte als umgekehrt.

Ein weiteres Klopfen. »Mr. Kennington?«

»Okay«, sagte er und riß sich zusammen und ging nach unten. In den Kulissen stand Paul, wo er ihn zurückgelassen hatte und von wo er sich offenbar während der gesamten Pause nicht weggerührt hatte. »Fühlen Sie sich wohl, Sir?« fragte er, die Wangen rosig glänzend und Kennington mit diensteifriger Ernsthaftigkeit anstarrend.

»Jetzt geht es mir besser.«

Sie kehrten auf die Bühne zurück. Im Orchester eilten die letzten Nachzügler auf ihre Plätze, wobei sie noch im Stehen applaudierten. Während er die Partitur aufschlug, versuchte Paul, nicht auf die Rücken der sich verbeugenden Musiker, ins Licht und auf die begeisterte Zuhörerschar zu blicken, in der irgendwo seine Mutter saß und ihm wahrscheinlich zuwinkte. Es war einfach zu peinlich, um auch nur daran zu denken.

Schließlich nickte Tushi, nachdem sie es sich auf ihrem Stuhl bequem gemacht hatte, Kennington zu. Das Publikum verstummte, und der *Erzherzog* begann.

Es ist ein seltenes Privileg für einen Blattumwender, daß er einen Pianisten fast genauso hören kann wie sich selbst. Er hört sein Mitsummen, die gelegentlichen Seufzer und Ächzlaute, die zwischen seinen Zähnen hervordringen, das leise Klicken der Fingernägel auf den Tasten. Er hört ihn nicht nur, er kann ihn auch sehen, ihn studieren. Wie Paul feststellte, bewegte Kennington sich nicht sehr viel, wenn er spielte, er rutschte nicht auf seinem Hocker herum, wand und krümmte sich nicht oder beugte sich auch nicht in einer Haltung totaler Hingabe über die Tastatur. Statt dessen blieb seine Miene gleichmütig, sogar ausdruckslos. Er preßte die Lippen aufeinander und hielt sich völlig gerade. Und diese Hände! Vorher waren sie Paul völlig unauffällig, alltäglich erschienen, doch nun, als sie agierten, enthüllten sie ihren Wert, ihren Zauber. Präzision und Einheit, das war das Geheimnis, jede Note mit einer Eloquenz hervorgebracht, die niemals von dem gemeinsamen Größeren ablenkte, in die sie eingebunden war. Seine Hände waren selbst ein Teil der Musik.

Vierzig Minuten später klang das Trio aus. Der Applaus brandete auf. Pflichtgemäß klappte Paul die Partitur zu und verließ mit den Musikern die Bühne. Izzy Gerstler wischte sich den Mund mit einem zerknautschten Taschentuch ab. »Was haltet ihr davon, wenn wir den alten Schachteln mit ihrem blaugefärbten Haar die Gelegenheit geben, rauszurennen, und ihnen dann erst den Schubert präsentieren?« fragte er.

»Prima«, sagte Tushi. »Bist du bereit, Richard?«

»Wie bitte? Na klar.«

Aber sie rührten sich nicht. Auf den oberen Rängen stampften die Musikstudenten rhythmisch mit den Füßen und beharrten darauf, daß die Musiker endlich ihre ihnen zugewiesenen Rollen in diesem Verlockungs-und-Verweigerungs-Ritual namens Zugabe spielten – ein Beharren, dem sie auf keinen Fall zu bereitwillig nachkommen wollten. Schließlich wird trotz allem von jedem Künstler ein gewisser Grad an Koketterie erwartet. Das Publikum nicht warten zu lassen würde das gesamte Spiel verderben.

Schließlich, indem sie wortlos übereinkamen, marschierte das Trio hinaus auf die Bühne, verbeugte sich und kehrte wieder in die Kulissen zurück. In Reihe zweiundzwanzig sprang Pamela Porterfield von ihrem Sitzplatz auf.

»Bravo!« rief sie.

Niemand außer ihr stand.

Verlegen ließ sie sich wieder auf den Platz sinken.

»Diane, hast du ein Aspirin für mich?«

»Aber klar doch, Schätzchen.«

»Geht es dir gut, Pammy?« erkundigte Clayton sich.

»Oh, ich bin völlig in Ordnung. Ich habe nur einen leichten Krampf im Nacken, weil ich mir ständig den Hals verdrehen mußte, um über den Kopf des Mannes vor mir auf die Bühne schauen zu können. Du hast großes Glück gehabt, Clayton. Du hattest niemanden vor dir sitzen.«

Anstatt darauf etwas zu erwidern, begann Clayton zu klatschen. Die meisten der Abonnenten eilten schon hinaus, um als erste an der Garderobe zu stehen oder die Parkhauskasse zu passieren. Idioten, dachte Pamela und schob die Aspirintablette in den Mund. Genau die Art von Leuten, dachte Pamela und schluckte die Aspirintablette hinunter. Genau die Art von Leuten, die während des langsamen Satzes mit Bonbonpapier knistern oder schon vor dem Ende applaudieren oder sich ungeniert unterhalten. Sie und Paul hatten mal neben einem Mann gesessen, der tatsächlich ein kleines Transistorradio in ein Konzert mitgebracht hatte. Damit er sich eine Footballreportage der World Series anhören konnte. In diesem Fall mußte der Inspizient zu Hilfe geholt werden.

»Also was meinst du?« fragte Diane. Sie stand bereits im schmalen Mittelgang, war in ihren Mantel geschlüpft und hatte die Handtasche unterm Arm.

»Mir gefiel der Beethoven besser als der Tschaikowsky«, sagte Clayton.

»Tatsächlich? Ich fand den Tschaikowsky besser als den Beethoven.«

»Und was meinst du, Pammy? Was hat dir besser gefallen?«

Pamela, die immer noch saß, sagte nichts. Mit einer Mischung aus Widerwillen und geduldiger Nachsicht auf den Gesichtern kehrte das Trio auf die Bühne zurück. Diesmal wurde es von Kennington angeführt. Sie trugen ihre Instrumente und ihre Noten. Die Leute, die bereits den Mittelgang erreicht hatten, ließen sich schnell auf die nächsten freien Sitze sinken. Gemurmel und Applaus verstummten so abrupt, als ob ein plötzliches Vakuum jeden Laut verschluckt hätte.

Enttäuscht setzten die Mosses sich wieder hin.

Beinahe lässig schlug Kennington den ersten Akkord des Schubert-Stücks an. Es ist ein Stück, das die Stimmung im Augenblick der Abfahrt eines Zuges aus dem Bahnhof beschreibt; die Finger scheinen das Vibrieren des Zuges zu imitieren, und man glaubt, körperlich bei diesem Ereignis zugegen zu sein. Tatsächlich fesselte

Kenningtons Spiel Pauls Aufmerksamkeit derart, daß er an einer Stelle sogar beinahe das Umblättern vergaß. Zum Glück bemerkte er es gerade noch rechtzeitig, und von diesem Moment an achtete er darauf, daß er die Partitur im Auge behielt und nicht auf die Tasten blickte.

Das Andante dauerte kaum länger als acht Minuten, wonach die Musiker aufstanden, sich erneut verbeugten und die Bühne verließen. Das Ritual verlangte weitere Vorhänge, ein erneutes Stampfen und Bitten um eine zweite Zugabe, die aber nicht bewilligt wurde; bis auf Izzy, der den ganzen Abend hätte weiterspielen können, waren sie alle zu müde.

»Das war's!« rief der Inspizient. Die Saalbeleuchtung flammte auf. Enttäuschte Rufe drangen von den Balkonen herab.

Die Konzertbesucher gingen hinaus.

In einer Nische in den Seitenkulissen trank Kennington unterdessen Wasser aus einem Kühlbehälter: Tasse für Tasse, Schluck für Schluck.

Behutsam näherte Paul sich ihm. »Sir?« machte er sich bemerkbar und streckte die Hand aus.

»Ja, bitte?«

»Ich wollte Sie nicht stören, aber ich möchte Ihnen nur sagen, daß Sie heute abend wundervoll gespielt haben.«

»Vielen Dank.«

»Ich werde es niemals vergessen, mein ganzes Leben lang nicht. Das mit der Uhr tut mir übrigens leid.«

»Ach, das war doch nicht so schlimm.«

»Außerdem habe ich während der Zugabe einmal beinahe vergessen umzublättern.«

»Das war harmlos. Ich kann nur feststellen, daß du keinen Fehler gemacht haben. Ja, du warst absolut perfekt.«

»Ich danke Ihnen, Sir, auch wenn es sicher nicht ganz zutrifft.«

»Bitte nenn mich nicht Sir. So alt bin ich noch nicht. Ich bin schließlich nicht dein Großvater.«

»Aber ich habe es nicht gesagt, weil ich Sie für alt halte. Ich habe es gesagt, weil ich finde, daß Sie großartig sind.«

»Nun, ich denke, das ist schon besser.« Während er wieder seinen Becher füllte, betrachtete Kennington Paul, der mit einer Art gekünstelter Sturheit seinem Blick auswich und sich statt dessen auf die Männer in blauen Overalls konzentrierte, die soeben den Flügel von der Bühne hinunterschoben.

»Wohnst du hier in San Francisco?« fragte Kennington nach einigen Sekunden.

»Genaugenommen in Menlo Park. Das liegt auf der Halbinsel. Aber geboren wurde ich in Boston.« Er lächelte. »Sie stammen aus Florida, nicht wahr?«

»Ja, das tue ich.«

»Ich erwähne das nur, weil ich Tanten in Florida habe. In Hallandale, um genau zu sein.«

»Das ist ja am anderen Ende des Staates. Ich komme aus Holmbury in der Nähe der Grenze nach Georgia.«

»Ich weiß, wo das ist. Ich habe es mir auf dem Atlas angeschaut. Ich möchte irgendwann einmal nach Holmbury reisen und Clara Aitken besuchen.«

»Woher kennst du Clara Aitken?«

»Nach dem, was Sie in Ihrem Interview in der Novemberausgabe von *Gramophone* gesagt haben, muß sie eine begnadete Lehrerin gewesen sein.« Er errötete.

Kennington lachte. »Das klingt ja fast so, als wüßtest du über mich besser Bescheid als ich selbst.«

»Was soll ich dazu sagen? Sie sind mein großes Vorbild, Sir – ich meine, Mr. Kennington.«

»Richard.«

»Richard.«

»Na siehst du, das war doch gar nicht so schwer, oder? Und überdies, meinst du nicht, daß es viel angenehmer ist, wenn man mit seinem Vornamen angesprochen wird?«

Paul schien über diese Frage ernsthaft nachzudenken. Dann nickte er. »Ja, ich glaube schon. Nun, ich sollte jetzt lieber gehen. Viel Glück für den Rest Ihrer Tournee.«

»Vielen Dank, Paul«, erwiderte Kennington, doch er ergriff nicht die Hand, die Paul ihm entgegenstreckte. Statt dessen kam er näher. »In gewisser Hinsicht tut es mir leid, daß du schon gehen mußt.«

»Weshalb?«

»Nun, ich dachte, wir könnten zusammen etwas trinken oder ...«

Pauls Augen weiteten sich. »Etwas trinken? Mit mir? Aber Sie werden doch sicherlich von irgendwelchen Leuten eingeladen!«

»Nein, niemand hat mich eingeladen.«

»Aber ich bin mit meiner Mutter hier, und ich komme sonst nicht nach Hause. Ich kann nicht ...«

»Das ist schon in Ordnung.«

»Nicht, daß ich nicht möchte. Natürlich möchte ich ... nur wie soll ich ...«

»Paul!«

Er wandte sich um. Seine Mutter kam auf ihn zu, flankiert von den Mosses.

Sofort wich Kennington zurück und entfernte sich.

»Liebling, ich bin ja so stolz auf dich!« sagte Pamela und tränkte die Luft mit ihrem Geruch von Coca Cola und Parfüm. »Du warst wundervoll!«

»Mom, bitte ...«

Er blickte über ihren Kopf hinweg zu Kennington. Diane Moss blieb dort stehen, wo Kennington vorher gestanden hatte, und holte einen Fotoapparat aus der Handtasche.

»Bitte lächeln!«

Pamela lächelte.

Ein Blitz flammte auf. Für einen kurzen Moment war Paul geblendet und sah nur noch rötliche Ringe. Er blinzelte und winkte heftig. »Warten Sie!« rief er beinahe. Doch die Dunkelheit hatte Kennington verschluckt und ihn entführt.

Paul hielt immer noch die Partitur in der Hand. Was sollte er mit den Noten tun?

»Schätzchen, geht es dir gut?« erkundigte seine Mutter sich.

»Ganz toll«, antwortete er. »Entschuldige mich für einen Moment, ja?« Und er entfernte sich, um den Inspizienten zu fragen, wo er die Partitur deponieren sollte.

2

Miss Olga Novotna, geb. Higginbotham, sechsundachtzig Jahre alt und mit flammendrotem Haar, erklärte stets, sie hätte Kennington zu seiner Karriere verholfen. »Das liegt schon fast fünfundzwanzig Jahre zurück«, erzählte sie Paul, als sie in ihrer Wohnung auf dem Russian Hill beim Tee zusammensaßen. »Ich gehörte damals zur Jury des Chopin-Wettbewerbs, und Kennington war einer der Konkurrenten. Er dürfte nicht viel älter gewesen sein als du jetzt. Und als er auftrat – nun, ich war überwältigt. Es war, als hätte Chopin nur darauf gewartet, daß dieser junge Mann geboren wurde. Daher kannst du dir sicherlich meine Verwunderung vorstellen, als ich ein paar Stunden später, immer noch verzaubert von der Darbietung, erfuhr, daß er es noch nicht mal bis ins Halbfinale geschafft hatte.« Sie hob eine mit Schmuck überladene Hand und berührte damit ihren Hals. »Ich war auf hundertachtzig, Paul. Ich sage dir, ich raste geradezu.«

»Was haben Sie getan?«

»Ich sagte zu meinen Mitjuroren, wenn ihr Richard Kennington aus dem Wettbewerb boxt, dann entfernt ihr auch mich. Dann scheide ich aus dieser Jury aus.«

»Und Sie haben tatsächlich Ihr Amt niedergelegt?«

»Ich habe nie mehr an dem Chopin-Wettbewerb teilgenommen. Natürlich haben sie mich ausgelacht. Oh, sie haben es später bitter bereut, als er seinen Schallplattenvertrag abschloß und schließlich auch im Weißen Haus spielte. Rache ist süß, mein Lieber! Vergiß das niemals.«

»Wer war in jenem Jahr Sieger?«

Miss Novotna zuckte die Achseln. »Wer erinnert sich

noch daran? Niemand von Bedeutung. Betrachte das als eine Lektion, Paul. Mittelmäßigkeit wird in den Wettbewerben ausgezeichnet, aber Talent wird sich immer durchsetzen. Und jetzt spiel *Bydlo* und denk daran, anfangs sehr kräftig und dann fang an zu schweben, zu gleiten, als ob der Wagen tatsächlich in den Himmel aufsteigt.«

Paul spielte. In seiner Phantasie war er Kennington – der junge Kennington auf der Hülle seiner ersten Schallplatte –, als er den Chopin-Wettbewerb verlor. Seit Wochen, genaugenommen seit seinem Debüt als Blattumwender, versuchte er, soviel wie möglich über Kennington (Richard!) in Erfahrung zu bringen. Alles, was er wußte, hatte er aus Illustrierten und Werbetexten: daß Kennington in Florida aufgewachsen war und bei Clara Aitken, die selbst eine Schülerin Dohnányis gewesen war, gelernt hatte; daß er mit vierzehn zum ersten Mal öffentlich aufgetreten war und seine erste Schallplatte mit sechzehn aufgenommen hatte (›eine der wenigen Klavierbegabungen‹, stand im *Gramophone*-Magazin zu lesen, ›die den schwierigen Übergang vom Wunderkind zum Superstar überlebt hat‹) und daß er (alleine) in New York lebte.

Als seine Stunde beendet war, überreichte Paul Miss Novotna eine Rose, die er in seiner Schultasche mitgebracht hatte. »Und jetzt geht's für dich nach Italien«, sagte sie. »Du glaubst gar nicht, wie ich dich beneide.«

»Ich schicke Ihnen aus jeder Stadt, die ich besuche, eine Ansichtskarte.«

»Italien! Ich erinnere mich daran, als wäre es erst gestern gewesen. Die Pergola, der San Carlo.« Sie schüttelte den aristokratischen, alten Kopf. »Nun, du bist jung, und du verdienst es – und doch hat auch das Alter seine Annehmlichkeiten. Denk immer daran, wenn du deinen Weg gehst. Ich habe all das mit Kessler durchgemacht. Zuerst krönen sie dich und verehren dich wie einen jungen König. Dann bist du dreißig und stellst fest, daß du ihnen nichts mehr recht machen kannst. Und dann, wenn die Jahre des Kämpfens und der Enttäuschung vorbei sind, bist du plötzlich ein alter Mann, und die Krone sitzt wieder auf deinem Kopf. Horowitz hat das erleben müssen. Vielleicht macht Kennington gerade ähnliches durch.«

Paul faßte sich ein Herz. »Erzählen Sie mir von Kessler«, sagte er.

Sie hob die Hände in einer fragenden Geste. »Was gibt's da zu erzählen? Die Musik sagt viel mehr. Deshalb habe ich zu spielen aufgehört. Weil er mich brauchte, um zu komponieren. Und wenn ich es nicht getan hätte, dann, Paul, hätte es keine Zweite Symphonie gegeben. Und auch keine Dritte Symphonie.« Sie verschränkte die weißen Arme und legte sie auf den Tisch. »Die Feministinnen sind der Meinung, daß ich das niemals hätte tun dürfen, und sie haben im Prinzip sicherlich recht. Aber eine Welt ohne diese Musik ... nun, die kann man sich überhaupt nicht vorstellen, oder? Wohingegen das, was ich dazu hätte beitragen können ...« Sie lachte bitter.

»Aber Sie waren eine große Pianistin.«

»Nein, nein. Ich hätte eine werden können ...« Sie hüstelte. »Jeder große Künstler ist ein Vampir, Paul. Denk immer daran. Sie saugen dich aus bis aufs letzte.«

»Sie hatten wirklich ein aufregendes Leben, Miss Novotna. Es ist wie ein Roman.«

»Ich habe oft daran gedacht, einen zu schreiben. Und nun schickt Kesslers Biographin mir jede zweite Woche lästige kleine Briefe. Was hielt Kessler von York Bowen, Miss Novotna? Besitzen Sie zufälligerweise noch ein

Exemplar des Programms des Maggio Musicale 1961, Miss Novotna? Stimmt es, daß Kessler Skizzen für eine Oper hinterlassen hat, die auf *The Good Soldier* basiert, Miss Novotna? Oh, sie geht mir schrecklich auf die Nerven und langweilt mich. Apropos Langeweile, wahrscheinlich hat diese alte Dame vor dir dich für diesen Tag genug ermüdet. Geh jetzt, auf nach Rom.« Und sie klopfte ihm aufmunternd auf den Rücken.

»Vielen Dank. Und auf Wiedersehen.«

»Sag *ciao* zum Campidoglio und grüß ihn von einer alten Freundin!« rief sie ihm nach, während die mürrisch dreinblickende Haushilfe für ihn die Tür aufhielt.

Draußen auf der Straße schien die Sonne warm auf Pauls Kopf. Er versuchte, sich Miss Novotnas letzten Ratschlag zwecks eingehender Betrachtung und späterer Verwendung einzuprägen, aber die Sorgen und Nöte eines Dreißigjährigen bedeuten für jemanden herzlich wenig, für den der zwanzigste Geburtstag noch in unvorstellbarer Ferne liegt. Ebensowenig kann das Schicksal einer Frau, die ihre Karriere aus Liebe zu einem Mann, der fähiger und bedeutender als sie ist, für einen Jungen von realer Bedeutung sein, der noch nie einen anderen Körper berührt oder geküßt hat.

Nun, das wäre erledigt, dachte er, während er in den Bus stieg, der ihn zum Bahnhof bringen sollte. Die letzte Klavierstunde. Die letzte Busfahrt nach Hause nach einer Klavierstunde. Höchstwahrscheinlich das letzte Mal, daß er seine alte Lehrerin gesehen hatte, die er innig liebte. Bei dem Gedanken, daß sie sterben könnte, erbebte er innerlich von einem Gefühl des Verlustes. Sein Herz wurde schwer. Es war interessant. Obgleich Paul über die gesamte Bandbreite von Emotionen verfügte, waren die meisten noch völlig unbenutzt. Nun spannte er bewußt seinen Trauermuskel an.

Er sah sich vor seinem geistigen Auge inmitten der würdigen Trauergesellschaft bei Miss Novotnas Beerdigung. Er plante bereits die Rede, die er halten, die Musik, die er spielen würde. Schumann, natürlich, und vielleicht dieses Intermezzo von Brahms, das sie so sehr liebte ...

Im Bahnhof kaufte er sich, einem alten Ritual folgend, einen Schokoriegel. Dann warf er ihn ungegessen weg, weil Schokoriegel zu den verzweifelten Tröstungen seiner Jugend gehörten, und seine Jugend, die er schon immer gehaßt hatte, war von diesem Tag an offiziell beendet. Wie endlos waren sie ihm immer vorgekommen, diese Jahre, eine Art endloser Sonntagnachmittag der Seele, wenn jeder Laden verriegelt und verrammelt ist! Nun konnte er es genießen, vergangene Leiden aus weiter Ferne zu betrachten. Er konnte sich in dieser Ruhe aalen, die sich ausbreitet, wenn die eine Sache abgeschlossen ist und die nächste erst noch anfangen muß und alles möglich erscheint und daher im Grunde harmlos ist. Ja, für den Moment sitzt Paul ganz still und schaukelnd, ein Passagier auf dem obersten Punkt eines stehenden Riesenrads, unter dem die Welt all ihre überraschenden Symmetrien ausbreitet. Das war einmal, sagt sie. Das kommt als nächstes. Ein Jetzt gibt es nicht.

Im Zug verspürte er plötzlich Hunger und bedauerte, den Schokoriegel weggeworfen zu haben. Es kam ihm äußerst seltsam vor, daß die Maschine nach Rom in weniger als vierundzwanzig Stunden starten würde, daß er in vierundzwanzig Stunden in der Luft wäre. Und wie weit entfernt erschien diese Landschaft von Wohnsiedlungen und Motels vom eingebildeten Aussichtspunkt im Flugzeug! Durch die rußige Fensterscheibe schienen die Lichter in den Häusern ebenso von einem unmittelbar bevorstehenden Verlust zu künden wie Weihnachtskerzen. Er betrachtete sie voller Großzügigkeit. Neuerdings betrachtete er alle möglichen Dinge mit einer Großzügigkeit, die ihm bis vor kurzem noch minderwertig und häßlich erschienen war. Erst vor einer Woche hatte er sich, nachdem er seinen Spind ausgeräumt und einen bewußten letzten Blick auf den Musiksaal geworfen hatte, auf sein Fahrrad geschwungen und war das letzte Mal von seiner High-School weggestrampelt. Am abendlichen Himmel zerlief eine orangene Sonnenscheibe. Das Wissen um den Abschied verlieh der strengen Architektur fast so etwas wie Schönheit. »Ja, du bist auch schön!« sagte Paul zu der High-School, die ihn mit nachdenklicher Gleichgültigkeit betrachtete und seine Anwesenheit in der Menge kaum wahrnahm.

Es wäre angenehm gewesen, wenn Paul für längere Zeit in dieser Zäsur, in dieser von Möglichkeit strotzenden Position auf dem Riesenrad hätte ausharren können. Solche Ruhe ist selten im Leben und wird mit zunehmendem Alter immer seltener. In einigen Fällen stellt sie sich nie ein. In Pauls Fall sollte sie nur für die Dauer der Zugfahrt herrschen.

Als er den Bahnsteig betrat, war der Kombiwagen seiner Mutter nicht zu sehen. Mehrere andere Wagen warteten vor dem Bahnhof. Pamelas befand sich nicht darunter.

Er setzte sich auf den Bordstein. Wie merkwürdig, dachte er. Sie ist immer pünktlich. Sie war sicher dabei zu packen. Unterdessen nahm der letzte Wagen seine Passagiere auf und entfernte sich. Paul war alleine. Als Kind hatte er immer eine tierische Angst davor gehabt, nicht abgeholt zu werden. Immer wenn seine Mutter sich verspätete, hatte er in der Schulbibliothek gesessen und sich die schrecklichsten Massenkarambolagen vorgestellt. Auch diesmal dachte er an eine Massenkarambolage. In diesem Fall würde die Reise nach Italien ausfallen, und er hätte keine andere Wahl, als weiterhin in diesem Land seiner Kindheit zu leben: diesem Land, dem er, weil er im Begriff war, es für immer zu verlassen, verzeihen konnte, welches jedoch, falls er dort blieb, ihm, wie er spürte, niemals verzeihen würde.

Er schloß die Augen. Er betete zu jenem Halbgott, der – verlogen wie er war – versprach, die selbstsüchtigen Wünsche der jungen Menschen zu erfüllen, betete, daß seine Mutter verschont bleiben sollte, bis sie aus Italien zurückgekehrt wären.

Wie als Reaktion auf sein Gebet leuchteten plötzlich Scheinwerfer in der Dunkelheit auf. Er erkannte die vertrauten Umrisse ihres Kombiwagens, stand auf und stieg ein.

»Was ist passiert?« fragte er.

Pamela trug ihre dunkle Brille. Sie saß zusammengekauert hinter dem Lenkrad, hatte die Schultern hochgezogen. Ihr Haar wurden von einem Gummiband zusammengehalten.

»Mutter?«

Sie rührte sich nicht.

»Er kommt nicht«, sagte sie.

»Wer?«

»Dein Vater.«

»Wohin kommt er nicht?«

Sie unterbrach die Zündung des Motors und legte den Kopf aufs Lenkrad. »Mein Gott, das ist wieder mal so typisch für ihn. Wartet bis zum Tag vor der Abreise, um mit der Neuigkeit herauszurücken.«

»Ich verstehe nicht. Was ist denn geschehen? Kommt Dad nicht mit nach Italien?«

»Dein Vater hat ein Verhältnis«, sagte Pamela. »Und zwar schon jahrelang. Es ist heute nachmittag herausgekommen. Ich hatte den Eindruck, daß er geradezu darauf brannte, es mir zu erzählen. Unsere Pläne haben sich dergestalt geändert, daß du und ich jetzt alleine nach Italien fliegen sollen, als ob nichts geschehen wäre, während er und die Frau aufs Land fahren und es sich dort in einem Liebesnest gemütlich machen ...«

Paul drehte das Fenster hinunter.

»Dieser Bastard.«

»Mom ...«

»Dieser verdammte Bastard.«

»Sag nicht so was!«

Sie schlug mit den Fäusten aufs Lenkrad.

»Mom ...«

Plötzlich ließ sie den Motor wieder an und lenkte den Wagen schnell vom Parkplatz hinunter.

»Wohin fahren wir? Paß auf!« Sie hatte ein gelbes Ampellicht überfahren.

Nachdem sie in den El-Camino-Boulevard eingebogen war, fuhr sie bis zu einem Motel, dessen rote Neonreklame in der Nacht schamlos ›Zimmer frei‹ verkündete.

»Mutter, wir können nicht in einem Motel absteigen. Ich muß noch packen.«

»Er hat den Betrieb danach benannt«, sagte sie, »denn dort haben sie sich in all den Jahren während der Mittagspause getroffen. Deshalb hat er seinen Laden Summit Printing genannt. Dieses Schwein.«

Sie begann zu weinen.

Durch die Windschutzscheibe las Paul die Worte ›Summit Motor Lodge‹ in grüner und weißer Neonschrift.

Er schwieg. Nichts in seinem bisherigen Leben hatte

ihn auf diesen Moment vorbereitet. Trotzdem befahl ihm irgendein Instinkt, seine Hand auszustrecken und seiner Mutter auf die Schulter zu legen. Sie schüttelte sie ab. Wahrscheinlich verstand sie, daß, wenn er sie trösten wollte, es nicht um ihretwillen geschah. Es geschah, weil er es nicht ertragen konnte, daß sie sich in seiner nächsten Nähe so schwach zeigte.

Schließlich öffnete sie ihre Handtasche und holte ein Papiertaschentuch heraus.

»Nun«, sagte sie.

»Was tun wir jetzt?« fragte Paul.

»Was wir tun? Wir fahren wieder. Glaubst du, ich möchte hierbleiben und zuschauen? Er ist Vergangenheit.«

Paul schloß die Augen.

Sie setzte rückwärts aus dem Parkplatz des Summit Motor Lodge heraus und fädelte sich in den fließenden Verkehr ein. »Ja, am Ende bin ich wahrscheinlich sogar erleichtert«, sagte sie. »Und dann komme ich auch noch zu dem Schluß, daß es so am besten war.«

Paul schwieg. Ein paar Minuten später bogen sie in die heimische Garagenauffahrt ein. »Ist er da?« wollte Paul wissen.

Sie schüttelte den Kopf. »Er kommt nicht zurück, bis wir abgereist sind.«

Sie gingen durch die Garage ins Haus. Die Dielen unter Pauls Füßen blieben stumm. Die Türen knarrten. Die Küche blieb für sich wie ein mißhandeltes Kind, das Angst vor weiteren Repressalien hat.

Plötzlich gefiel es ihm nicht mehr, sich auf die Zukunft zu freuen. Er wünschte sich, in die Zukunft versetzt zu sein und sich schmerzlicher Dinge zu entsinnen, anstatt in der Gegenwart zu verharren und sich daran zu erinnern, daß man sich auf etwas gefreut hat.

Pamela holte einen Becher zuckerfreies Jelly-O aus dem Kühlschrank, setzte sich damit an den Küchentisch und begann, ein Kreuzworträtsel zu lösen.

»Willst du nicht packen?« fragte Paul.

»Gleich«, sagte Pamela. »Liebling, du weißt doch so gut über Musik Bescheid. Der Komponist Maurice …«

»Ravel«, sagte Paul.

»Ravel«, wiederholte Pamela. »Ja, das ist gut. Ja, das paßt perfekt.«

3

Gut vierzig Stunden später öffnete Paul in seinem Hotelzimmer in Rom den Brief, den sein Vater ihm in den Koffer gelegt hatte. »Es ist völlig okay, wenn du mich haßt«, schloß Kelso, »so lange es dich anspornt, dich um deine Mutter zu kümmern. Vergiß nicht, ich werde nicht für immer ihr Ehemann sein, aber du bist für immer ihr Sohn, daher achte darauf, daß sie nichts tut, was du bedauern würdest.«

Nachdem er den Brief so klein wie möglich zusammengefaltet und in seiner Jeanstasche verstaut hatte, öffnete Paul das Fenster. Eine verregnete Welt lag vor ihm, die Luft war von der Feuchtigkeit ganz farblos und weich. Nicht weit von ihm, in ihrem Zimmer, schlief seine Mutter den Jetlag und ihre Bitterkeit aus. Er selbst war überhaupt nicht müde, obgleich es ihm so vorkam, als hätte er schon seit Tagen kein Bett mehr gesehen. Daher ergriff er seinen alten Regenschirm und brach zu einem Spaziergang auf.

Es war wieder eine Situation, die es nur ein einziges Mal geben sollte: sein erster Spaziergang durch die Straßen Roms. Und doch, wie die meisten lange ersehnten Dinge, stand das Pantheon einfach vor ihm und schälte sich langsam aus dem Dunst. Drinnen schien der Regen im Zeitlupentempo durch die Kuppelöffnung zu fallen. Vagabunden mitsamt ihren Hunden, Gitarren und Decken hatten unter dem Vordach ihr Lager aufgeschlagen. Er lauschte dem Erdbaß und dem Trillern des Regens.

Indem er sich nach links wandte, schlenderte Paul durch eine Reihe ständig enger werdender Straßen. An jeder Ecke erwartete ihn eine Kirche. Er betrat eine.

Gebündeltes Licht drang durch die alten Fenster und verstopfte den weitläufigen Innenraum mit Schatten. Hinter einer halboffenen Tür bügelte eine Nonne Meßgewänder.

Er setzte sich. In den Nischen brannten weiße Kerzen. Ringsum waren düstere Fresken zu sehen: die Heilige Agatha mit ihren Brüsten auf einem Teller, die heilige Lucia mit ihren Augen auf einem Teller. Dann betrat eine alte Frau die Kirche, bekreuzigte sich und begab sich in einen der Beichtstühle. Er hörte ihr gemurmeltes Sündenbekenntnis. Hinter dem schwarzen Vorhang klopfte der schwarze Schuh des Priesters einen Takt.

Er dachte: *So sollte es eigentlich nicht sein.* Und: *Die Tragödie meiner Mutter ist nicht meine Tragödie.* Schließlich hatte er einmal einen Lebensrettungskurs absolviert und wußte deshalb, daß die größte Gefahr, wenn man jemanden zu retten versucht, darin besteht, daß der Ertrinkende dem Retter auf die Schultern klettert, so daß dieser ebenfalls ertrinkt.

Dennoch mußte er sich daran erinnern, wie sie im Taxi, als der Fahrer ihnen viel zuviel abverlangte, gesagt hatte: »Es ist schon okay, Paul. Eine der wenigen Freuden, die mir geblieben sind, ist, das Geld deines Vaters auszugeben.«

Sobald der Regen nachgelassen hatte, verließ Paul die Kirche und folgte den Hinweisschildern zur Piazza Navona. Schon bald lockte der Duft von Kaffee ihn in ein Etablissement mit dem Namen *torrefaziona.* Er sah keine anderen Gäste. Der gutaussehende Barkeeper, rothaarig und mit dicht behaarten Armen, nutzte die Ruhe, um seine Geräte und sein Besteck mit einem weißen Tuch zu polieren.

»*Prego*«, sagte er.

»*Un cappuccino*«, sagte Paul und benutzte zum ersten Mal das Italienisch, das er seit Wochen zu Hause in seinem Zimmer gelernt hatte.

»*Va bene*«, erwiderte der Barkeeper und stellte eine Untertasse auf die Marmortheke. Seine Maschine war ein beeindruckendes Stück Technik, teils Rohrsystem und teils Kochgerät. Geformt wie eine Moschee und aus gehämmertem Messing und Stahl hergestellt, verfügte sie über zwei seitlich angebrachte Balkone, auf denen die Tassen aufgestellt wurden, damit der gefilterte Kaffee tropfenweise hineinlief. Die Milch wurde mit einem dünnen Rohr aufgeschäumt, aus dem kochendheißer Wasserdampf austrat.

»*Un bel cappuccino caldo*«, wiederholte er und stellte die Tasse auf die Untertasse.

»*Grazie.*«

»*Tedesco, lei?*«

»*Americano.*«

»Woher kommen Sie?«

»Kalifornien.«

»Ah, Kalifornien. Schöne Mädchen, was?« Er machte eine Handbewegung vor seinem Oberkörper, um üppige Brüste anzudeuten.

Pauls Gesicht rötete sich von der Wärme. Er trank. Der Barkeeper erzählte ihm seine Lebensgeschichte, die sehr verwickelt war. Er käme aus Cefalù, sagte er, auf Sizilien. Er lebte zur Zeit in Rom mit seiner Freundin zusammen. Aber sie dächten daran, nach Amerika zu gehen, weil sie Verwandte hätte, die in Cincinnati ein Restaurant besäßen. Er meinte, ihm gefiele der Name der Stadt ganz besonders, weil darin der Trinkspruch *cin-cin* enthalten wäre. Ob er Grappa wolle, fragte der Barkeeper, und Paul sagte ja.

»Sono Paolo«, sagte er. Sie schüttelten sich die

Hände. Der Barkeeper nannte seinen Namen nicht. Statt dessen griff er nach einer birnenförmigen Flasche und füllte ein winziges Glas mit einer glasklaren Flüssigkeit, die er Paul reichte. »Danke«, sagte Paul. »*Cincin.*« Er hob das Glas. Der Barkeeper lächelte. Eine dünne, goldene Kette wurde für einen kurzen Moment unter seinem Hemdkragen sichtbar, wie Paul bemerkte. Was mochte an ihr hängen? Wahrscheinlich ein Kreuz. Oder ein *corno*, um den bösen Blick abzuwehren.

Der Grappa war stärker als alles, was er je getrunken hatte. Sein Mund zog sich davon zusammen. Könnte der Barkeeper Schwierigkeiten bekommen, weil er Alkohol an einen Minderjährigen ausgeschenkt hatte? In Amerika ganz gewiß. Und doch wurde es mit jedem Moment klarer, daß er sich in einem anderen Land aufhielt.

Nach ein paar Schlucken Grappa fühlte Pauls Brust sich so warm an, als ob jemand sie mit Ben-Gay eingerieben hätte.

Der Barkeeper redete in einem fort. Er erzählte eine komplizierte Geschichte von einem Kind, das von einem Turm gestürzt war, aber weil die Mutter so geistesgegenwärtig gewesen war, den heiligen Francesco di Paola anzurufen, war das Kind, anstatt auf dem Erdboden zu zerschellen, wie ein Blatt von einem Baum sanft zur Erde herabgeschwebt. Dann stützte er die Ellbogen auf die Theke, legte eine Wange in die Hand und sagte: »*Insomma.*« Insgesamt übersetzte Paul in Gedanken. »*Insomma, poi, niente.*« Er zeichnete mit dem Zeigefinger Kreise auf den Marmor. Keine Sprache hat mehr Möglichkeiten, nichts zu sagen, als die italienische.

Nach einer Weile meinte Paul, er müßte mal auf die Toilette. Er fröstelte ein wenig. Und weshalb? Nichts war geschehen. Und was erwartete er überhaupt? Daß der Barkeeper ihm auf die Toilette folgte, daß sie gemeinsam pinkeln würden? (Der Gedanke erregte und erfüllte ihn mit Scham.) Aber statt dessen stand er nur da und zeichnete Kreise und sagte: »*Insomma.*« Soweit Paul es beurteilen konnte, gehörten zu seiner Freundlichkeit weder Bedingungen noch Erwartungen, was ihn überraschte. Er war noch nie auf Freundlichkeit um ihrer selbst willen getroffen, Freundlichkeit, die sich wie eine Haut auf den Augenblick legte und erst zerriß, wenn der Löffel eingetaucht wurde.

Nachdem er von der Toilette zurückgekehrt war, erkundigte er sich, wieviel er schuldig wäre. »Eintausendfünfhundert«, antwortete der Barkeeper und gab den Betrag in die Kasse ein.

»Und der Grappa«

»*Niente.*«

»Aber …«

»*Niente.*«

Es erschien sinnlos zu widersprechen angesichts einer solchen Bastion männlichen Willens. Nachdem er sich bedankt hatte, griff Paul nach seinem Regenschirm und ging hinaus.

Draußen schien der Regen endgültig aufgehört zu haben. Kalte Tropfen fielen von Balkonen auf seinen Kopf und versickerten in seinem Haar. Irgendwie wußte er in diesem Moment, daß seine Mutter im Hotel gerade aufgewacht war.

Indem er den sicherlich vorhandenen Wunsch seiner Mutter ignorierte, setzte er seinen Weg fort. An der Wand eines düsteren Palazzo hing ein beiges Poster, dessen Ecken sich gelöst hatten und feucht herabhingen. Er trat näher, um den Text zu lesen. RICHARD KENNINGTON, PIANOFORTE, stand dort. CHOPIN, BRAHMS, RAVEL …

Er suchte nach dem Datum und stellte fest, daß das Konzert am Vorabend stattgefunden hatte.

Plötzlich wurde er von einem würgenden Gefühl erfaßt, Seelenqualen bremsten seine Begeisterung mit brutaler Gewalt.

»Verdammt«, sagte er. Eine alte Dame lächelte ihn an. »Scheiße.« Ein Junge mit einem schweren Rucksack fuhr auf einem Fahrrad vorüber.

Schließlich sagte er: »Nichts gelingt mir richtig« (er war schließlich der Sohn seiner Mutter), dann, atemlos, kehrte er eilig ins Hotel zurück. Im nur schwach erleuchteten Foyer saß eine alte Frau in einem Schaukelstuhl und strickte. Dabei verfolgte sie aufmerksam das Geschehen auf dem Schirm eines Schwarzweißfernsehers, der an der Decke befestigt war und halblaut vor sich hin brabbelte. Hinter einer Bar wischte ein mürrisch dreinblickender Halbwüchsiger mit seiner Schürze einen Teller ab. Eine Signora, die mit ihrem Äußeren an eine Walküre erinnerte, besetzte das Empfangspult auf die gleiche Weise, wie große Nationen während eines Krieges kleine Nationen besetzen.

In der Ferne erklang gedämpfter Donner. Die gelbliche Beleuchtung flackerte und beruhigte sich wieder.

»Buona sera, signorino.«

»Buena sera.« Er nahm seinen Zimmerschlüssel.

Oben drang Licht durch den unteren Türspalt aus dem Zimmer seiner Mutter. Er klopfte.

»Wer ist da?« fragte sie ängstlich.

»Paul.«

Sie öffnete ihm. »O Liebling. Ich bin so froh, daß du es bist. Wo warst du? Ich habe mir Sorgen gemacht.«

»Ich habe einen Spaziergang unternommen.«

Er betrat ihr Zimmer. Der Kronleuchter verströmte grelles Licht. Es war nicht gerade schmeichelnd. Seine

Mutter erschien ihm plötzlich sehr klein, fast wie ein Vogel. Und er war noch immer jung genug, um ein wenig über die Erkenntnis schockiert zu sein, wie weit er ihr über den Kopf gewachsen war.

Er setzte sich auf den Rand des Eisenbettes. Über seine verschiedenen Streben und Pfosten hatte Pamela ihre Unterwäsche und ihre Nylonstrümpfe drapiert. »Ich kann dir flüstern, das Badezimmer ist das reinste Abenteuer«, erzählte sie. »Zuerst einmal befindet sich das warme Wasser auf der Seite des Beckens, wo normalerweise das kalte Wasser ist. Und um alles noch verwirrender zu machen, stand auf dem kalten Hahn ein ›F‹ und auf der warmen Seite ein ›C‹.«

»Caldo und freddo.«

»Richtig, und caldo heißt kalt.«

»Nein, caldo heißt warm.«

»Nun, eigentlich war es wirklich kalt. Bestenfalls lauwarm. Und anstelle einer richtigen Badewanne gibt es nur einen Duschkopf an der Wand und eine Art Abflußbecken auf dem Fußboden. Ich hätte beinahe alles überschwemmt. Und die Toilette ...«

Paul lehnte sich zurück. Seine Haltung riet Pamela, vom Badezimmer aufzuhören.

»Hast du Hunger?« fragte sie statt dessen und musterte ihn vorsichtig, als wollte sie seinen emotionalen Zustand testen.

Paul zuckte die Achseln. »Nicht richtig. Du denn?«

»Ich könnte etwas vertragen. Ich meine, ich sollte etwas essen. Wir müssen uns hier an die Tageszeit anpassen, und das schafft man wohl am besten, indem man so tut, als wäre man nicht müde, auch wenn man müde ist, und als hätten wir Hunger, obgleich wir gar nicht hungrig sind.«

»Du kannst ja essen gehen«, sagte Paul.

»Du meinst, alleine?«

»Iß etwas. Ich bin zu müde.«

Pamela runzelte die Stirn. »Aber Paul«, sagte sie. »Es ist unser erster Tag …«

»Mutter, ich möchte dir eins klarmachen, ich habe diese Reise mit dir gerne unternommen, und ich freue mich, daß ich mit dir in Italien bin, nur wenn wir beide miteinander auskommen sollen, dann mußt du mir überlassen, wie ich meine Zeit einteile. Ich bin jetzt achtzehn. Ich bin erwachsen.«

»Das weiß ich, Paul. Das letzte, was ich möchte, ist, dir zur Last zu fallen. Aber das ist nun mal unser erster Tag, und außerdem kenne ich mich nicht mit dem Geld aus, und dein Italienisch ist so gut …«

»Geh einfach nach unten und bestell dir im Hotelrestaurant dein Abendessen. Die Kellner sprechen Englisch, und sie schreiben alles auf die Rechnung. Ich muß schlafen.«

Widerstrebend schlich seine Mutter davon, um ihre einsame Mahlzeit einzunehmen, während Paul eilig sein eigenes Zimmer aufsuchte. Um dorthin zu gelangen, mußte er durch einen Korridor gehen, der mit einem fadenscheinigen, persischen Teppich ausgelegt war, eine Loggia mit Blumenkästen überqueren, eine kurze Treppe hinaufsteigen, durch eine Halle mit einem Klavier gehen, eine weitere kurze Treppe hinunterlaufen, dann das Foyer durchqueren und schließlich die Haupttreppe zum obersten Stockwerk benutzen. Dort gab es überhaupt keine Teppiche. Der Korridor war so schmal wie ein Schraubstock. Trotzdem gefiel ihm das Zimmer, das mit einem schmalen Bett und einem kleinen Schreibtisch möbliert war und ihn an die Zimmer erinnerte, die Van Gogh in Arles gemalt hatte. Die Wände waren mit verblaßtem Flieder gemustert. (Oder war es ein Muster aus verblaßtem Flieder?) Es gab sogar eine architektonische Besonderheit: ein Fenster, das in halber Wandhöhe begann und am Fußboden endete. Wenn sich das Wetter besserte, überlegte er, könnte er sich in dieses Fenster setzen und die Beine über den mit Ziegeln gedeckten Dächern im Strom der Welt baumeln lassen.

Nachdem er sich gekämmt und sein Jackett angezogen hatte, eilte er zurück ins Foyer. Hinter dem Empfangspult saß die massige Signora und lächelte ihn an, ohne ihre Zähne zu zeigen. Sie wirkte wie gepolstert: ein aufrecht gehendes Sofa.

Er bat um ein Telefonbuch, das ihm auch gereicht wurde, sowie eine Ausgabe der Zeitung vom Tage. In deren Kulturteil er eine ausführliche Kritik des Kennington-Konzerts fand.

Von einem kleinen schwarzen Telefon in der Zelle in der Nische des Foyers rief er alle Fünf-Sterne-Hotels der Stadt an und bat darum, mit dem Zimmer von Richard Kennington verbunden zu werden. »Nein, tut mir leid«, erklärten ihm die Telefonistinnen in ihrem schwerfälligen Englisch. »Wir haben keinen Gast dieses Namens«, bis die Stimme schließlich – im Bristol – sagte: »Einen Moment.« Dann trat eine Pause ein, und ein Rufzeichen ertönte.

»Hallo?«

»Mr. Kennington, Richard, hier ist Paul Porterfield. Erinnern Sie sich noch an mich?«

»Wer?«

»Ich habe vor ein paar Monaten in San Francisco für Sie die Noten umgeblättert. Das Kammerkonzert. Sie haben das Tschaikowsky-Trio gespielt, den *Erzherzog*, danach als Zugabe …«

»Ach ja. Was tust du denn in Rom?«

»Ich mache hier mit meiner Mutter Ferien. Und ich entdeckte das Plakat von Ihrem Konzert. Ich könnte mich in den Hintern treten! Wir sind erst heute hier angekommen.« Er senkte die Stimme. »Ich habe überall angerufen und nach Ihnen gesucht. Ich kann es kaum fassen, daß ich Sie tatsächlich gefunden habe. Ich hatte überlegt ... naja, Sie haben es vielleicht schon vergessen, aber nach dem Konzert in San Francisco machten Sie den Vorschlag, wir könnten vielleicht ... Wir hatten damals keine Gelegenheit, aber jetzt ...«

Oben in seinem Zimmer fuhr Kennington, der gerade an einem Brief an Mansourian gesessen hatte, in dem er ihm seine Absicht mitteilen wollte, sich für immer vom Konzertbetrieb zurückzuziehen, sich mit einer Hand durchs Haar. Manchmal, wenn Dinge passieren, die man am wenigsten erwartet, kann man in ihnen nichts anderes sehen als ein Zeichen Gottes.

»Lasse mir fünf Minuten Zeit«, sagte er. »Dann kannst du raufkommen. Zimmer 611.«

Er legte den Telefonhörer auf. Er öffnete den Kleiderschrank, zog eine Jeans und ein weißes wollenes Oxfordhemd an. Er putzte sich die Zähne und spritzte sich ein wenig Acqua di Parma auf den Hals.

Genau fünf Minuten später klopfte es an der Tür. Kennington öffnete sie.

Ja, es war derselbe Junge. Er trug immer noch einen perfekten Scheitel.

»Hallo«, sagte Paul.

»Schön«, sagte Kennington.

Er hielt die Tür auf, und Paul kam herein.

4

»Nimm dir etwas aus der Minibar«, sagte Kennington und öffnete den kleinen Kühlschrank unter dem Fernseher.

»Danke.« Paul schaute hinein. Dort standen reihenweise winzige Spirituosenflaschen, wie sein Vater sie sammelte, außerdem entdeckte er Toblerone-Schokoriegel sowie Cashewnüsse zum Knabbern.

Nach reiflicher Überlegung entschied er sich für Birnennektar, während Kennington sich ein Glas Bourbon aus einer großen Flasche auf der Fensterbank einschenkte. Paul schaute sich um. Es war ganz sicher das eleganteste Hotelzimmer, das er je gesehen hatte. Die Wände waren mit einer Art seidenähnlichen Stoffs bespannt, den zu streicheln er den unbändigen Wunsch verspürte. Der dunkle Nußbaum des Kleiderschranks paßte zum Bettgestell, auf dem eine große Doppelmatratze lag, die mit einem an einer Ecke aufgeschlagenen Laken bedeckt war. Was Paul noch mehr beeindruckte als die luxuriöse Atmosphäre des Zimmers, war die Tatsache, daß Kennington seine persönlichen Dinge so lässig darin verteilt hatte, als wäre es überhaupt nichts Besonderes: eine Dose Rasierschaum auf der Kommode, ein abgewetztes Portemonnaie und ein paar Geldmünzen auf einem Beistelltisch, ein dünner schwarzer Socken auf einer Sessellehne.

Sie setzten sich, Paul in den kobaltblauen Sessel, Kennington auf die Bettkante.

»Nun, *cin-cin*«, sagte Paul und prostete ihm zu.

»*Cin-cin.*«

»Es ist sehr nett von Ihnen, mich zu empfangen«, fuhr Paul fort. »Das hätte ich wirklich nicht erwartet.«

»Warum?«

»Nun, Sie können mit Ihrer Zeit sicherlich Sinnvolleres anfangen, als sich mit einem Blattumwender zu unterhalten.«

»Eigentlich nicht.«

»Aber was ist denn mit Ihrer Tournee?«

»Die ist beendet. Seit heute morgen habe ich offiziell Urlaub.«

»Aber Sie kennen doch sicherlich eine ganze Menge Leute in Rom.«

»Nein.«

Paul errötete und rieb über den Polsterstoff des Sessels. »Junge, Junge, ich kann es kaum fassen, was ich hier erlebe. Vielleicht liegt es am Jetlag. Ehrlich, als ich unten am Portier vorbeiging, war ich in Schweiß gebadet. Ich hätte niemals erwartet ...«

»Du bist ziemlich mutig, das muß ich dir lassen. Als ich so alt war wie du, hätte ich niemals gewagt ...«

»Ach, ich bin doch gar nicht mutig. Oder ich sollte lieber sagen, ich hätte niemals den Mut aufgebracht, wenn nicht Sie es gewesen wären. Es war nur so, als ich das Plakat sah und wußte, daß ich Ihr Konzert nur um einen Tag versäumt hatte, war ich deswegen zutiefst enttäuscht, vor allem nach dem, was in San Francisco geschehen war. Daher wollte ich einfach nur mein Glück versuchen. Ich rief einfach nacheinander alle Hotels an – natürlich nur die mit fünf Sternen.«

Kennington streckte die Beine aus. »Und da ist er nun, der Blattumwender aus San Francisco«, meinte er lächelnd. Dann stand er auf und schlenderte zu Pauls Sessel hinüber, ging vor ihm in die Knie und fuhr ihm durchs Haar. »Weißt du, daß Tushi kaum darüber hinwegkam, wie elegant du gekleidet warst? Besser als sie, wenn du mich fragst.«

»Ich habe nur das angezogen, was ich von einem Blattumwender erwartet hätte, wenn ich gespielt hätte.«

»Was sagtest du, wie alt du bist?«

»Ich habe nichts gesagt. Ich bin achtzehn.«

»Achtzehn«, wiederholte Kennington. »Ich wette, du hast schon Haare auf der Brust.« Er streichelte Pauls offenen Hemdkragen.

»Als Sie so alt waren wie ich, unternahmen Sie bereits Ihre erste Europa-Tournee«, sagte Paul und bewegte sich nervös hin und her.

»Ich war damals ganz schlimm. Ich habe immer damit gedroht, meine Hände zu verstümmeln.«

»Sie zu verstümmeln?«

»Ja, sie zum Beispiel einem Krokodil ins Maul zu stecken.«

»Das soll wohl ein Witz sein ...«

»Einmal habe ich die rechte Hand in einen Müllschlucker gesteckt und damit gedroht, ihn einzuschalten. Meine Mutter mußte die Sicherungen rausdrehen.«

»Warum haben Sie das getan? Hören Sie damit auf, das kitzelt.«

»Um den Leuten angst zu machen. Du bist sicher noch müde von dem langen Flug.«

»Aber nicht zu müde, um mir Ihr Konzert anzuhören, wenn es heute erst stattgefunden hätte. Ich hätte wer weiß was dafür gegeben, um Sie die B-moll-Sonate von Chopin spielen zu hören. Und da wir gerade von der B-moll-Sonate reden, wollte ich Sie fragen, ob Sie die Wiederholung des ersten Satzes ...«

»Wenn ich einen langen Flug hinter mir habe, gibt es für mich nichts Besseres als eine Rückenmassage.«

»Und wenn Sie ...«

»Soll ich dich massieren? Steh mal auf. So ist gut.« Er

setzte sich in Pauls Sessel. »Und jetzt setz dich wieder. Auf den Fußboden. Gut.« Kräftige Beine zwängten Paul ein, und er spürte plötzlich, wie seine Schultern geknetet wurden.

Er stieß einen leisen Seufzer aus.

»Zu fest?«

»Nein, es ist schon okay. Tatsache ist, daß mir noch nie jemand den Rücken massiert hat. Und Sie haben große Hände. Ich habe nur ziemlich kleine Hände. Autsch! Miss Novotna meint, das sei nicht so schlimm, nicht jeder hätte Hände wie Rachmaninow.«

Er spreizte die Finger. Kennington löste eine Hand von Pauls Schulter und drückte sie gegen die offene Handfläche.

»Meine ist nicht viel größer.«

»Scherzen Sie? Ihr Zeigefinger ist mindestens ein Zentimeter länger als meiner. Aber um noch mal auf die B-moll-Sonate zurückzukommen ...«

»Sprichst du denn über nichts anderes als Musik?«

»Doch ... über alle möglichen Dinge.«

Kennington krümmte seine Finger in Pauls Hand zusammen, so daß sich beide Hände zu einer doppelten Faust formten. »Dann sollten wir ein Abkommen treffen«, flüsterte er in Pauls Ohr. »Einigen wir uns darauf, daß wir nicht mehr über Musik reden, wenigstens heute nicht.«

»Gut.« Paul betrachtete ihre ineinander verschachtelten Hände.

Kennington ließ ihn los und fuhr mit der Rückenmassage fort. »Dann erzähl mir doch mal was von dir, Paul. Wenn wir Freunde werden wollen, ist es sicherlich nicht besonders fair, wenn du so viel über mich weißt und ich über dich so gut wie gar nichts.«

»Was soll ich Ihnen denn erzählen?«

»Was immer du möchtest.«

»Nun, mal sehen ... Ich wurde an einem 29. Februar geboren, deshalb feiere ich nur alle vier Jahre Geburtstag. In Boston. Meine Eltern stammen nämlich aus Boston. Wir sind in den Westen gezogen, als ich acht war.«

»Und was arbeiten deine Eltern?«

»Mein Vater hat eine Druckerei. Meine Mutter – sie ist Hausfrau, glaube ich, aber sie arbeitet gelegentlich unentgeltlich in der Wohlfahrt.«

»Gibt es Brüder oder Schwestern?«

»Einen Bruder, eine Schwester. Sie sind älter als ich und verheiratet.«

»Und bist du verheiratet?«

»Natürlich nicht! Ich bin erst achtzehn.«

»Aber du hast doch sicher eine Freundin.«

»Nein.«

»Einen Freund?«

Paul sagte nichts.

»Na schön, nun, da ich dich ausgefragt habe, darfst du mir jede Frage stellen, die dir einfällt, vorausgesetzt es ist nichts Musikalisches.«

»Also ... ich weiß, daß Sie nicht verheiratet sind. Haben Sie denn eine Freundin?«

»Nein.«

»Oh.«

»Weshalb überrascht dich das?«

»Nun, ich hatte angenommen, daß Sie und Miss Strauss ...«

»Tushi?« Kennington lachte. »Ach, ich fürchte, für Tushi bin ich viel zu alt.«

»Aber ist sie nicht älter als Sie?«

»Für ihren Geschmack nicht genug.«

Paul schwieg wieder. Er schloß die Augen, entspannte sich und gab sich nach und nach dem Rhythmus von Kenningtons Händen hin.

»Na endlich, du wirst endlich locker. Ein langer Flug ist eine schreckliche Strapaze für die Schultern.« Kennington unterbrach die Massage. »Du, ich habe eine Idee. Warum legst du dich nicht aufs Bett? Dort kann ich dich noch viel besser massieren.«

Paul nickte und stand auf.

»Du kannst deine Kleider auf den Sessel legen«, fuhr Kennington fort.

»Meine Kleider!«

»Ich kann dich wohl kaum richtig durch deine Kleider massieren, oder?«

»Das sehe ich ein«, meinte Paul und begann, während er sich halb abwandte, ein wenig unbeholfen sein Hemd aufzuknöpfen. Kennington beobachtete ihn. In Wahrheit erschreckte ihn seine Unverfrorenheit ein wenig. Schließlich ist die angebotene Massage mit Sicherheit die zynischste aller Verführungstechniken, denn liegt nicht das wahre Wesen des Zynismus darin, die lüsterne Absicht mit einem überaus dünnen Schleier der Anständigkeit zu tarnen, so dünn, daß jeder, der ihn nicht durchschaut, im Grunde selbst daran schuld ist? Und doch bezweifelte er, daß Paul tatsächlich um neun Uhr abends zu ihm ins Hotel gekommen war, um sich ausschließlich über Musik zu unterhalten.

Schließlich streifte Paul das Hemd ab. »Ich hole nur schnell ein Handtuch«, sagte Kennington und ging ins Schlafzimmer.

Als er mit Handtuch und Massageöl zurückkehrte, stand Paul in seiner Unterwäsche neben dem Sessel. Anstelle des allgemein üblichen Slips trug er eine übermäßig weite Boxershorts, fast schon eine Pumphose, bei deren Anblick Kennington nichts anderes tun konnte als in schallendes Gelächter auszubrechen.

»Was ist so spaßig?«

»Es tut mir leid. Es ist nur so, daß diese Boxershorts mich an meinen Vater erinnern.«

»Sie sind von Brooks Brothers«, sagte Paul trotzig. »Und außerdem, was ist so komisch daran? Sie sind sehr bequem. Und wenn es nicht gerade das ist, was Jungen meines Alters allgemein tragen, was soll's? Ich bin nicht so wie die meisten Jungen meines Alters. Ich habe schon immer einen etwas klassischeren Stil bevorzugt, was meine Kleidung betrifft.«

»Ja, natürlich. Du hast vollkommen recht. Ich entschuldige mich, wenn ich dich in Verlegenheit gebracht haben sollte.«

»Sie haben mich nicht in Verlegenheit gebracht.«

»Du solltest lieber auch dein T-Shirt ausziehen«, fügte Kennington hinzu und öffnete die Flasche mit dem Massageöl.

»Das hatte ich gerade vor.« Langsam zog er sich das T-Shirt über den Kopf, wo es an seiner Brille hängenblieb. Er kämpfte damit. Gänsehaut breitete sich auf seinen blassen Schulterblättern aus, wie Kennington sofort bemerkte.

»Wo soll ich mich jetzt hinlegen?« fragte Paul, sobald er sich von dem T-Shirt befreit hatte.

»Hier.« Kennington breitete das Handtuch auf dem Bett aus.

Paul nahm seine Brille ab. »Das ist eine bequeme Matratze.«

»Meinst du? Du bist herzlich eingeladen, darauf zu schlafen, wann immer du willst.«

»Ich habe aber mein eigenes Zimmer! Natürlich ist es nicht so schön wie dieses. Und kleiner. Trotzdem gefällt es mir. Dort ist ein Fenster, das … aua, das Öl ist aber kalt!«

»Es wird gleich warm.« Unter Kenningtons Händen verströmte sein Körper einen süßlichen, schalen Geruch.

»Wissen Sie, was Miss Novotna mir mal gesagt hat? Sie erzählte mir, daß Cecile Barrière – sie war eine ihrer Schülerinnen – in ihren Verträgen stehen hatte, daß sie in jedem Hotel, in dem sie absteigt, eine Massage bekommt.«

»Das ist typisch für Cecile.«

»Ist sie eine Freundin von Ihnen?«

»Eher eine gute Bekannte.«

»Dann können Sie mir vielleicht verraten, was es mit ihrer Haydn-Schallplatte auf sich hat. Ich weiß, daß sie in der *Gramophone* eine begeisterte Kritik bekommen hat. Trotzdem …«

Kennington gab Paul einen leichten Klaps auf den Hinterkopf. »Ich dachte, wir wären übereingekommen, heute abend nicht mehr über Musik zu reden?«

»Das habe ich vergessen.«

»Warum schweigst du nicht einfach und versuchst tief und ruhig zu atmen? Du wirst niemals Chopin spielen können, wenn du es nicht lernst, dich richtig zu entspannen.«

»Okay.«

»Gut«, sagte Kennington. »Das ist schon besser.« Er berührte sachte die Rückseite der Oberschenkel Pauls, so daß dort eine Gänsehaut entstand.

Draußen setzte der Regen wieder ein und sorgte für ein ständiges Trommeln gegen das Fenster.

»Entspann dich«, beschwor Kennington ihn. »So ist's richtig.« Er beugte sich vor und küßte Pauls Nacken.

Sofort wurde Paul starr.

»Hey, du frierst ja«, sagte Kennington. »Schlüpf lieber unter die Decke.«

»Tut mir leid. Ich fürchte, Sie haben da irgend etwas mißverstanden, vielleicht war ich es aber auch.« Er schlüpfte unter die Decke.

»Was mißverstanden?«

»Weshalb ich hergekommen bin.«

»Weshalb bist du denn hergekommen?« hakte Kennington nach.

»Um mit Ihnen zu reden. Nicht um ... ich meine, wie kann man wissen, wie man ist, wenn man noch nie irgend etwas getan hat?«

»Das kann man nicht«, sagte Kennington. Und knipste die Lampe aus, um anschließend in der Dunkelheit seine Armbanduhr abzunehmen.

»Geht es dir gut?« fragte Kennington.

»Prima.«

»Aber du bist nicht ...«

»Das macht nichts.«

Paul verließ das Bett und zog seine Boxershorts an.

»Möchtest du denn nicht duschen?« fragte Kennington und knipste für ihn das Licht an.

»Das ist schon okay, ich brauche es nicht. Hören Sie, es war wirklich ganz toll. Und vielen Dank für ...«

»Paul, langsam, immer mit der Ruhe.«

Er hielt inne, drehte sich um und schaute Kennington prüfend an, der nun ebenfalls aus dem Bett stieg, auf ihn zuging und ihm die Hände auf die Schultern legte. »Du brauchst dich nicht zu beeilen«, flüsterte er.

»Aber ich bin müde. So müde wie noch nie zuvor in meinem ganzen Leben.«

»Warum schläfst du dann nicht?«

»Weil ich zurück muß. Meine Mutter macht sich bestimmt Sorgen.«

»Habt ihr ein gemeinsames Zimmer?«

»Nein.«

»Wie soll sie dann etwas bemerken?«

»Sie kennen meine Mutter nicht. Wie ich sie kenne, ist sie bestimmt ins Foyer runtergegangen und hat nachgeschaut, ob mein Schlüssel am Brett hängt.«

»Ah.«

Er wandte sich ab, griff nach seiner Hose und drehte sein T-Shirt von links auf rechts. Kennington ließ sich auf dem Bett nieder. Ein dünner Streifen Haare, Wachtposten nicht unähnlich, marschierte von Pauls Bauchnabel abwärts und verschwand in der Hose. Dann verschwanden die Haare unter dem T-Shirt, das T-Shirt unter dem Oberhemd. Als letztes wurden Socken und Schuhe angezogen. Es war, als betrachtete man einen rückwärts ablaufenden Film.

Schließlich schlüpfte er in sein Jackett, klopfte seine Gesäßtasche, seine Brusttasche, sein Handgelenk ab.

»Brieftasche, Uhr, Schlüssel«, sagte er. »Nur habe ich heute keine Schlüssel.« Er streckte die Hand aus. »Tja, gute Nacht. Vielen Dank.«

»Paul ...«

»Diesen Abend werde ich nie vergessen ... ganz sicher nicht.«

»Ich muß dich etwas fragen. Habe ich heute irgend etwas falsch gemacht? Habe ich dich zu irgend etwas genötigt, wozu du nicht bereit warst?«

»Nein, natürlich nicht.«

»Ich hatte nämlich angenommen, als du herkamst, daß, hm, dies, der Grund für deinen Besuch war.«

»Ich weiß nicht genau, weshalb ich hergekommen

bin«, sagte Paul. »Es ist viel passiert. Es war ein langer Tag, und ich bin müde.«

»Ich verstehe.«

»Dann auf Wiedersehen.«

»Auf Wiedersehen.« Sie schüttelten sich die Hände. Kennington begleitete ihn zur Tür, wo Paul sich umdrehte.

»Sie wissen es sicher«, sagte er, »daß ich Sie liebe.«

Kenningtons Mund klappte auf.

Paul ging.

Kennington setzte sich. Den ganzen Tag über hatte er schlechte Laune gehabt, und nur einige wenige Gründe sollen an dieser Stelle genannt werden: Einsamkeit, sein bevorstehender vierzigster Geburtstag, ein häßlicher Artikel im Boston Globe, in dem ihm vorgeworfen wurde, Schubert zu »entstellen«. Er hatte die Absicht gehabt, die schlechte Laune mit einer Flasche Bourbon und dem Schreiben von Briefen zu bekämpfen, die er am Ende sowieso nicht abschicken würde; dann, als Paul erschien, sie mit jener Art sexueller Zerstreuung zu vertreiben, die elegante Hotelzimmer stets zu bevorzugen pflegen. Daher war es durchaus möglich, daß Paul gekommen war, um lediglich – nein, nicht um über Musik zu reden; das war zu einfach; vielleicht, um etwas zu suchen, das er noch nicht benennen konnte? In diesem Fall könnte der Schock, es zu erfahren und gleichzeitig zu bekommen, zu groß gewesen sein.

Seine Annahme, daß Paul schon eine gewisse Welterfahrenheit besaß, könnte ein großer Irrtum gewesen sein. Er könnte sich damit die Möglichkeit, noch schönere Dinge zu erleben, endgültig verdorben haben, wie es ihm in der Vergangenheit schon oft passiert war.

Das Telefon klingelte. In der Hoffnung, daß Paul ihn anrief, beeilte er sich, den Hörer abzunehmen.

»Ja, bitte?«

»Ich versuche schon den ganzen Abend, dich zu erreichen. Warst du essen?«

»Ich habe nur einen Spaziergang gemacht.«

»Oh, das klingt nett. Ein Spaziergang durch die Straßen des alten Roms.« Auf der anderen Seite des Ozeans zog Joseph an seiner Zigarette. »Dann hör mal zu, ich fürchte, ich habe schlechte Neuigkeiten über Sophie. Ihr geht es nicht so gut.«

»Tatsächlich? Was ist denn los?«

»Nun, gestern hat Maria mich im Büro angerufen und berichtet, daß ihr das Atmen schwerfiel, deshalb habe ich sie am Nachmittag zu Dr. Wincote gebracht, der meint, es wäre an der Zeit ... nun, du weißt schon, sie einzuschläfern. Und ich verstehe seinen Standpunkt. Nur, ich kann das einfach nicht. Erst recht nicht, wenn sie mich auf diese typische Art und Weise ansieht.«

»Das tut mir leid, Joseph.«

»Und es ist nicht so, daß sie Schmerzen hat oder so. Sie frißt. Sie liegt die meiste Zeit des Tages in der Küche auf dem Fußboden, und es scheint ihr gutzugehen.« Ein weiterer Zug an der Zigarette. »Deshalb habe ich einstweilen entschieden, noch zu warten. Meinst du, es wäre die richtige Entscheidung?«

»So lange sie keine Schmerzen hat, denke ich schon.«

»Das finde ich auch. Und ich bin froh, daß du meiner Meinung bist, denn es ist verdammt noch mal nicht leicht, Dr. Wincotes Rat in den Wind zu schlagen, wo er doch der Experte ist.« Er räusperte sich. »Nun, wie ergeht es dir da drüben?«

»Gut. Ich ruhe mich aus.«

»Ich habe übrigens eine E-Mail von den Santa Cecilia-Leuten erhalten. Sie waren von dem Konzert begeistert. Du sollst nächstes Jahr wiederkommen.«

»Wunderbar.«

»Ach ja, apropos Santa Cecilia – ich hoffe, du drückst dich nicht vor dem Abendessen übermorgen mit Mr. Batisti.«

»Was meinst du damit, ich soll mich nicht drücken?«

»Naja ... also, Richard, du weißt so gut wie ich, daß du in der Vergangenheit des öfteren vergessen hast ...«

»Vergessen ist nicht das gleich wie sich drücken. Sag, was du meinst. Du willst sichergehen, daß ich Mr. Batisti nicht versetze.«

»Nein!« Ein weiterer Seufzer. »Ich will mal von vorne anfangen. Ich möchte als dein Manager nur die Wichtigkeit dieses Abendessens in bezug auf deine weitere Karriere unterstreichen. Schließlich ist das trotz allem mein Job.«

»Ich weiß, daß es ein wichtiges Abendessen ist.«

»Das ist okay, wenn dir das wirklich klar ist. Ansonsten gibt es von hier nicht viel Neues zu berichten, außer, ach ja, ich war gestern mit Tushi essen. Sie hat einen neuen jungen Mann. Einen Arzt.«

»Attraktiv?«

»Und siebenundzwanzig.«

»Mögen wir alle irgendwann soviel Glück haben wie Tushi.«

»Ja, sie sieht für ihr Alter wirklich phantastisch aus. Wie bitte?« Eine Hand hielt am anderen Ende die Sprechmuschel zu. »Hörst du, ich muß Schluß machen. Die Buchhaltung hat mich schon mehrmals wegen meiner Telefonkosten angesprochen, ich fasse es nicht. Letzte Woche schickten sie mir eine beschissene Aktennotiz, ich sollte versuchen, meine Überseegespräche einzuschränken. Ausgerechnet mir haben sie diese Notiz schicken müssen! Als ob es diese Firma ohne mich überhaupt gäbe!« Es war beinahe zu hören, wie er entrüstet den Kopf schüttelte. »Und jetzt sitze ich hier und rede darüber, daß ich nicht soviel reden soll.«

Stille.

»Nun, ich laß dich jetzt in Ruhe. Du bist sicher müde. Wann fliegst du zurück?«

»Am Samstag, glaube ich. Ich weiß es noch nicht genau.«

»Es ist nicht so wichtig, so lange du bis zum vierzehnten zurück bist.« Ein Pause. »Du bist doch am vierzehnten wieder hier, nicht wahr?«

»Natürlich. Wofür hältst du mich?«

»Ich wollte nur ganz sicher gehen ... Tja, träum was Schönes. Ich vermisse dich.«

»Ich vermisse dich auch.«

Eine weitere Pause. »Ich liebe dich.«

»Ich liebe dich auch.«

»Gute Nacht, Geliebter.«

»Gute Nacht.«

Kennington legte auf. Im Verlauf ihrer Unterhaltung war ihm etwas Weißes in der Nähe des Fenstervorhangs ins Auge gefallen. Nun legte er den Hörer auf und ging nachschauen. Es war ein Stück Papier, mehrmals zusammengefaltet, das auf dem Teppich lag.

Als er es auseinanderfaltete, las er »Summit Printing, Inc.« Dann:

Lieber Paul,

ich habe Deine Mutter verlassen. Ich liebe Muriel Peter aus dem Büro. Wir wollen heiraten, sobald wir rechtsgültig geschieden sind. Es tut mir leid, wenn diese Neuigkeit für Dich ein großer Schock ist, aber ich bin jetzt 53 und kann es mir nicht leisten, mit einer Lüge weiterzuleben ...

Nachdem er den Brief gelesen hatte, faltete er ihn wieder zusammen und steckte ihn in die Brusttasche seines Jacketts. Dann zog er den Vorhang auf und blickte hinaus auf die Straße. Sie war leer bis auf einen Jungen, der zwei Pudel spazieren führte. Was die Deutschen einen Ohrwurm nennen, hatte sich in sein Bewußtsein geschlichen. Es war, wie immer, eine kleine Melodie aus seiner Kindheit. »Good morning, good morning. We've slept the whole night through …«

Und die ganze Nacht, dachte er, erklingt sie jetzt in meinen Träumen … falls ich überhaupt einschlafe.

Er ließ den Vorhangschlitz zufallen. Der Junge mit den Pudeln bog um die Ecke. Auf der Fensterscheibe, gegen die unvermindert heftig der Regen prasselte, erhellte der Lichtschein einer Straßenlaterne fünf fettige Monde, wo seine Finger sich gegen das Glas gestützt hatten.

5

Sophie starb am Nachmittag des gleichen Tages. Das war eigentlich keine so große Tragödie, versuchte Joseph sich zu trösten. Schließlich hatte sie ein schönes Leben gehabt und war dreizehn geworden – für einen Dackel ein recht hohes Alter. Dennoch, während er vor Dr. Wincotes Praxis ein Taxi anhielt, breitete sich, aus seiner Magengrube aufsteigend, ein Gefühl der Leere in seinem Körper aus. Sein Atem begann zu flattern. In der Sicherheit des Taxis lockerte er seine Krawatte. »Central West und Sixty-third«, wies er den Fahrer an, der sofort wendete und durch den schwerfälligen Mittagsverkehr rollte. Er war schon älter – das heißt, älter als Joseph – und sein Name lautete Manny Litwak. »Es kommt heutzutage ziemlich selten vor, daß man einen Taxifahrer trifft, der Englisch spricht«, stellte Joseph fest.

»Die meisten Typen da draußen sind Immigranten«, entgegnete der Taxifahrer. »Puertorikaner, Russen.«

»Ja, neulich hatte ich einen Orientalen. Ich sagte zu ihm: ›Ich muß zur White Street.‹ ›Welche Straße?‹ fragte er mich. ›Welche Straße?‹ Ich kann Ihnen flüstern, es war die reinste Abbott-und-Costello-Nummer.«

Sie bogen in den Broadway ein.

»Die White Street ist unten in Tribeca«, fügte Joseph hinzu. »Ich habe einen Freund, der da unten in einer Fabrikhalle wohnt.«

»Ich weiß, wo die White Street ist.«

»Natürlich. Tut mir leid. Ich wollte Sie nicht beleidigen. Ich bin heute nicht ganz bei mir, denn mein Hund ist gestorben. Ich komme gerade vom Tierarzt.«

»Das tut mir leid.«

»Danke. Es ist seltsam, wenn man mit leeren Händen zurückkommt. Und wenn ich mir vorstelle, daß es gerade eine Stunde her ist, seit ich in die Stadt fuhr und sie in den Armen hielt. Meine Sophie. Sie war dreizehn.«

»Ganz schön alt für einen Hund.«

»Und dann mußte ich die Rechnung bezahlen. Ist es nicht seltsam, daß man immer noch eine Rechnung bezahlen muß, selbst wenn jemand gestorben ist?«

Der Fahrer enthielt sich eines Kommentars. Während er sich zurücklehnte, ertappte Joseph sich dabei, wie er sich an den Nachmittag erinnerte, an dem er und Kennington zum Haus der Züchterin in Morristown hinausgefahren waren. Dort hatten sie erlebt, wie sie Sophie aus dem zappelnden Wurf herausgeholt hatte – »wie ein pelziger Wurm«, hatte Kennington später seinen Eindruck beschrieben. In derselben Woche waren sie in den Loft in der White Street gezogen, und Sophie hatte auf den antiken Buchara gepinkelt und dort einen dunklen Fleck hinterlassen.

Auf der Central Park West ließ der Verkehr nach. Da der Fahrer das Tempo kannte, das er einhalten mußte, um an jeder Ampel die Grünphase zu schaffen, erreichten sie Josephs Haus innerhalb weniger Minuten. Dort stieg er aus und gab ein überreichliches Trinkgeld – Belohnung dafür, daß er sein Herz hatte ausschütten dürfen –, dann ging er schwankend auf die Drehtür zu, wo ihn Hector, der attraktivste der Portiers, erwartete. »Guten Tag, Mr. Mansourian«, sagte Hector. »Ist alles gutgegangen?«

»Ich fürchte nein, Hector. Ich fürchte, Sophie hat es nicht geschafft.«

Hectors Stirn legte sich in Falten, aber es waren die geflochtenen Schnüre, die auf seinen breiten Schultern glänzten, die Josephs Aufmerksamkeit fesselten. »Mein Gott, Mr. Mansourian. Das tut mir aber leid. Sie war ein so netter Hund.«

»Vielen Dank.«

»Ich weiß, wie das ist. Vor zwei Jahren verlor meine Mutter ihren Hund. Tidbit nannten wir ihn, weil er so klein war. Es war ganz schrecklich.«

»Ja, das ist es immer. Man liebt sie wie die eigenen Kinder, wissen Sie?«

»Ich weiß, Sir.« Nach dieser Demonstration seiner Anteilnahme setzte Hector die Drehtür in Bewegung. Als er damals, vor fünfundzwanzig Jahren, in das Haus gezogen war, hatte Joseph darüber gestaunt, daß Leute nur dafür bezahlt wurden, Drehtüren zu bedienen. Natürlich hatte er keine Ahnung von Gewerkschaften gehabt. Nun kannte er sich mit Gewerkschaften nur allzu gut aus. Ein gewisser habgieriger Zynismus bestimmte die Gesetze des New Yorker Luxus, dachte er, während der lautlose und wohlgeölte Drehmechanismus ihn einließ, wobei seine Bürstenkanten über den polierten Marmor wischten und ihm eine ganze Serie unterschiedlicher Eindrücke vermittelten – wie Alice durch den Spiegel, dachte er manchmal. Dann war er im Foyer. Letzte Parfümspuren mischten sich inmitten dunkler Holzpaneele und kleiner, harter, pinkfarbener Satinsofas und Sessel, die niemand je benutzte – mehr noch, die dazu geschaffen zu sein schienen, nicht benutzt zu werden. Und wie oft hatte er diese Halle mit Sophie oder mit Kennington und Sophie nach einem Spaziergang durch den Park durchquert ... aber er wollte in diesem Moment nicht die Erinnerung an Kennington heraufbeschwören. Seltsam, daß Joseph nun, da Sophie gestorben war, Kenningtons Abwesenheit als schmerzlich empfand.

Dabei war er nur in Europa, wie schon Dutzende Male vorher, und würde bald, sehr bald, zu ihrem Jahrestag wieder zurück sein. Unterdessen rief ein zweiter Portier, dieser schon ein wenig älter, den Fahrstuhl, bei dem es sich um ein älteres Modell handelte mit einer kleinen samtbezogenen Bank, auf der Joseph noch nie jemanden sitzen gesehen hatte.

»Guten Tag, Sam«, sagte Joseph.

»Guten Tag, Mr. Mansourian.«

»Ich fürchte, mein Hund ist gestorben, Sam.«

»Ist er das?«

»Sie. Sophie war ein Weibchen.«

»Das ist wirklich ein schrecklicher Verlust«, sagte Sam – ein wenig spöttisch, wie es Joseph vorkam –, und er öffnete für Joseph die Tür, damit er einsteigen konnte.

Leise glitten die Türen zu.

Fast im gleichen Moment, als der Fahrstuhl sich in Bewegung setzte, fühlte er sich wieder furchtbar schwach, und zum ersten Mal in fünfundzwanzig Jahren ließ er sich auf die kleine Samtbank sinken. Diese Mühe lohnte sich kaum, wie sich herausstellte, denn die Fahrt dauerte nur vierzig Sekunden. Er erhob sich schwerfällig, betrat den engen Korridor, wo er die Doppeltür mit ihren drei Sicherheitsschlössern öffnete. In der Eingangshalle erstreckte sich ein Schachbrettmuster aus schwarzen und weißen Bodenfliesen bis zum dunklen Wohnzimmer. Er nahm Küchengerüche wahr und hörte Mozart – beides aus anderen Wohnungen.

Sobald er die Sicherheit seines Schlafzimmers erreicht hatte, zog er sich um, schaute nach, ob eine e-mail angekommen war (es gab keine), hörte seinen Anrufbeantworter ab (niemand hatte nach ihm verlangt). Was nun? Er hatte keine Ahnung. Ein planloser Abend lag vor ihm. Natürlich hatte er wenig Lust, in die Küche zu gehen, wo hinter der Schwingtür immer noch Sophies hellrote Futternäpfe standen, einer halb mit Trockenfutter gefüllt und der andere mit Wasser, in dem kleine Futterbrocken schwammen, aufgequollen, zerfallen. Ihr Spielzeug lag im Hundekorb. Er hatte die Blutspuren bemerkt, als er sie hochgehoben hatte, um sie zu Dr. Wincote zu bringen. Und dann, im Taxi auf dem Weg in die Stadt, war sie still und ohne viel Aufhebens gestorben. Nein, entschied er, es war sicherlich besser, sich für heute von der Küche fernzuhalten. Es wäre besser, wenn Maria ›die Hinterlassenschaft‹ am Morgen mit jener Gründlichkeit entfernte, die ihr größter Vorzug war, so daß die Wohnung, wenn Joseph am nächsten Nachmittag aus dem Büro zurückkäme, von allen Spuren hündischen Lebens bis auf einige Fotos befreit wäre. Niemand würde feststellen können, daß dort jahrelang auch ein Dackel gelebt hatte.

Immer noch innerlich zitternd ging er ins Wohnzimmer, wo er sich einen Drink einschenkte und eine CD auflegte: das Adagietto aus Mahlers fünfter Sinfonie. Dann ließ er sich nieder. Er überlegte, ob er Kennington von Sophie erzählen sollte. Es war in Rom halb zwei Uhr nachts, was bedeutete, daß Kennington entweder schlief oder einen Spaziergang unternahm oder in einer Bar war; das heißt, falls er überhaupt eine Bar aufsuchte oder etwas Derartiges unternahm. Und außerdem, war der Tod eines alten, kranken Hundes tatsächlich ein hinreichend ernster Notfall, um einen Anruf mitten in der Nacht zu rechtfertigen? Wahrscheinlich nicht. Wahrscheinlich wäre es besser, Tushi anzurufen, die sich in der Stadt aufhielt. Oder seine Mutter in Queens. Nur war Tushi eine Katzenfreundin, und seine Mutter war tot. Seltsam, daß er nach so langer Zeit immer noch den Wunsch verspürte, sie anzurufen. Ein weiteres Anzeichen dafür, daß er allmählich senil wurde. Daß er dahintrieb, allmählich aufquoll.

Oder er könnte auch jemand anderen anrufen.

Bei dieser Vorstellung begann es in seinen Fingern zu kribbeln.

Von einem Beistelltisch nahm er ein Magazin – auf der Titelseite ein Mann mit nacktem Oberkörper. Er blätterte es durch, fuhr mit dem Bleistift an der Liste Photos und Beschreibungen entlang, bis er eine fand, die ihm zusagte.

Er nahm den Telefonhörer ab und wählte die angegebene Nummer.

Zu seiner Überraschung meldete sich eine menschliche Stimme.

»Guten Abend, hier ist Matt.«

»Hallo, Matt. Ich habe gerade Ihre Anzeige in *Advocate Classifieds* gefunden. Ich würde gerne wissen, ob Sie Zeit für einen Hausbesuch haben.«

»Wann?«

»Heute noch, wenn möglich.«

»Geben Sie mir Ihre Telefonnummer, und ich rufe Sie zurück.«

Joseph nannte seine Nummer und legte auf. Sofort klingelte das Telefon wieder.

»Es tut mir leid. Aber ich muß die Anrufe überprüfen. Es ist eine Frage der Sicherheit.«

»Das verstehe ich.«

»Wie dem auch sei, meine Preise sind zweihundert für eine Stunde, dreihundert für zwei Stunden, fünfhundert für die ganze Nacht.«

»Eine Stunde ist okay.«

»Ich wohne in der Stadt. Und Sie?«

»Auf der Upper West Side.« Joseph nannte seine Adresse.

»Ich denke ich kann in zwanzig Minuten bei Ihnen sein. Ach ja, Sie müssen auch meine Taxikosten übernehmen.«

»Natürlich.«

»Übrigens heiße ich gar nicht Matt. Mein Name ist Kenneth.«

»Kenneth, ich bin Joseph.«

»Schön, Joseph. Dann bis gleich.«

»Ist mir nur recht.«

Sie legten auf. Sofort unterbrach Joseph das Adagietto. In einem Dielenschrank hatte er einen Vorrat an billigen Handtüchern, die er nun über das Bett breitete. Dann duschte er und trocknete sich vor dem Spiegel ab. Was sah er? Einen Mann, der, mit einundsechzig, als Demonstrationsobjekt für die Wirkung der Schwerkraft, die alles unweigerlich herabzieht, hätte auftreten können. »Gesicht oder Figur«, hörte er wieder seine Mutter sagen. »Jede Frau trifft diese Entscheidung.« Nur hatte er in seinem Fall keine Wahl gehabt. Die Entscheidung für das Gesicht war für ihn getroffen worden. Bekleidet war er eine attraktive Erscheinung.

Er schlüpfte in seinen Bademantel, mixte sich einen weiteren Drink, dann traf er seine letzten Vorbereitungen für das Rendezvous, die darin bestanden, daß er seine Kreditkarten und seinen Reisepaß sowie alle Gegenstände von verführerischem Wert, die einem Besucher auffallen könnten, im Safe deponierte. Schließlich machte er es sich im Wohnzimmer bequem und schaltete den Fernseher ein. Zu seinem Schrecken lief gerade ein Werbespot für Hundefutter. Er schaltete schnell auf einen anderen Kanal um. In einer japanischen Seifenoper knieten zwei Frauen auf Tatamimatten und unterhielten sich eindringlich. Er verstand nicht ein Wort von dem, was sie sagten.

Nach einer Weile erklang der Summer. »Mr. Kenneth ist hier unten und möchte zu Ihnen«, hörte er Hectors Meldung durch die Sprechanlage.

»Lassen Sie ihn heraufkommen«, antwortete Joseph und ging zur Wohnungstür. Über der Fahrstuhltür flackerten in schneller Folge die Stockwerkzahlen auf, bis die Türen aufglitten und ein hochgewachsener, ein wenig zerzaust wirkender junger Mann in Trainingshose und Lederjacke herauskam. »Hi«, sagte er und streckte eine kräftige Hand aus. »Ich bin Kenneth.«

»Kenneth, Joseph.«

Sie gingen hinein. Joseph schloß die Tür hinter ihnen. »Du hast eine hübsche Wohnung«, sagte Kenneth und zog seine Jacke aus.

»Es freut mich, daß sie dir gefällt. Möchtest du etwas trinken?«

»Ein Bier, wenn du eins im Haus hast.« Kenneth setzte sich aufs Sofa und begann, seine Tennisschuhe aufzubinden.

»Ein Bier kommt sofort«, sagte Joseph und ging beinahe automatisch in die Küche. Er war dort, ehe ihm klar war, was er tat, und wurde mit den beiden roten Freßnäpfen konfrontiert, die er, während er den Kühlschrank öffnete, zu übersehen versuchte, was ihm jedoch nicht gelang. Fast genauso schnell hatte er das Bier aus dem Kühlschrank geholt und es zu Kenneth zurückgebracht, der sich gerade mit einem Knoten in einem Schnürsenkel abmühte. Schließlich gelang es ihm, ihn zu öffnen. Dann schleuderte er den Schuh von sich.

Nachdem er Kenneth das Bier gereicht hatte, nahm Joseph ihm gegenüber auf dem Sofa Platz.

»Woher kommst du, Kenneth?«

»Aus Kansas City.«

»Bist du schon lange in New York?«

»Etwa fünfzehn Jahre.«

»Aha.« Josephs Oberlippe zuckte, während er zusah, wie Kenneth die Bierdose öffnete. »Ich selbst komme aus New York. Genaugenommen aus Queens.«

»Ich weiß nicht, wie es dir geht«, sagte Kenneth und trank einen Schluck von seinem Bier, »aber mir ist ziemlich heiß. Was dagegen, wenn ich mein Hemd ausziehe?«

»Fühl dich nur wie zu Hause.«

Er zog sich das T-Shirt über den Kopf. Seine Brust war rasiert, stoppelig und kaffeefarben. »Sehr schön«, sagte Joseph, während er aufstand und sich vorbeugte, um mit den Fingerspitzen über die warme Haut zu streichen.

Kenneth wich ein wenig zurück. »Können wir zuerst das Geschäftliche regeln?«

»O natürlich. Entschuldige.« Joseph zog die Hand zurück, ging zum Schreibsekretär und holte aus einer Schublade seine Brieftasche.

Kenneth knotete den Schnurzug seiner Trainingshose auf.

»Du hast gesagt, zweihundert für eine Stunde, nicht wahr?«

»Ja. Plus zwölf Dollar für das Taxi.«

Joseph zählte die Scheine. »Tatsache ist, daß ich noch nie in Kansas City war, obgleich ich schon praktisch überall in diesem gottverlassenen Land gewesen bin. Mal sehen, zwanzig, vierzig, sechzig, achtzig.« Plötzlich hielt er inne. »O mein Gott, das kann ich nicht glauben. So etwas ist mir noch nie passiert. Einen Moment ...« Er zählte erneut.

Dann lächelte er quer durch den Raum. »Das ist mir sehr peinlich«, sagte er, »und ich weiß nicht, wie es dazu kommen konnte, aber ich habe offensichtlich nicht genug Bargeld im Hause. Ich habe – laß mich noch mal nachzählen – vierundachtzig Dollar. Aber das ist doch nicht möglich! Ich habe heute morgen Geld geholt! Oh, der Tierarzt, natürlich. Ich mußte den Tierarzt in bar bezahlen. Weißt du, mein Hund ist heute gestorben.« Er setzte sich.

Kenneth sagte nichts. Er hatte sein Hemd schon wieder angezogen und band sich die Schuhe zu.

»Es tut mir leid«, fuhr Joseph fort. »Du wärst zufälligerweise nicht bereit, einen Scheck anzunehmen, oder? Oder eine Kreditkarte?«

»Ich habe für dich einem anderen Interessenten abgesagt.«

»Es tut mir aufrichtig leid. Ich habe mit dieser Art von Arrangements nur wenig Erfahrung.«

Kenneth war wieder vollständig angezogen. Joseph brachte ihn zur Tür.

»Dann laß mich dir wenigstens vierzig Dollar für deine Mühe geben«. Sagte er.

»Ich habe für das hier einen anderen Job sausen lassen«, wiederholte Kenneth.

»Dann achtzig.« Er reichte Kenneth die Scheine. »Ich bitte dich noch einmal um Entschuldigung.«

Kenneth sagte nichts. Er schloß die Faust um das Geld und ging durch die Tür, die Joseph hinter ihm schloß und verriegelte. Dann setzte er sich auf den Fußboden und lauschte dem Geräusch des Fahrstuhls. Aus irgend einem Grund erinnerte er sich an einen Sommernachmittag vor nicht allzu vielen Jahren, als er und Kennington während einer Fahrt nach Rom wegen ein paar Kühen anhalten mußten, die die Straße überquerten. Der Klang der Glocken, die sie um die Hälse trugen, war beinahe Musik, beinahe ein Echo von Kuhstimmen.

Erstaunlich, wie die Erinnerung es immer wieder schafft, rein zufällig zu erscheinen, während es, natürlich, immer einen Schlüssel, eine logische Erklärung dafür gibt. In diesem Fall war es Italien, Rom. Wo Kennington, soweit Joseph es wußte, vielleicht gerade schlief, vielleicht vögelte, vielleicht tot war oder betrunken oder durch Straßen stolperte, deren Pflaster im grellen Licht der Straßenlaternen eine mittelalterliche Intensität zeigte.

Vor wenigen Minuten war ein Junge ... er krümmte sich. Er haßte es, so zu klingen oder sich zu fühlen wie Kenningtons Mutter. Und doch traf es zu. Sie waren losgefahren, um Sophie aus dem Wurf auszusuchen, und Kennington hatte sich, wie ein kleiner Junge, auf den Boden gelegt und die Welpen auf sich herumklettern lassen. Sie hatten sein Gesicht geleckt, hatten mit ihren Zungen, als er lachte, seine glänzenden weißen Zähne liebkost, während Joseph die Szene betrachtete und die Züchterin lächelte. »Ich sehe schon, daß Ihr Sohn ein richtiger Hundenarr ist«, hatte sie gesagt.

»Ja«, hatte er gemeint. »Du bist ein richtiger Hundenarr, nicht wahr, mein Sohn?« Irgendwie erregte es ihn, ihn »Sohn« zu nennen, was er bisher im Bett noch nicht gewagt hatte. Aber Kennington, der mitten im Gewimmel des Dackelwurfs lag, lachte so heftig, daß er darauf nichts erwidern konnte.

6

»Genug Blau am Himmel, um einem Holländer eine Hose zu nähen«, sagte Pamela. »Erinnerst du dich daran?«

Paul, der gerade den Zucker in seinen Kaffee hineinrührte, schüttelte den Kopf.

»Nur eine alte Redensart, die deine Großmutter immer benutzte. Wenn wir ein Picknick veranstalten wollten und es fing zu regnen an, schaute sie aus dem Fenster und sagte: ›Wir fahren los, wenn genug Blau am Himmel ist, um einem Holländer eine Hose zu nähen.‹ Nun, was meinst du, Pauly? Ist genug Blau zu sehen?«

Er blickte zum Himmel, wo immer noch Wolkenbänder dahintrieben. Dann sah er seine Mutter an. Sie trug eine Sonnenbrille. Nichtsdestoweniger ordneten sich ihre Gesichtszüge – die gestern durch Schock und eheliche Entwurzelung völlig entgleist waren – wieder zu ihrem alten Gleichmaß. Ja, sie hörte allmählich auf, die wandelnde Katastrophe zu sein, der alleine der Stolz so etwas wie Würde verlieh, und wurde wieder die stets zum Lachen aufgelegte Frau, für die Paul sie stets gehalten hatte.

»Ich würde ja sagen«, antwortete Paul. Es war acht Uhr morgens, und sie saßen auf der Loggia ihres Hotels und frühstückten.

»Trotzdem sollten wir vorsichtshalber die Regenschirme mitnehmen. Oh, ich bin so aufgeregt. Ich möchte das Kolosseum sehen, das Parthenon …«

»Das Pantheon.«

»Das Pantheon, das Forum. Es sei denn, natürlich, du wärest lieber alleine. Wenn das der Fall ist, Paul, dann sag es nur. Ich habe Verständnis dafür.«

»Nein, nein, wir können uns alles gemeinsam ansehen.«

Sie standen auf. Ein heimliches Gefühl des Triumphs ließ Pamelas Mundwinkel im Anflug eines Lächelns nach oben rutschen. Irgend etwas war geschehen. Sie wußte nicht weshalb, aber an diesem Morgen, als sie sich schminkte, war Paul in ihr Zimmer gestürmt und ihr um den Hals gefallen. »Liebling«, sagte sie und umarmte ihn. »Liebling, was ist los?« Aber er hatte nicht geantwortet.

Die Menschen geben es nur höchst selten zu, dachte Pamela bei sich, aber die Sorge eines geliebten Menschen kann etwas Beglückendes sein. Wenn er verstimmt war, zog Paul sich im allgemeinen von seiner Mutter zurück, so wie er es am vorangegangenen Abend getan hatte. Sie hatte regelrecht üben müssen, nicht um seine Gesellschaft zu betteln. Und dann, wenn sie es am wenigsten erwartete, überkamen ihn diese Anwandlungen seiner Kindheit, und etwas in ihr lebte auf, vor allem da sie wußte, daß es im Laufe der Jahre immer seltener geschehen würde, bis es ganz aufhörte.

Im Pantheon las er laut aus Georgina Masson vor. Unter der riesigen Öffnung in der Mitte der Kuppel war der Marmor, durchzogen mit schmalen Ablaufrinnen, immer noch naß vom Gewitter der vergangenen Nacht. »Hör dir das mal an«, sagte er. »In den Nischen standen früher die Statuen von allen Göttern und Göttinnen, und laut Plinius trug die Statue der Venus als Ohrringe die Hälften einer Perle, die Mark Anton einst Kleopatra gestohlen hatte. Und die Perle hatte ein identisches Gegenstück, das sie in Essig auflöste und trank, womit sie eine Wette gewann.«

»Kleopatra hat eine Perle getrunken?«

Paul nickte.

»Igitt«, sagte Pamela. »Vielen Dank. Nicht für allen Tee in China würde ich das tun.« Dann wurden sie von einer schlachtschiffähnlichen Frau beiseite geschoben, die mit Hilfe einer Fliegenpatsche eine deutsche Touristengruppe zum Grab Raphaels führte. »Bis zum zwanzigsten Jahrhundert war dies die größte Kuppel der Welt. Einige Ziegelsteine stammen aus dem Jahr 125 vor Christus. Und über den Innenraum steht hier: ›Der Zement wurde schichtweise mit Travertin, Tuff, Backstein und Bimsstein vermischt. Dabei kamen die schweren Mischungen im unteren Bereich zur Verwendung, während die leichteren Tuff- und Bimssteinmischungen im oberen Teil der Kuppel verarbeitet wurden.‹« Paul klappte das Buch zu. »Es muß einiges los gewesen sein, ehe die große Christianisierung einsetzte.«

»Das muß es wohl«, pflichtete Pamela ihm bei.

Sie traten durch die schwere bronzene Flügeltür hinaus. Winzige Autos – die kleinsten, die sie je gesehen hatte – flitzten um die Piazza herum. Ihre Räder waren höchstens halb so groß wie die an Pamelas Kombiwagen, und einige Fahrzeuge hatten sogar nur drei Räder.

»Sieh doch mal. Dieser Wagen hat noch nicht mal ein Lenkrad, sondern Griffe wie ein Motorrad. Und es wird *ape* genannt.«

»Nein, es wird ah-pay ausgesprochen. Das heißt ›Biene.‹«

»Dann ist Affe eine Biene und kalt ist warm. Was für eine spaßige Sprache.« Sie wickelte sich ihr Tuch fester um den Hals. Tatsächlich sprach sie viel lieber über Autos als über das Kolosseum, dessen Staub ihre Schuhe befleckte und das auf jeden Fall nach Urin stank. Denn die Architektur von Rom war nicht nur monumental, sie war monumental indifferent. Sie drückte einen nieder. Tausende waren schon hier, schien sie zu sagen. Goethe, Liszt. Du zählst überhaupt nicht.

Sie besuchten mehr Kirchen, als sie sich merken konnte. In einer begann Paul ihr etwas über die Apsis vorzulesen. Sie schämte sich zu sehr, um zuzugeben, daß sie mit siebenundvierzig Jahren nicht wußte, was eine Apsis war. Und dann waren all die Ruinen für sie nicht mehr als nur Haufen von Steinen und Erde. Anders als Paul konnte sie einen Tempel nicht aus zwei Marmorsäulen rekonstruieren. Für sie war Rom Schmutz und Leblosigkeit.

Als sie ihre Rundfahrt beendet hatten, unternahmen sie einen Spaziergang die Via Condotti hinunter. In den Läden folgten ihnen die Verkäuferinnen in ihren strengen maßgeschneiderten kleinen Kostümen auf Schritt und Tritt, als ob sie Diebe wären. Die Schuhe dieser Frauen waren nicht verstaubt oder abgestoßen. Sie wiesen nicht eine einzige Falte auf. Wohingegen Pamela in ihrer schwarzen langen Hose und der zerknautschten Bluse durchaus ein Schild mit der Aufschrift ›Touristin‹ hätte auf dem Rücken tragen können. Jeder Ladeninhaber sprach sie automatisch auf englisch an. Kein Wunder, daß die kleinen Zigeunermädchen in ihren schmutzigen, buntgemusterten Röcken und Tüchern sich vor der Spanischen Treppe um sie drängten! Als das passierte, befand Paul sich auf der anderen Seite der Piazza und kaufte gerade eine Zeitung. Plötzlich war Pamela von einer ganzen Gruppe Frauen, einige davon schwanger, umringt. Sie drückten zerrissene Stadtpläne und schmutzige Stücke Pappe gegen ihren Bauch. Zuerst glaubte sie, sie fragten sie nach einem bestimmten Weg. »Ich spreche kein Italienisch!« erklärte sie ihnen, während schnelle Hände sich in ihre

Handtasche schlängelten. Es war alles wie ein Traum. »Aufhören!« sagte sie und verscheuchte die Kinder mit heftigen Handbewegungen. »Hört sofort auf! Paul!«

Er drehte sich um. »Ich komme!« rief er. Dann schritt ein hochgewachsener Mann ein und attackierte die Mädchen mit seinem Regenschirm. *»Andate via!«* rief er und packte eins am Pferdeschwanz. Das Mädchen heulte auf, während ihre Freundinnen lachten, davonstoben und ein paar Schritte entfernt stehenblieben wie ein Schwarm junger Vögel.

»Dai«, sagte der große Mann zu dem Mädchen, das versuchte, sich aus seinem Griff zu befreien.

Sie spuckte ihn an.

»Dai«, wiederholte er in scharfem Ton und riß an ihrem Pferdeschwanz, um ihr wehzutun.

Sie schlug um sich. Die anderen Mädchen hielten sich in sicherer Entfernung und schrien, er sollte sie loslassen.

»Va be', va be'!« sagte das Mädchen schließlich und ließ eine hellrote Geldbörse aus ihrem Rock fallen.

Der Mann stieß sie weg, hob das Portemonnaie auf und reichte es Pamela.

»Ist alles in Ordnung?«

»Ich denke ja.«

Während sie sich den Hinterkopf rieb, wo er ihr wehgetan hatte, zischte das Mädchen Verwünschungen gegen ihn. In ihrer fremden Sprache verfluchte sie ihn, daß er für den Rest seines Lebens Kopfschmerzen haben sollte, daß sein erstgeborenes Kind sterben und daß er alles verlieren sollte, was er besaß.

Dann kamen einige *carabinieri* zu Pferde auf die Piazza. Das Mädchen ergriff die Flucht.

»Vielen Dank.« In einer Reaktion unbewußten Mitgefühls mit ihrer Angreiferin berührte Pamela ihren

Hinterkopf. »Ich kann Ihnen gar nicht sagen, wie erleichtert …« Sie brach mitten im Satz ab. »Aber Sie …«

Auf der anderen Straßenseite, vor dem Brunnen, stand Paul und schaute mit zusammengekniffenen Augen zu ihr herüber.

»Kennen wir uns von irgendwoher?« fragte Kennington. Er richtete die Frage an Pamela, aber er fixierte Paul.

In Wirklichkeit war es kein Zufall. An diesem Morgen war Kennington gerade aus dem Café Greco gekommen, als er Paul und seine Mutter entdeckte, die vor einem Schaufenster in der Via Condotti standen. Paul trug ein akkurat gebügeltes weißes Oberhemd und eine Khakihose. Seine Mutter, die dichtes dunkelblondes Haar hatte, reichte ihm bis zur Schulter.

Sein erster Impuls war, über die Straße zu eilen und sie zu begrüßen. Dann überlegte er es sich anders, kehrte ins Café zurück und beobachtete sie durch die offene Tür. Sie lachten vor dem Laden … über was? Die Auslagen? Die Preise? Nervöses Gelächter, so wußte er aus Erfahrung, ist eine übliche Reaktion, wenn man darauf aufmerksam gemacht wird, daß etwas, das man selbst für häßlich hält, in Wirklichkeit schön ist.

Dann hakte Pauls Mutter sich bei ihm unter, und sie setzten ihren Weg die Straße hinunter fort.

Wie ein Spion folgte Kennington ihnen.

In der Piazza di Spagna ging Paul zu einem Kiosk und kaufte eine Zeitung. In diesem Moment geschah es, daß die Zigeunermädchen sich an Pauls Mutter heranmachten. Kennington hatte niemals die Absicht gehabt, sie anzusprechen. Eigentlich hatte er sie nur beobachten wollen, um aus der Art und Weise, wie sie miteinander umgingen, ablesen zu können, wieviel Paul ihr möglicherweise berichtet hatte. Aber dann geriet seine Mutter in Schwierigkeiten, und er hatte keine andere Wahl, als einzuschreiten, da seine eigene Mutter ihn dazu erzogen hatte, sich stets als Kavalier zu zeigen.

Anschließend kehrte er mit ihnen ins Café Greco zurück, wo sie unter einem gerahmten Photo von Buffalo Bill – der 1903 als Gast dort gewesen war – Platz nahmen und Kaffee tranken. Pamela bestellte sich dazu einen kleinen Grappa. »Ich kann Ihnen wirklich nicht genug danken, Mr. Kennington«, sagte Pamela. »Es passierte alles so schnell. Gerade stand ich noch unbehelligt da und bewunderte die Treppe, und schon im nächsten Moment tauchten diese Kinder auf und hatten ihre Hände überall. Dabei hatte ich angenommen, daß sie nichts anderes wollten, als sich nach dem Weg zu erkundigen.«

»Man sollte Zigeunerkinder niemals unterschätzen«, erwiderte Kennington. »Ihre Eltern richten sie ab, indem sie sie die Hände in Schüsseln voller Glasscherben stecken lassen. Man muß nur genauso schnell und genauso brutal sein wie sie.«

»Nun, Sie sind heute mein großer Held.« Sie strich sich das Haar aus den Augen. »Wissen Sie, daß dies gerade unser erster Tag hier in Rom ist? In dieser Brieftasche steckte alles. Kreditkarten und Travellerschecks. Und was für ein Zufall! Beim Frühstück erzählte Paul, daß er das Plakat für Ihr Konzert gesehen hätte.«

Kennington schaute Paul an, der den schaumigen Kaffeerest auf dem Boden seiner Tasse studierte.

»Außerdem ist Ihr Italienisch hervorragend! Wo haben Sie es gelernt?«

»Hier und da. Ich hatte für eine Weile einen italienischen Lehrer.«

»Aldo Minchilli, stimmt's?« warf Paul ein.

»Stimmt.«

»Nun, Mr. Kennington, Sie müssen uns ganz einfach erlauben, Sie zum Abendessen einzuladen, als Dank sozusagen.«

»Im Gegenteil, Sie müssen sich von *mir* zum Abendessen einladen lassen.«

»Aber das ist doch Unsinn ...«

»Ich bestehe darauf.«

»Aber es gibt doch keinen Grund ...«

»Genau.«

Und ebenso wie bei dem Barkeeper erwies sich die Kraft männlichen Willens als unbeugsam. »Okay«, gab Pamela sich geschlagen. »Wie wäre es denn, wenn wir erst einmal essen gehen und nachher entscheiden, wer bezahlt? Klingt das annehmbar?«

Sie gingen essen. Der Inhaber der Trattoria, die Kennington vorschlug, nannte ihn »Maestro« und begrüßte Pamela mit einem Handkuß. »Und wie geht es Mr. Mansourian?« erkundigte er sich.

»Sehr gut«, antwortete Kennington, während Paul durch den Bogengang, der zur Küche führte, einen jungen Koch dabei beobachtete, wie er mit den Fingern so sanft durch einen Haufen frisch geschnittener Fettuccine strich, als wäre es das Haar seiner Geliebten.

»Das ist wundervoll!« sagte Pamela, als der erste Gang serviert wurde. »Und himmelweit von dem Zeug entfernt, das uns zu Hause vorgesetzt wird! Ich meine diese matschigen Spaghetti in Wassersauce.«

»Es ist ein gepflegtes Lokal. Ich esse fast immer hier, wenn ich in Rom bin.«

»Kommen Sie oft hierher? Sind Sie zur Zeit auf Tournee?«

»Das Plakat, das Paul gesehen hat, gehörte zu meinem letzten Konzert in Italien.«

»Was für ein aufregendes Leben müssen Sie führen, ständig auf Reisen und in den besten Hotels.«

Kennington lächelte und wußte nicht so recht, wie er ihr klarmachen sollte, daß Hotels für ihn wie für die meisten Menschen, die ihr Leben vorwiegend dort verbrachten, nichts Reizvolles mehr an sich hatten.

»Das Seltsame ist, daß ich schon mindestens ein Dutzend Mal in Rom war und mir die Stadt eigentlich kaum eingehender angesehen habe. Es war immer viel zu hektisch. Sie wissen schon, Interviews, Lunch, weitere Interviews, Konzert und schließlich offizielle Dinners. Und am nächsten Morgen ging es gleich weiter zum nächsten Tourneeort. Jetzt habe ich mich entschlossen, noch ein wenig hierzubleiben. Wissen Sie, daß ich noch nie in der Sixtinischen Kapelle war?«

»Sie sollten sich von Paul herumführen lassen. Er ist ein wunderbarer Fremdenführer, nicht wahr, Liebling? Heute waren wir im Kolosseum, im Parthenon …«

»Im Pantheon.«

»Im Pantheon und in allen möglichen Kirchen. Leider sind wir nur eine Woche hier. Danach reisen wir weiter nach Florenz.«

»Demnach sind Sie sowohl ein Kenner der Antike wie auch des Klaviers, oder?« meine Kennington zu Paul.

»Ich habe vor Beginn unserer Reise einiges gelesen, wenn Sie das meinen.«

»Liebling, du solltest Mr. Kennington wirklich heute nachmittag ein wenig herumführen. Zeig ihm die bedeutendsten Sehenswürdigkeiten. Ich muß unbedingt zum Friseur. Den ganzen Tag sehe ich ständig diese eleganten römischen Ladys und komme mir vor wie eine Vogelscheuche. Was meinst du?«

»Solltest du dich nicht lieber erkundigen, ob er überhaupt den Wunsch hat, herumgeführt zu werden?«

»Es wäre mir wirklich ein großes Vergnügen.«

Paul reagierte überrascht, beinahe verärgert.

»Wunderbar, damit wäre das geregelt. Setzt mich beim Friseur ab und macht euch auf den Weg und seht euch alles an. Vielleicht können wir uns später wieder treffen – das heißt, wenn Sie überhaupt Zeit haben, Mr. Kennington.«

»Ich habe«, sagte Kennington, »für den Rest meines Lebens absolut nichts Festes geplant.«

Pamela lachte. »Das bezweifle ich aber ...«

»Bitte, nennen Sie mich Richard.«

»Richard.« Sie befeuchtete ihre Lippen.

Wie vor dem Konzert wich Paul Kenningtons Blick aus.

Obgleich es nicht weit war, rief Kennington ein Taxi, um sie zu seinem Hotel zurückzubringen. »Ich kann mich nicht persönlich für ihn verbürgen«, schränkte er ein, »aber wie ich gehört habe, soll der Friseur sehr gut sein.«

»Davon bin ich überzeugt. Oh, was für ein prächtiges Foyer! Das Haus, in dem wir wohnen, ist sehr einfach. Allerdings hat es Atmosphäre. Man kann dort auf der Loggia frühstücken.«

»Wie heißt das Hotel denn? Vielleicht ziehe ich dorthin um. Ich habe für diese überladenen Häuser nicht viel übrig.«

»Albergo Bernini ...«

Sie begaben sich zum Concierge, mit dem Kennington ein paar schnelle Worte auf italienisch wechselte.

»Gut, dann ist alles geklärt. Der Concierge bringt Sie zu Mr. Frank.«

Der Concierge, der einen ölig glänzenden, grauen Schnurrbart hatte, deutete mit dem Kopf eine Verbeugung an. »Goodbye!« rief Pamela, während sie ihm folgte. »Vielen Dank und viel Spaß!«

»Bis nachher.«

»Um sieben vor dem Trevi-Brunnen.«

Sie verschwand um eine Trompe-l'oeil-Gangbiegung.

Kennington wandte sich an Paul. »Das tut mir leid«, sagte er. »Ich hatte nicht vor …«

»Es ist schon okay. Ich fürchte, meine Mutter ist ein wenig hysterisch.«

»Der Punkt ist – ich wollte dir dies hier zurückgeben.« Er reichte Paul den Brief seines Vaters.

»Oh.«

»Er muß aus deiner Tasche gefallen sein. Ich muß gestehen, daß ich ihn gelesen habe, um nachzusehen, was es war. Und ich möchte dir sagen, Paul, wenn ich gewußt hätte, unter welchem Druck du …«

»Stehe ich unter Druck? Ich fühle mich aber nicht so, als wäre ich unter Druck.«

»Aber daß du für deine Mutter sorgen mußt …«

»Oh, ich habe immer für meine Mutter gesorgt. Ich bin daran gewöhnt.«

»Nun, wie dem auch sei, wenn ich Bescheid gewußt hätte, wäre ich nicht so aggressiv gewesen. In Sachen Sex, meine ich. Das ist eigentlich nicht mein Stil. Gewöhnlich achte ich auf eine gewisse … Etikette.«

»Sie brauchen wirklich nichts zu erklären«, sagte Paul und faltete den Brief zusammen.

»Aber ich habe das Bedürfnis dazu. Ich habe irgendwie die Kontrolle über mich verloren, ich … kann es nicht anders ausdrücken. Ich habe mich regelrecht gehenlassen. Und das tut mir leid.«

Paul wußte nicht, wie er darauf reagieren sollte. Nichts in seiner Erziehung hatte ihn auf ein solches Gespräch vorbereitet.

»Entschuldigung angenommen«, sagte er schließlich – was hätte er auch sonst sagen sollen? – »aber nicht nötig.«

»Danke.« Sie schwiegen für einen Moment. »Aber ich bin froh, daß ich dich wiedergefunden habe.«

»Ich auch.«

»Wirklich?«

»Natürlich. Das dürfte dich eigentlich kaum überraschen.«

»Nein, ich … doch, ein wenig bin ich es. Überrascht und glücklich.« Wie ein Kind klatschte er in die Hände, dann legte er einen Arm um Pauls Schultern. »Und was würdest du heute nachmittag am liebsten tun? Wir können zum Campidoglio wandern oder uns einige Kirchen ansehen, oder« – er zögerte – »wir könnten in mein Hotel gehen …«

Paul zuckte die Achseln.

Sie gingen ins Hotel.

Kurz nach sieben kamen sie wieder heraus. »Wir sind spät dran«, sagte Paul und schaute auf die Uhr. »Meine Mutter macht sich bestimmt Sorgen.«

»Immer mit der Ruhe«, meinte Kennington. »Wir können ein Taxi nehmen.«

Aber der Verkehr war entsetzlich, und sie mußten das Taxi auf der Piazza Barberini verlassen. Kenningtons Absätze klapperten laut auf dem Pflaster, während er sich durch die Menschenmenge schlängelte, die die

Via Nazionale hinunterströmte. Er trug eine beige Baumwollhose, ein gestreiftes Hemd, einen dunkelblauen Blazer. Wohingegen Paul noch immer die Kleider trug, die er am Morgen angezogen hatte, allerdings ohne Unterwäsche, da seine Boxershorts in Kenningtons Badezimmer liegengeblieben war.

»Dort entlang«, sagte Kennington und führte Paul durch eine kurze Seitenstraße und weiter in eine enge Gasse, wo er ihn küßte.

»Ich liebe dich«, sagte Paul zum zweiten Mal. »Keine Angst, du mußt nichts darauf erwidern.« Er lutschte den Pfefferminzgeschmack von Kenningtons Zungenspitze.

»Ich glaube, wir sollten lieber weitergehen«, meinte Kennington schließlich.

»Warte. Ich kann noch nicht gehen.«

»Warum nicht?«

»Warte einfach.«

Sie warteten.

»In Ordnung.«

Sie gingen weiter. Auf der Piazza fotografierten junge Paare sich gegenseitig, wie sie Münzen über die Schulter in den Brunnen hinter sich warfen. Sein meerblauer Grund glänzte von Münzen der verschiedensten Währungen. Pamela stand alleine am Geländer. Sie hatte die Arme in Taillenhöhe verschränkt, während ihre Blicke suchend über die Menschenmenge glitten.

»Mom! Hier drüben!«

Sie drehte sich um und winkte. »Hallo! Hallo! Nun, ihr werdet es kaum glauben, aber ich habe gerade eine Münze in den Brunnen geworfen und mir gewünscht, daß mich zwei attraktive Gentlemen zum Abendessen ausführen. Und schon ist mein Wunsch in Erfüllung gegangen!«

»Es tut mir leid, daß wir uns verspätet haben«, sagte Kennington. »Wir waren so darin vertieft, uns irgend welche Dinge anzusehen ...«

»Ach, das ist nicht schlimm, es macht mir nicht das geringste aus. Ich habe derweil zugesehen, wie die Welt an mir vorbeispaziert.«

Sie warf den Kopf mit ihrem frisch frisierten Haar zurück. Es war kürzer geschnitten und von einem intensiveren Blond als vorher, und es umrahmte perfekt ihr Gesicht.

»Wunderschön«, sagte Kennington.

»Gefällt es Ihnen? Vielen Dank für dieses Kompliment. Und hat Paul Sie anständig behandelt?«

»Paul«, sagte Kennington, »war atemberaubend.«

»Er weiß ja soviel!« Pamela streichelte seine Wange. »Was mich betrifft, so hatte ich wirklich meinen Spaß. Nachdem mein Haar fertig war, entschied ich mich für eine Maniküre und eine Pediküre. Dann habe ich diese neuen Kleider gekauft. Bei Armani! Die Sachen haben ein Vermögen gekostet, aber dafür sind Kreditkarten ja da, nicht wahr, Pauly?«

»Stimmt«, sagte Paul, während er eine Hundert-Lire-Münze aus der Tasche holte und sie in den Brunnen warf.

Auf der anderen Seite der Stadt saßen in einem ansonsten leeren Restaurant in Pariolo Signore Giovanni Batisti von den Amici della Musica di Roma, seine Ehefrau und mehrere prominente Bürger des Ortes an einem großen Tisch und tranken Mineralwasser und knabberten trockenes Brot.

»Es ist für Amerikaner sehr ungewöhnlich, sich derart zu verspäten«, sagte Signore Batisti und schaute auf seine Armbanduhr, während die Uhr die halbe Stunde schlug.

»Der arme Mann ist wahrscheinlich im Verkehr steckengeblieben«, erwiderte seine Frau.

»Verkehr! Es ist die Baustelle in der Via Arenula«, sagte ein anderer Mann.

»Und der Smog!«

Signore Batisti schüttelte den Kopf. »Alles in allem fürchte ich, daß Rom auf Mr. Kennington einen sehr schlechten Eindruck macht.«

Ein allgemeines Murmeln der Zustimmung wurde laut.

Und der Kellner brachte eine weitere Flasche Mineralwasser.

7

Die Männer verspäteten sich schon wieder. An ihrem Tisch vor der Bar della Pace schaute Pamela auf die Uhr, knabberte eine Erdnuß und trank einen kleinen Schluck Mineralwasser. Eines der Geheimnisse des Reisens ist, daß es Rituale schafft. So kam es, daß die drei es sich nach nur wenigen Tagen bereits zur Gewohnheit gemacht hatten, sich ›jeden‹ Nachmittag in der Bar della Pace zu treffen, und ›jeden‹ Nachmittag kamen die Männer zu spät. Es machte ihr nichts aus – sie hatte tatsächlich die Absicht, das gute Verhältnis zu unterstützen, das sich zwischen ihnen zu entwickeln schien – und dennoch, wenn sie nur ein einziges Mal pünktlich erschienen wären … nun, sie mußte zugeben, daß es ihr sehr gut gefallen hätte. (Da sie von ihnen nicht mit einem leeren Glas angetroffen werden wollte, trank sie einen weiteren winzigen Schluck Wasser.) Schließlich war Kennington wirklich ein gut aussehender Mann und nach allgemeinen Maßstäben überhaupt nicht soviel jünger. Könnte es sein, daß seine Bemühungen, Paul zu erobern, Teil einer groß angelegten Strategie waren? Und wenn es sich so verhielt, wie könnte diese Strategie aussehen? Wenn er ihr doch nur ein deutliches Signal gegeben hätte … (Sie errötete bei dem Gedanken, in der Hoffnung, die sie in der Folge von Kelsos Verrat über Wasser hielt.) Unterdessen sprang eine Katze von einem geparkten Automobil herunter und bettelte um eine Erdnuß. Efeu, wie auch sein Schatten, rankte über die Steinmauern. Eine Vespa fuhr vor der Bar vor, und ein Mann in einem schwarzen Zweireiher stieg ab. Sein dichtes graues Haar war kurzgeschnitten, und er hatte einen buschigen Schnurrbart.

Lächelnd nahm er am Tisch neben ihr Platz. Die Katze ergriff die Flucht. Er bestellte einen Kaffee, holte aus seiner Jackentasche ein Mobiltelefon, ein Feuerzeug und eine Packung Zigaretten und arrangierte alles auf der Tischplatte wie die Attribute eines Bronzino-Gemäldes. Aus einer anderen Tasche zog er eine Sonnenbrille, die er aufsetzte. »*Vuole?*« fragte er und winkte Pamela mit einer Zigarette.

»O nein, danke«, sagte sie. »*Grazie*. Ich rauche nicht.«

Er lächelte wieder, nahm die Sonnenbrille ab, betrachtete ihr Gesicht, ihren Hals, ihre Brüste. Sie war schockiert und erregt zugleich. Zum ersten Mal seit vielen Jahren wurde ihr bewußt, daß sie eine attraktive Frau war. Während ihrer Ehe hatte sie sich niemals als attraktive Frau empfunden. Aber nun hing eine römische Münze an einer dünnen goldenen Kette zwischen ihren Brüsten. Sie trug eine naturfarbene Leinenjacke und eine Hose von Armani, dazu eine weiße Leinenbluse mit Spitzenbesatz sowie Ferragamo-Schuhe. Alles mit Kelsos Kreditkarte gekauft.

Sie lächelte selbstbewußt. In diesem Moment trafen die Männer ein. Sie sahen zufrieden und schläfrig aus. »Hallo!« sagte Pamela, schenkte ihrem Bewunderer einen letzten Blick und versuchte ein – wie seltsam! – Gefühl der Enttäuschung zu unterdrücken.

»Pamela, Sie sehen einfach phantastisch aus.«

»Vielen Dank, Richard. Setzt euch, schnell. Und erzählt mir, was ihr beide heute getrieben habt.«

»Nun, zuerst waren wir in den Caracalla-Thermen«, sagte Paul. (Das war eine Lüge. Sie hatten den ganzen Tag in Kenningtons Bett verbracht.)

»Wie schön. Und war alles so, wie Sie es sich erhofft hatten?«

»Wundervoll.«

»Danach gingen wir ins archäologische Museum, da wir gestern nicht alles hatten ansehen können.«

»Deshalb kamen wir auch zu spät.«

»Ach, es ist nicht schlimm, wenn ihr euch verspätet. Ich selbst hatte heute auch ein kleines Abenteuer.« Und sie erzählte von einer alten englischen Lady, die sie im Bernini kennengelernt hatte. Wie ihre meisten Geschichten und Schilderungen wurde sie länger und weitschweifiger als das eigentliche Ereignis, das diesem Bericht zugrunde lag. Kennington hatte Mühe, dem Bericht in allen Einzelheiten zu folgen, was zum einen Teil daran lag, daß ihre ungeordnete Erzählweise ein Verständnis erschwerte, zum anderen Teil daran, daß Paul seine Schuhspitze an Kenningtons Knöchel rieb. Allein die Mühe, eine ernste Miene zu bewahren, schien bei ihm einen perversen Nervenkitzel zu erzeugen.

Nach dem Kaffee setzten sie ihren Spaziergang fort. Es herrschte einer jener herrlichen hellen, römischen Nachmittage, die von grenzenlosem Sonnenschein durchflutet waren. Aus dem Korb eines Obstverkäufers quollen dunkelrote Pfefferschoten in geradezu obszön erscheinendem Überfluß. Zwei Jungen spielten mit einer Zwiebel Fußball. Im Schaufenster einer Metzgerei waren dicke Scheiben Kutteln und ungerupfte Hühner arrangiert, während gleich nebenan, in einer Nudelbäckerei, kompakte Maschinen ganze Ströme von Tortellinis ausspuckten. Italien, dachte Paul, das Land, zu dem ich nicht gehöre, während aus einer Bar in der Nähe (in Rom gibt es immer eine nahegelegene Bar) ein Kellner auf die Straße hinaustrat und auf einer Hand ein Tablett balancierte, auf dem drei kleine Tassen Kaffee standen. Über jede hatte er eine kleine Serviette gestülpt, die aussah wie ein Hut.

»Ist das nicht wunderschön?« fragte Pamela.

»Bring mich bitte nicht in Verlegenheit, indem du davon ein Photo machst«, sagte Paul.

»O Paul«, seufzte Pamela und betrachtete in einem Schaufenster ein Arrangement aus Muranoglas-Früchten.

Sie tranken noch einen Kaffee im Stehen im Café Greco (›unser Café‹ nannte Pamela es), dann trennten sie sich kurzzeitig. Pamela wollte bei Max Mara eine Bluse umtauschen, und Paul und Kennington schauten sich das CD-Angebot im Ricordi in der Via del Corso an. Auf der Piazza di Spagna richteten Scharen von Touristen ihre Kameras auf den Schiffsbrunnen. Nur wenige sahen jedoch sehr glücklich aus, und wenn sie miteinander sprachen, dann unweigerlich über Verdauungsstörungen, verlorenes Fluggepäck und ungünstige Geldwechselkurse.

Kennington dachte, daß er eigentlich niemals gerne Tourist gewesen war. Tourismus war in seinen Augen die Apotheose eines Zeitalters zu vieler Wahlmöglichkeiten. Typisch war dafür die Angst vor der Entscheidung: wo man absteigen sollte, was man essen wollte, ob man mit der Eisenbahn reiste oder flog oder einen Wagen mietete. Was eigentlich eine Ironie war, wenn man bedachte, daß das Leben im alten Italien – dessen Staub tagtäglich von den Füßen tausender Touristen aufgewirbelt wird – so wenige Wahlmöglichkeiten bot, daß von Entscheidungsfreiheit zu reden, beinahe als schlechter Witz anmutete. In einer solchen Welt bestimmte die Gewohnheit, nicht die Vielfalt von Möglichkeiten, das Leben der Menschen.

Er hatte häufig zu Joseph gesagt, daß er wahrscheinlich glücklicher gewesen wäre, wenn er im alten, ländlichen Europa gelebt hätte, wo er inmitten langsamer Ernten und geduldiger Bestellung der Felder jahrelang auf seinem Grund hätte arbeiten, hätte Brot mit Olivenöl essen und in hohem Alter hätte sterben können. Es wäre das krasse Gegenteil eines öffentlichen Lebens gewesen, für das er sich temperamentsmäßig als völlig ungeeignet betrachtete. In dieser Hinsicht war er das Gegenteil von Joseph. Die Musik lieferte so etwas wie eine Lösung, da die Musik ihm einen Blick auf die Ewigkeit, auf ein anderes Zeitmaß gestattete. Aber Musik bedeutete auch Fotografen und Hotelzimmer und die *Gramophone*-Preise. Das Feedback des Ruhms nannte Joseph es. Man konnte unter all den fremden Stimmen seine eigene nicht mehr hören. Und so träumte er von einer Heimstatt, in die er sich zurückziehen konnte, vielleicht mit einem Freund, um dort für sich und diesen Freund zu spielen. Ein intimer Zauber der Tasten ... Nun beurteilten und richteten andere (und in dieser Zeit, seinen mittleren Jahren, richteten sie sehr streng).

Natürlich flüchtete er sich nie in dieses erträumte Refugium. Das verhinderte die Eitelkeit – Eitelkeit und Angst. Das äußerste, was er schaffte, war, nicht zu offiziellen Banketten zu erscheinen und Briefe zu schreiben, die er niemals abschickte, und Affären mit jungen Männern zu haben, von denen er hoffte, in ihnen ›den Freund‹ zu finden. Der jüngste, aktuellste dieser jungen Männer war Paul, der nur von der Bühne träumte. Und warum auch nicht? Paul war achtzehn und ehrgeizig und gierte nach mehr von allem Neuen. Mehr Abenteuer, mehr Leidenschaft, mehr Glückseligkeit, was er als positiven Zustand empfand und nicht nur als die Lücke der Ereignislosigkeit, die entsteht, wenn jeder andere Punkt auf der Liste abgehakt wurde. Manchmal spürte Kennington sogar, daß dies das einzige war, was ihn noch davon abhielt, seine Mutter mit der Nase auf diese Affäre zu stoßen. Die Liebe trieb ihn zu einer Kühnheit, einer Unverfrorenheit sogar, die nur seine eigene Angst, seine Unsicherheit im Zaum halten konnte.

»Was hältst du von meiner Mutter?« fragte er, während sie die Via del Babuino hinunterschlenderten.

Kennington dachte eingehend über diese Frage nach. Tatsache war, daß er so gut wie überhaupt nicht über Pauls Mutter nachgedacht hatte. Für ihn war sie lediglich ein Hindernis, eine Quelle für Verdruß, die er ständig umschmeicheln mußte, um sicherzugehen, daß er und Paul weiterhin miteinander schlafen konnten. Und sogar das zuzugeben konnte durchaus verletzend klingen, da sie, ganz gleich, wie sehr Paul sich über sie beklagen mochte, immer noch seine Mutter war.

Er räusperte sich. »Pamela ist eine reizende Frau«, sagte er und fügte hinzu: »Sie betet dich an, das ist nicht zu übersehen.«

»Sie hat eigentlich immer durch mich gelebt. Eine typische Theatermutter.« Sie bogen nach links in eine Nebenstraße ein. »War deine Mutter auch so?«

»Nein, nein. Meine Mutter war eine sehr einfache Frau, sehr zurückhaltend. Oh, sie unterstützte mich, brachte mich zu meinen Klavierstunden und besuchte all meine Konzerte und so weiter. Und doch habe ich mich immer gefragt, ob es ihr tatsächlich soviel bedeutet hat. Dann brachte sie mich zu Joseph, und von da an hat er die Zügel in der Hand gehabt.«

Sie schlängelten sich an einem Lastwagen vorbei, der fast die gesamte Breite der Straße einnahm. »Manchmal frage ich mich, ob meine Mutter auch nur die geringste Ahnung hat, was zwischen uns beiden los ist«, sagte Paul.

»Es ist wohl besser, daß sie keine Ahnung hat.«

»Aber ich bin es leid, immer vorsichtig zu sein! Oder irgendwelche Geschichten zu erfinden und ständig aufpassen zu müssen, was ich sage.«

»Aber es ist ganz wichtig, daß du das tust. Ihr zuliebe.«

Sie standen vor dem Ricordi. Paul wandte sich um und musterte Kennington mit einem Ausdruck der Verdrossenheit. Dann gingen sie hinein. In der Klassik-Abteilung gingen sie sofort zur »Klaviermusik«, wo er Kenningtons erste Schallplatte hervorholte. »Die ist in London aufgenommen worden, nicht wahr?«

»Ja. Paul, leg sie bitte zurück. Du bringst mich in Verlegenheit.«

Paul wedelte mit der CD vor Kenningtons Nase herum, mit seinem eigenen Gesicht: jünger, natürlich, und mit einer Brille ähnlich der, die Paul jetzt trug.

»Wie war es, wie hast du dich während der Aufnahme gefühlt?«

»Ich war ein Kind. An diesem Nachmittag hatte Joseph mir gezeigt, wie man sich rasiert.«

»Warst du vorher schon mal in Europa gewesen?«

»Ich hatte bis dahin Amerika kein einziges Mal verlassen. Bitte leg sie zurück. Vielen Dank.«

»War in deiner Familie noch jemand anderer musikalisch?«

»Es heißt, mein Großvater hätte ›Home on the Range‹ geschrieben, daß es ihm aber jemand gestohlen hätte. Hey, ich dachte, wir hätten …«

»Sieh mal, da ist auch deine Zugaben-CD! Diese Schallplatte liebe ich. Was waren die meisten Zugaben, die du je in einem Konzert gespielt hast?«

»Acht, glaube ich.«

»Wo?«

»War das in Lyon? Ja, Lyon.«

»Und welche waren es?«

»Ich glaube, ich kann mich nicht mehr daran erinnern …«

»Bitte!«

»Okay, mal sehen. Die erste war, glaube ich, ein Walzer von Chopin. Und dann habe ich Godowskys Transkription von ›Der Schwan‹ gespielt. Die hat mir besonders viel bedeutet, weil meine Lehrerin …«

»Aber das Stück ist nicht auf der Zugaben-CD enthalten.«

»Richtig. Wie ich schon sagte, Godowsky war für mich hauptsächlich deshalb wichtig, weil …«

»Übrigens, dieses Photo von dir ist eins der besten, die je von dir gemacht wurden.«

»Wahrscheinlich.«

»Wohingegen das beste Cover ohne ein Bild von dir zweifellos das auf deiner Schubert-CD war. Mal sehen, ob diese Platte ebenfalls vorrätig ist.«

»Ich weiß, wie das Cover aussieht. Außerdem ist die CD nicht mehr im Handel.«

»Oh, sieh dir das mal an. Was hältst du von vierhändigem Klavierrepertoire?«

»Da gibt es sehr schöne Stücke.«

»Und wie ist es mit dem Repertoire für die linke Hand?«

»Auch das ist sehr gut.«

»Ich habe einmal versucht, eine dieser von Saint-Saëns komponierten Etüden für die linke Hand zu spielen. Was würdest du tun, wenn deine rechte Hand durch einen schrecklichen Unfall verstümmelt würde? Würdest du nur noch mit der linken Hand spielen?«

»Wahrscheinlich würde ich erleichtert aufatmen und mich für immer zur Ruhe setzen. Möchtest du jetzt irgend etwas kaufen?«

»Deine CDs habe ich bereits alle. Und du? Interessierst du dich für irgend etwas?«

Kennington schüttelte den Kopf. Sie gingen hinaus.

»Ich bin völlig außer Atem«, sagte er auf der Straße. »Ich bin an soviel jugendliche Energie nicht gewöhnt.«

»Was du gerade über das Zur-Ruhe-Setzen gesagt hast, war doch nicht dein Ernst, oder?« fragte Paul.

»Vergiß nicht, daß ich derjenige war, der seine Hand in einen Müllschlucker gesteckt hat. Wie in *Carrie*.«

»Weshalb hast du es getan?«

»Ich war wütend und müde. Ich habe dieses Leben im Blickpunkt der Öffentlichkeit niemals gemocht, immer nur spielen. Nichts als spielen – es ist schwer zu erklären.«

»Aber spielen *ist* öffentlich.«

»Und darin liegt das Dilemma meines Lebens. Ich habe die falsche Persönlichkeit für mein Talent.«

»Das ist allemal besser, als das falsche Talent für seine Persönlichkeit zu haben.«

Sie bogen um eine Ecke. Am Ende der Via di Condotti stand Pamela und winkte ihnen mit bunten Einkaufstüten zu.

»Denk daran, was ich dir gesagt habe«, flüsterte Kennington. »Sei vorsichtig.«

»Das bin ich«, sagte Paul, ergriff Kenningtons Arm und drückte ihn heftig.

Vor dem Abendessen unternahmen sie noch einen letzten touristischen Ausflug: Sie besuchten den Bocca della Verità oder den Mund der Wahrheit, in den, wie

Pamela sich erinnerte, Gregory Peck in *Ein Herz und eine Krone* seine Hand gelegt hatte. Es handelt sich dabei um einen Kanaldeckel aus dem vierten Jahrhundert, der einem menschlichen Gesicht nachempfunden wurde. Der Bocca hängt jetzt im Säulengang der kleinen Kirche Santa Maria in Cosmedin.

Wie üblich las Paul aus seinem Reiseführer vor. »Im Mittelalter«, informierte er Pamela und Kennington, »wurde er für eine Art Gottesurteil benutzt, um zu überprüfen, ob Beschuldigte – vor allem Ehefrauen, die der Untreue verdächtig wurden – die Wahrheit sagten. Man war überzeugt, daß, wenn jemand log, während er die rechte Hand in den offenen Mund legte, die schrecklichen Steinkiefer zuschnappen und dem Betreffenden die Finger abtrennen würden.«

»Wie furchtbar«, sagte Pamela.

Paul klappte das Buch zu. Eine Schlange von Paaren, vorwiegend Japaner, hatte sich links vom Bocca aufgestellt. Nacheinander legten die Frauen die rechte Hand in den Mund. Nacheinander fotografierten die Männer ihre Partnerinnen. Manchmal zuckten die Frauen beim Klicken des Kameraverschlusses zusammen, als ob sie befürchteten, daß das, was sie hörten, in Wirklichkeit das Zuschnappen der steinernen Kiefer war.

Als das Gedränge nachließ, bat Pamela Kennington, sie zu photographieren, was er auch tat. »Und jetzt Sie«, sagte sie dann.

»Nein, nein«, wehrte Kennington ab. »Ich mag es nicht, photographiert zu werden.«

»Ach, bitte«, bettelte Pamela. »Nur einmal.«

»Mom, wenn jemand nicht photographiert werden will …«

»Aber das ist doch nicht für eine Schallplattenhülle.

Es ist nur ein kleines Erinnerungsphoto. Seien Sie kein Frosch. Bitte.«

»Mom …«

»Okay, okay«, sagte Kennington und ging zum Bocca.

»Gut«, sagte Pamela. »Stellen Sie sich daneben. Legen Sie eine Hand hinein. Und seien Sie vorsichtig. Ihre Finger sind viel wertvoller als die Finger der anderen Leute.«

»Bitte, beeilen Sie sich, ja?«

»Sei still, Paul, ich muß nur den richtigen Ausschnitt suchen … so, prima. Und jetzt sprechen Sie eine Lüge aus.«

»Eine Lüge?«

»Damit wir sehen können, ob die Legende stimmt.«

Kennington krümmte sich innerlich. »Eine Lüge … mir fällt aber keine ein. Okay, wie wäre dies? Ich bin gerne Pianist. Ich liebe mein Leben als Pianist.«

Das Blitzlicht flammte auf. Er zuckte zusammen.

»O Richard, Sie gehen auf Nummer Sicher, nicht wahr? Aber wer kann Ihnen das übelnehmen?«

Ihr Gesicht tauchte wieder hinter der Kamera auf. Er zog seine Hand zurück.

8

»Hotel Bristol.«

»Maestro Kenningtons Zimmer, bitte.«

»Es tut mir leid, Sir. Er ist noch nicht zurück. Möchten Sie eine Nachricht hinterlassen?«

»Nein, nein. Ich habe schon eine hinterlassen. Vergewissern Sie sich nur, daß sie unter seiner Tür durchgeschoben wurde. Joseph Mansourian.«

»Ja, Sir.«

»Er hat nicht erwähnt, wann er wieder zurück sein wollte?«

»Nein, Sir.«

»Na schön. Vielen Dank. Gute Nacht.«

»Gute Nacht.«

Kennington, der in Wirklichkeit in seinem Zimmer war, aber Instruktionen gegeben hatte, nicht gestört zu werden, richtete die Fernbedienung auf den Fernseher und sprang von Station zu Station, bis er CNN fand. Neben ihm im Bett war Paul damit beschäftigt, Papierflugzeuge zu basteln.

»Erzähl mir von Miss Novotna«, sagte er.

»Ich bin wirklich nicht die geeignete Person, um diese Frage zu beantworten«, sagte Kennington. »Tatsache ist, daß ich sie nicht sehr gut kenne, wenn man bedenkt, daß sie angeblich für meine Karriere verantwortlich ist.«

»Aber wie kommt das denn? Ihr müßt euch doch ständig auf allen möglichen Partys begegnen.«

Kennington lächelte. Eine von Pauls naiven Vorstellungen bestand darin, daß das Leben der

Erwachsenen im wesentlichen mit Partys ausgefüllt war.

»Ich vermute, daß Olga in vielen grundlegenden Dingen eine sehr altmodische Persönlichkeit ist. Und das bin ich auch. Daher kamen wir, ohne ausdrücklich darüber gesprochen zu haben, zu der Vereinbarung, daß wir uns nach dem Chopin-Wettbewerb möglichst aus dem Weg gingen. Wie ich annehme, wahrscheinlich deshalb, weil uns die ganze Angelegenheit ziemlich peinlich war. Das Ganze drängte uns in eine völlig unnatürliche Vertrautheit.«

»Was kannst du mir sonst noch von ihr erzählen?«

»Nun, du weißt, daß sie aus Texas stammt, nicht wahr?«

»Das habe ich gehört.«

»Novotna ist der Name, den ihr ein Impresario irgendwann in den vierziger Jahren verpaßt hat. Wahrscheinlich dachte er, daß man einen osteuropäischen Namen haben muß, um Karriere zu machen. Und sie machte auch Karriere, bis sie Kessler kennenlernte.« Er schaute Paul an. »Dir ist doch klar, daß sie Kesslers Geliebte war, nicht wahr?«

»Natürlich. Ich habe sie sogar danach gefragt. Sie hat ihre Karriere der Liebe zu jemandem geopfert, der noch bedeutender, noch größer war.«

»Als ob sie in dieser Hinsicht überhaupt die Möglichkeit hatte, sich zu entscheiden.«

»Was meinst du damit?«

»Kessler hatte ein ausgeprägtes Ego. Er konnte es nicht ertragen, wenn jemand an seinem Ruhm kratzte. Die einzigen Leute, die er in seiner Umgebung duldete, waren entweder Musen oder Speichellecker. Du weißt sicher, daß zwei seiner Kinder Selbstmord begangen haben«, fügte Kennington hinzu.

»Nein, das wußte ich nicht.«

»Es ist so. Also hörte Olga zu spielen auf und wurde seine Vollzeit-Geliebte. Zwanzig, fünfundzwanzig Jahre waren sie zusammen. Die meiste Zeit in Paris, obgleich sie die ganze Zeit auf Reisen waren. Und während dieser Zeit ließ er sich nicht von seiner Frau scheiden und kehrte sogar zeitweise zu ihr zurück, womit Olga sich jedesmal widerspruchslos abfand. Und als er starb – du weißt, daß er ziemlich unerwartet und plötzlich das Zeitliche segnete –, stellte sich heraus, daß er ihr in seinem Testament nicht das geringste hinterlassen hatte. Alles ging an seine Frau, die, wie du dir sicher vorstellen kannst, nicht bereit war, Olga wenigstens ein kleines Taschengeld zukommen zu lassen.« Kennington seufzte. »Danach war es für sie zu spät, wieder mit dem Spielen anzufangen. Daher zog sie um nach San Francisco und begann damit, sich ihren Lebensunterhalt damit zu verdienen, daß sie Bengel wie dich unterrichtete.« Er fuhr Paul durchs Haar.

»Mein Gott«, sagte Paul. »Woher weißt du das alles?«

»Das ist allgemein bekannt.« Kennington ging mit dem Fernseher auf BBC. Ein Bogen wachsähnlichen Papiers schob sich jetzt unter der Tür hindurch ins Zimmer. Ganz gewiß ein Fax von Joseph, der anscheinend ziemlich hartnäckig war. Die Schublade in Kenningtons Schreibsekretär war bereits vollgestopft mit Faxen und kleinen rosafarbenen Notizzetteln. Sie alle drängten ihn, wie er sicher zu wissen glaubte, umgehend zurückzurufen, um sich eine Gardinenpredigt anzuhören, weil er es versäumt hatte, bei Signore Batisti zum Dinner zu erscheinen.

Er schlüpfte aus dem Bett, hob das Fax auf und stopfte es ebenfalls in die Schublade des Schreibsekretärs.

»Willst du es denn nicht lesen?« fragte Paul.

Kennington schüttelte den Kopf. »Ich lese es später. Was hältst du davon, wenn wir einen Spaziergang machen? Es ist draußen wundervoll.«

Widerstrebend stand Paul auf und schlüpfte in seine Schuhe. Sie verließen das Hotel und schlenderten über die Via Veneto in den Park der Villa Borghese. »Mr. Mansourian ist sicherlich ein wunderbarer Manager«, sagte Paul.

»Der beste im ganzen Gewerbe.«

»Du bist ihm sicherlich sehr dankbar. Er hat bei dir vorzügliche Arbeit geleistet.«

»Hat er das? Ich dachte, ich hätte vorzügliche Arbeit geleistet.«

»Ich habe nicht gemeint, daß du es nicht getan hast. Ich meinte nur ...« Paul verzog das Gesicht. »Verdammt. Ich wollte nicht ...«

»Es ist schon okay.« Und er fragte sich, nicht zum ersten Mal, ob Pauls wahre Absichten bei dieser Affäre nicht darin bestanden, irgendwann auch Joseph vorgestellt zu werden. Kennington war schließlich berühmt, und wie Joseph ihn immer warnte, versuchten die Menschen stets, die Berühmtheiten für ihre Zwecke einzuspannen, eine zynische Behauptung, gegen die er in der Anfangszeit ihrer Beziehung heftig protestiert hatte. Aber Zeit und Erfahrung hatten, anstatt zu beweisen, daß er sich irrte, Josephs Meinung bestätigt, und zwar sogar was Joseph selbst betraf, dessen eigene Motive, aus denen heraus er einem halbwüchsigen Jungen Mißtrauen gegenüber den Erwartungen der Menschheit einimpfte, kaum altruistisch genannt werden konnten. Vor allem anderen hatte er Kennington davon abhalten wollen, ihn zu verlassen.

Sie überquerten einen Kinderspielplatz und gelangten in den bewaldeten Teil des Parks. Nach fast einer Woche war Paul für Kennington noch immer ein verwirrendes Rätsel. Sogar wenn er nervte, war er noch irgendwie reizend. Sogar ungehalten bezauberte er. Er konnte Sinnlichkeit und Lust in sich hineinsaugen wie ein Pater, um gleich darauf eine griesgrämige, beinahe klerikale Tugendhaftigkeit an den Tag zu legen. Nichtsdestoweniger war es für Kennington schwierig, ihm diese Wechsel, welche häufig stattfanden, oder seine Gefühllosigkeiten, die verletzend waren, übelzunehmen, denn sie erinnerten ihn daran, wie er selbst in diesem Alter gewesen war. Außerdem wußte er, daß diese Schwankungen nicht seiner Selbstsüchtigkeit oder seinem Drang nach Aufmerksamkeit entsprangen, sondern eher dieser extremen Abgespanntheit der Selbsterkenntnis, für die, wie er annahm, seine Mutter in nicht geringem Maß verantwortlich war. Obgleich kein Einzelkind, waren sein Bruder und seine Schwester soviel älter als er, daß er letztendlich in einer Atmosphäre allgemeiner Verehrung und grenzenloser Fürsorge aufgewachsen war. Es war Paul allein, in den Pamela all ihre Hoffnungen und Wünsche projiziert hatte: schlampige, hastig zusammengeschusterte Gebilde, von Anfang an zum Bersten oder Zusammenbruch verurteilt, aber trotz ihrer Baufälligkeit mit Pathos und Intensität erfüllt wie die feinsten Kunstwerke, die Schubert je geschaffen hatte. Denn leider sind es nicht nur die Schönen und Gesunden, wie Kennington wußte, denen Menschen ihre Seelen verschreiben.

An dieser Stelle ein paar Bemerkungen zu Kenningtons eigenem Liebesleben: Da seine Tätigkeit ihn dazu verurteilte, sich in verhältnismäßig eng begrenzten Kreisen zu bewegen, waren fast alle Männer, mit denen er im Laufe der Jahre engeren Kontakt hatte, Musiker gewesen. Nicht nur wußten sie genau, wer er war, ehe sie sich ihm näherten, sondern sehr oft bewunderten oder verabscheuten sie ihn leidenschaftlich. Die Folge war, daß er immer wieder mal mit jemandem das Bett teilte, der über ihn genauestens im Bilde war, über den er jedoch so gut wie gar nichts wußte. Dies war ein verstörendes Ungleichgewicht, das für ihn oft die Frage aufwarf, was genau seine jeweiligen Partner eigentlich zu ihm hinzog. Wurden seine Einladungen angenommen, weil er gut aussah (was, wie er insgeheim zugab, eine ziemlich armselige Grundlage einer Beziehung war) oder weil er sich eines gewissen Grades an Prominenz erfreuen durfte. Sogar in bezug auf Paul war er sich niemals ganz sicher. Er war schon früher über den Sex ausgetrickst worden. Das letzte Mal war es im vorangegangenen Frühjahr in New York passiert. Joseph nahm an der ASOL-Konferenz teil, die er am liebsten den Arschlöcher-Kongreß nannte, und Kennington kümmerte sich um Sophie. Eines Nachmittags ging er mit dem Hund im Park spazieren, als ein junger Mann seinen Blick erwiderte, ihm zu seiner Wohnung in der Central Park West folgte und sich ihm nach etwa zwanzig Minuten des Abwartens und Beobachtens vorstellte. Er beteuerte, daß er so etwas normalerweise niemals tat, um Kennington schließlich in einen erotischen Dialog zu verwickeln, dem er nicht widerstehen konnte. Erst später, als sie in Josephs Wohnung auf dem Sofa saßen und sich küßten, wich der junge Mann plötzlich zurück. »Es tut mir leid«, sagte er, während er sich aufrichtete. »Ich fürchte, es gibt da etwas, das ich dir nicht mitgeteilt habe. Ich weiß, wer du bist.«

»Wer ich bin?« wiederholte Kennington erstaunt.

»Ja. Du bist Richard Kennington. Ich habe dich schon

in dem Moment erkannt, als du mich im Park angeschaut hast. Weißt du, ich studiere ebenfalls Klavier, in Mannes. Und als mir klar wurde, daß *der* Richard Kennington sich für mich interessierte, dachte ich, wie kann ich da nein sagen? Das einzige Problem ist nur, daß ich mich von dir nicht angezogen fühle. Ich hoffe, das macht dir nichts aus. Ich stehe auf Männer um die Zwanzig.« Er grinste. »Vielleicht können wir uns statt dessen ein wenig unterhalten.«

»Sicher«, erwiderte Kennington und stopfte sich das Hemd wieder in die Hose. Danach gingen sie in ein Café, wo er gezwungen war, genau die Art von ausgedehntem Interview über sich ergehen zu lassen, die er am meisten haßte, um am Ende noch um einen Gefallen gebeten zu werden. Als er an jenem Nachmittag mit Sophie, die stumme Zeugin seines Martyriums gewesen war, in Josephs Wohnung zurückkehrte, hatte er seinen eigenen Ruhm verflucht. »Nie wieder«, schwor er sich und hielt sich an diesen Vorsatz, bis er Paul kennenlernte, der im Gegensatz zu dem jungen Mann im Park arglos und sexuell begeisterungsfähig war und ihm mit einer rückhaltlosen Bewunderung, die geradezu erfrischend war, begegnete.

Würde das Ganze aber auch Bestand haben? Kennington war sich nicht sicher. Er war sich noch nicht einmal sicher, ob Paul, dessen Liebeserklärungen stets offen und unmißverständlich gemacht wurden, überhaupt wußte, was er wollte, oder ob er lediglich Eros und Bewunderung durcheinandergebracht hatte, wie es häufig bei jemandem vorkommen kann, der so jung und so ehrgeizig ist. Und der Grad seines Ehrgeizes war geradezu beängstigend.

Das wurde Kennington von Tag zu Tag klarer. Als sie an diesem Morgen im Bett lagen, hatten sie sich zum

Beispiel über Schallplattencover und dann über die Schallplattenindustrie im allgemeinen unterhalten. Danach hatte Paul erstaunlich bescheiden verkündet, daß er das Ziel hätte, seine erste CD noch vor seinem einundzwanzigsten Geburtstag zu veröffentlichen. Er hätte bereits entschieden, bei welcher Gesellschaft die CD herauskommen sollte (*Deutsche Grammophon* oder *Teldec*); den Inhalt würde er alleine zusammenstellen (Etüden von Chopin und Debussy); sogar über das Cover hätte er sich schon Gedanken gemacht (er selbst in einem Smoking vor der Golden Gate Bridge im Hintergrund). All das war ganz in Ordnung. Tagträume und Phantasien waren immer in Ordnung. Und doch verschleierte die Intensität, mit der Paul dieser Phantasie nachhing, für Kennington, ob er sich auch in gleichem Maße für die Musik an sich engagierte. Denn was würde geschehen, wenn er es nicht schaffte, seine erste CD aufzunehmen, ehe er einundzwanzig war? Und falls es ihm gelänge, wie würde er reagieren, wenn er mit den Schrecken konfrontiert würde, die auf der anderen Seite des Durchbruchs, des Erfolges lauerten? Kennington kannte diese Schrecken nur zu gut. Dennoch hatte er Hemmungen, Paul zu erklären, daß Erfolg die gleichen Empfindungen hervorrufen könnte wie Versagen. Er befürchtete, daß Paul ihn dann der Arroganz bezichtigen könnte, da er selbst niemals den Mißerfolg – zumindest wie er allgemein definiert wird – am eigenen Leib erfahren hätte.

Das Risiko, das in einem solchen zielbewußten Streben nach Erfolg, wie Paul es demonstrierte, steckte, bestand darin, daß es sich in ein ebenso zielbewußtes Streben nach Mißerfolg verwandeln konnte. Zu oft hatte Kennington so etwas schon beobachten können. In seinem Universum kreisten die verschiedensten seltsamen Satelliten, ehemalige Wunderkinder, die den Sprung aus der Kindheit nicht ganz geschafft hatten, und vergessene Wettbewerbssieger, die ihre Konzerte vor halbleeren Häusern gaben, und Lehrer an obskuren Musikschulen, die zum Beispiel mit Ravels *Klavierkonzert für die linke Hand* Karriere gemacht hatten, weil sie sich selbst verstümmelt hatten, indem sie in ihrer Jugend versucht hatten, wie Horowitz zu spielen. Die meisten waren sozial völlig unfähig. Viele hatten zu trinken begonnen. Kennington wünschte sich im stillen, er könnte Paul diese Leute zeigen, und er wünschte sich außerdem, er könnte seinem jungen Freunde die Nichtigkeit der Vorstellung nahebringen, daß das Schwanken zwischen den Polen Erfolg und Versagen die Lebensgrundlage eines jeden Künstlers sein müsse. Tatsache ist, daß es nicht geschehen darf – doch wie schwer ist dem durchdringenden Ruf in seinem Innern zu widerstehen, der das genaue Gegenteil fordert?

Also dachte er nach. Manchmal ging Paul ihm mit seinen Fragen derart auf die Nerven, daß er sich am liebsten für immer von ihm getrennt hätte. Bei anderen Gelegenheiten sehnte er sich mit einer Intensität nach dem Jungen, die ihn alle möglichen Dinge sagen und tun ließ, die er später bereute: Zum Beispiel schlug er ihm vor, daß er mit ihm und seiner Mutter nach Florenz reisen könnte, oder er ließ zu, daß ein Gespräch, in dem jeder für sich ein Traumhaus errichtete, in eine Unterhaltung überging, in der sie ein gemeinsames Traumhaus bauten. Diese Art von Spiel war unklug, vor allem wenn man es mit einem Achtzehnjährigen spielte, der es noch nicht gelernt hatte, den Reiz des Augenblicks von der die Zeiten überdauernden Wahrheit zu unterscheiden. Trotzdem gab er – zu seinem eigenen Vergnügen – nach. In seinem Nachgeben steckte mehr als nur ein Anflug von Sadismus. Auch Liebe.

Und das war das größte Rätsel von allen: Wie ließ sich dieses Gefühl unverdorbener, ja, geradezu kindlicher Freude erklären, das ihn in Pauls Gesellschaft überkam? Eines Abends hatte er deswegen nicht einschlafen können, war aus dem Bett aufgestanden und hinausgegangen und durch die verlassene Stadt gewandert, über Brücken und durch Gassen, über denen Wäsche im Wind flatterte, bis er im Morgengrauen eine fast geisterhafte Szene beobachtet hatte: Eine Gruppe von acht Jungen – wahrscheinlich Besucher aus der Provinz, die während der Nacht durch die Discos gezogen waren – rasierte sich und putzte sich die Zähne an einem der öffentlichen Wasserspender, die man überall in Rom finden kann. Jeder hatte einen Invicta-Rucksack, aus dem er ein sauberes weißes Handtuch, eine Zahnbürste und ein Stück Seife holte. Sie waren zusammen, so wie Kennington noch nie mit anderen Jungen zusammen gewesen war. Er hätte ihnen stundenlang zuschauen können.

Ein weiterer seiner Abende mit Paul und Pamela. Da sie nach dem Abendessen noch nicht müde waren, hatten sie sich zu dritt die *West Side Story* in einem englischen Kino in Trastevere angesehen. Durch enge Straßen waren sie geeilt, bis sie zum Pasquino kamen, das sich am Ende einer mit Wein bewachsenen Gasse befand. Die meisten Sitze waren abgebrochen. Die Farbe blätterte von den Wänden, die einen Geruch von nassem Hund verströmten. Anfangs gab es einige Unklarheiten hinsichtlich der Sitzordnung, die sich von selbst lösten, als Kennington den Platz in der Mitte einnahm, Pamela auf der einen und Paul auf der anderen Seite saß. Paul ergriff seine Hand. Er spürte den Stoff von Pamelas Bluse an seinem Arm. Der Film begann. Zuerst hatte er Schwierigkeiten, sich zu konzentrieren. Aber dann entspannte er sich und ergab sich der Wärme, der Vertrautheit. Sie verfolgten das Geschehen auf der Leinwand, bis, mitten während »America«, der Film riß, die Lichter aufflammten und eine Hand sich von seiner zurückzog. »Es ist heiß«, sagte Paul, krempelte sich die Ärmel hoch, während der alte Mann, der ihre Eintrittskarten abgerissen hatte, mit einem Tablett voller schmelzender Schokoladenriegel durch eine Tür in der Leinwand hereinkam. *»Bonbons di gela'«*, rief er. *»Bonbons di gela'. Aqua, coca, aranciata.«*

Der Film begann wieder. Von ihrer Seite rückte Pamela näher. Etwa zur Hälfte von »I Have a Love« setzte ein knirschendes Geräusch ein – wie ein heißlaufendes Getriebe, beschrieb Paul es später. »Was ist das?« fragte Pamela flüsternd.

»Keine Ahnung.« Und dann fuhr eine frische Brise durch den muffig riechenden Zuschauerraum. »Sieh doch!« sagte Paul. »Da oben!«

Kennington legte den Kopf in den Nacken. Die Decke teilte sich in der Mitte, und in der Öffnung war plötzlich ein Sternenband zu sehen: offenbar eine primitive Form von Klimaanlage.

Das Knirschen dauerte an. Der Himmel weitete sich. Er war violett und rauchgrau, und Kennington dachte, wie sehr er den Wandtafeln in seiner Grundschule ähnelte, als ein schriller Schrei ertönte und etwas von oben herabfiel. Plötzlich saß eine Katze in seinem Schoß, in lauernder Haltung und mit Augen, die im Halbdunkel funkelten.

Für den Bruchteil einer Sekunde starrten er und die Katze einander an. Dann fauchte sie, machte einen

Buckel und verschwand mit einem Satz in der Dunkelheit.

Sie lachten nicht. Statt dessen blieben sie gebannt von dem unerwarteten Erlebnis sitzen und rührten sich nicht, während Marni Nixon Natalie Wood ihre Singstimme lieh, und ein Flugzeug durchquerte den mondhellen Himmel. Es war eine Linie aus Licht, so fein, als sollte sie eine Botschaft unterstreichen, die auf diese Wandtafel eines Abends geschrieben worden war. In diesem Moment hätte jedoch keiner von ihnen sagen können, wie diese Botschaft lautete.

9

Tushis junger Mann langweilte sich. Er saß nun schon seit fast einer Stunde in Joseph Mansourians Wohnzimmer und spielte Tetris, während seine Geliebte hinter verschlossenen Türen Beistand leistete. Nicht daß ihm das Warten etwas ausmachte. Tatsächlich war Tushis Unentbehrlichkeit für ihre Freunde eine der Charaktereigenschaften, die er bei ihr höchst bewundernswert fand. Das Problem war nur, daß sie an diesem Abend einen Tisch in einem Restaurant reserviert hatten, in dem man sich zwei Wochen vorher anmelden mußte. Wenn sie noch viel länger brauchen sollte, erkannte der junge Mann, würde die Reservierung verfallen, was wirklich schade wäre, da er gerade am Mount Sinai sein Medizinalpraktikum absolvierte und daher mehr Mahlzeiten in der Krankenhauscafeteria einnehmen mußte, als ihm lieb war.

Um sich abzulenken, erhob er sich von dem Ledersofa, wo er deponiert worden war. Josephs Wohnzimmer war großzügig geschnitten mit Schmuckfriesen und hohen Decken. Die Fußböden waren auf Hochglanz poliertes Parkett, das mit Perserteppichen bedeckt war. Hinter schweren, doppelt gehängten Vorhängen breitete sich der Central Park mit all seiner grünenden Pracht aus. Ein kleiner Alkoven, wo Joseph seine CD- und Schallplattensammlung untergebracht hatte, befand sich dem Klavier gegenüber, dem der junge Mann, der selbst nicht spielen konnte, sich nun zaghaft näherte. Photos waren auf dem Deckel arrangiert, von denen die meisten einen Langhaardackel und einen Mann mit kurzen Haaren in unterschiedlichen Altersstufen zeigten. In letzterem vermutete er

Kennington: Kennington, die Ursache für Josephs augenblickliche Qualen und ihre Rettungsaktion. Laut Tushi waren Joseph und Kennington schon seit zwanzig Jahren zusammen, obgleich sie keinen Sex mehr miteinander hatten und beide mit anderen Männern schliefen. Sie wußte darüber Bescheid. Im Laufe der Zeit hatten sie es sich angewöhnt, sich ihr anzuvertrauen, so daß sie ständig auf dem laufenden sein mußte, was zwischen ihnen ein Geheimnis war und was nicht. Sich vom Klavier abwendend, kehrte der junge Mann zum Sofa zurück, wo er eine Ausgabe von New York durchblätterte. Zu seinem Ärger merkte er, wie er allmählich wütend wurde und beleidigt reagierte. Liebe konnte natürlich Kummer auslösen, wie er wußte. Er hatte es am eigenen Leib erfahren. Aber auch wenn er Liebeskummer hatte, war es ihm niemals eingefallen, einen Freund an sein Bett zu rufen. Statt dessen hatte er sich sinnlos betrunken und sich *Nick at Nite* angesehen. Und dies war nach seiner Meinung genau die richtige Methode. Josephs Verhalten erschien ihm andererseits – durfte er es so ausdrücken? – typisch homosexuell. Eine von Unwissenheit zeugende Einschätzung, hätte Tushi ihn getadelt, in Anbetracht der Tatsache, daß bis zu diesem Zeitpunkt seine Erfahrungen mit Homosexuellen sich im wesentlichen auf die Notaufnahme beschränkten, wo er einmal einen jungen Mann behandelt hatte, in dessen Rektum sich eine Zitrone verklemmt hatte. Als der junge Mann sich erkundigte, wie die Zitrone dorthin gelangt wäre, hatte der Patient geantwortet: »Ich bin in der Dusche drauf gefallen.« Das Leben war schon eine geheimnisvolle und wunderbare Angelegenheit.

Eine Tür ging auf. »Liebling, es tut mir ja so leid«, sagte Tushi und kam schnell auf ihn zu. »Joseph ist in einer schrecklichen Verfassung. Er konnte sich kaum beruhigen.«

»Nicht schlimm, ich kann mich ganz hervorragend selbst beschäftigen.« (Klang das ein wenig verärgert?)

»Du hast die Geduld eines Heiligen.« Tushi umarmte ihn. »Nun, wir sollten jetzt lieber gehen.«

»Ich hoffe doch, er ist wieder okay.« Der junge Mann ergriff ihren Mantel und küßte sie auf die Stirn.

»Ich denke, er schafft es schon. Ich habe ihm versprochen, daß ich ihn morgen früh anrufe. Hilf mir mal hinein, ja?«

Er tat es. Danach verließen sie die Wohnung. »Endlich frei«, sagte sie, während sie im Fahrstuhl nach unten fuhren, und erwiderte seinen Kuß. »O mein Liebling, wie froh ich bin, daß ich dich habe.«

»Wie glücklich bin ich erst«, entgegnete der junge Mann. Dann schritten sie durch die Vorhalle hinaus auf den Bürgersteig, wo der Portier für sie ein Taxi rief.

Es regnete ein wenig. Während der Fahrt in die Stadt folgte Tushi mit der Fingerspitze den Wasserrinnsalen auf der Fensterscheibe. Natürlich wollte der junge Mann sie unbedingt fragen, was geschehen war. Nur der Wunsch, nicht allzu neugierig zu erscheinen, hielt ihn davon ab.

»Alt zu werden hat für Schwule seine ganz besonderen Schrecken«, sagte sie nach ein paar Sekunden.

»Wie bitte?«

»Virginia Woolf, aus ihrem Tagebuch. Keine Angst, ich habe es nicht geschrieben.« Sie holte ein Papiertaschentuch aus ihrer Handtasche. »Trotzdem neige ich dazu, dem beizupflichten. Ich meine, erscheint das alles nicht ein wenig tragisch? Sie werden fünfzig, und plötzlich sammeln sie Salzstreuer, oder sie fangen an,

Dandie-Dinmont-Terrier zu züchten. Irgend etwas, um gegen die Einsamkeit zu kämpfen.«

»Ist das Josephs Problem? Die Einsamkeit?«

»Ich war schon immer der Überzeugung, daß Kinderlosigkeit die Rache der Biologie an Homosexuellen ist.«

»Aber Joseph ist nicht alleine. Er hat diesen Freund.«

»Der ihn mehr leiden läßt als jeder andere.«

»Warum? Was hat er getan?«

»Nichts allzu Ungewöhnliches, soweit ich es beurteilen kann. Er ist in Rom und will sich nicht festlegen, wann er zurückkommt. Und er weigert sich, Josephs Faxe zu beantworten. Außerdem ist er zu irgendeinem offiziellen Abendessen nicht erschienen und hat nicht angerufen, um sein Beileid zu Sophies Tod zu bekunden. Aus all dem schließt Joseph, daß er eine Affäre hat.«

»Weshalb?«

»Es ist ein Verhaltensmuster, das sich schon vor vielen Jahren abgezeichnet hat. Sie sind zusammen, seit Richard noch sehr jung war, praktisch ein halbes Kind. Und es dürfte im Laufe der Zeit eher noch schlimmer werden als besser, nicht wahr? Schließlich wird Richard vierzig. Das ist das Alter, in dem man Angst hat, etwas zu versäumen, ehe die Jugend vorbei ist. Wohingegen Joseph in einem Alter ist, in dem man Angst hat, alleine alt zu werden.« Sie zog sich die Haare über die Ohren. »Ich sage ihm immer, er soll sich von allem lösen. Soll sich jemanden suchen, der besser zu ihm paßt, aber er will davon nichts hören. Er sagt, er könne sich ein Leben ohne Richard nicht vorstellen.«

»Auch wenn sie keinen Sex haben?«

»Sex, mein Schatz, ist sehr oft das unwichtigste Element einer Leidenschaft. Das wirst du noch erfahren, wenn du älter bist.«

Der junge Mann schwieg. Er mochte es nicht besonders, an ihren Altersunterschied erinnert zu werden.

Sie kamen zum Restaurant und traten ein. »Ist das nicht reizend«, sagte Tushi ein wenig spöttisch und betrachtete den Springbrunnen, der sich mitten im Speisesaal befand.

»Reizend«, wiederholte der junge Mann. Sie setzten sich, und er sagte: »Tushi, hast du schon mal darüber nachgedacht, daß ich so sehr viel jünger bin als du?«

»Natürlich.«

»Und dennoch kann ich mir nicht vorstellen, daß es bei uns irgendwann einmal eine Situation wie bei Joseph geben könnte.«

»Wie? Du meinst, daß ich mir einen Stall voller Gigolos halte und du dies als Rechtfertigung dafür benutzt, um mit jeder aufregenden jungen Frau ins Bett zu gehen, die dir über den Weg läuft?«

»Es ist interessant«, sagte der junge Mann, »wie du automatisch Josephs Rolle übernimmst.«

»Natürlich tue ich das. Ich bin von uns beiden die ältere.« Sie ergriff seine Hand. »Aber in ihrem Fall ist Alter nicht das einzige Problem. Richard wird ein wenig ungeduldig. Er möchte frei sein.«

»Wohingegen ich ganz gerne Sklave bin.« Er beugte sich zu ihr hinüber.

Lächelnd trank sie aus ihrem Wasserglas. »Was erzählst du denn da? Daß du möchtest, daß ich dir die Hände an den Bettpfosten festbinde?«

»Ich hätte nichts dagegen.«

»Das finde ich aber höchst interessant.« Sie drückte seine Hand. »Du bist wirklich ein verdorbener kleiner Bengel.«

Der Kellner brachte ihnen die Speisekarten. Während er seine studierte, versuchte der junge Mann unbemerkt, seine Erektion zu verschieben, weil sie schmerzhaft gegen seinen Oberschenkel drückte. »Oh, schwarze Fettuccine mit Hummer und frischen Erbsen«, sagte Tushi. »Klingt das nicht gut?«

»Wunderbar«, erwiderte der junge Mann. »Mit dir ist alles wunderbar.«

Unter dem Tisch führte er ihre Hand zu seiner Erektion. Sie wurde noch nicht einmal rot. »Oder vielleicht die Spaghetti alla chitarra. Ja, Spaghetti alla chitarra sind heute abend genau das Richtige.«

»Du bist eine wahnsinnige Frau«, sagte er und dachte nicht mehr an den Mann, den sie zurückgelassen hatten. Die Qualen Fremder lassen sich sehr leicht ignorieren. Aber Tushi dachte an ihn. Sogar während sie rieb und drückte, dachte sie an Joseph, der in seinem Schlafzimmer lag, während die Dunkelheit durch das Fenster hereinfloß. »Die Erinnerung staut sich auf«, hatte er gesagt. »Was für eine seltsame Redensart das ist, als ob die Erinnerung ein Fluß wäre.« Und so sah sie ihn jetzt an einem Fluß, die Hosenbeine bis zu den Knöcheln seiner langen Beine hochgekrempelt, während er sich bückte, um im Schlick und Sand und Morast seiner eigenen Geschichte herumzuwühlen. Und was mochte er daraus bis zum Morgen zutage fördern? Etwas, das ihm helfen würde? Sie hoffte es. Aber sie konnte nicht erraten, was.

10

Paul saß nackt im Sessel in Kenningtons Hotelzimmer. Er war triefnaß von der Dusche, und das Wasser rann ihm vom Hals über die Brust. Er fixierte Kennington, der auf dem Bett lag und die *Herald Tribune* las.

Es zermürbte Kennington, wie Paul ihn anstarrte. Immer wieder blickte er über den gezackten Rand seiner Zeitung, und da waren sie, diese Augen, ständig eine Spur zu weit aufgerissen wie die Augen eines Kindes, das schon längst hätte ins Bett gehen müssen. Und wie bei einem Kind, das lange nach seiner Schlafenszeit wachgehalten wird, schien irgend etwas in Paul nicht nur seinem Bedürfnis nach Ruhe zu widerstehen, sondern auch der Notwendigkeit, erwachsen zu werden.

Schließlich ließ Kennington die Zeitung sinken. »Paul«, sagte er.

»Ja?«

»Weshalb starrst du mich an?«

»Ich starre dich an?«

»Ja, das tust du.«

»Still. Ich glaube, ich versuche, mir dein Gesicht einzuprägen«, sagte Paul. »Für den Fall, daß ich dich nie wiedersehe.«

»Und wie kommst du darauf, daß du mich nie wiedersiehst?«

»Nun, übermorgen reisen wir weiter nach Florenz.«

»Stimmt.«

»Und du kehrst nach New York zurück.«

»Auch das ist richtig.«

»Es sei denn …«

»Es sei denn was?«

»Naja, es sei denn, du hast über die Möglichkeit

nachgedacht, uns zu begleiten. Du hast doch kürzlich angedeutet, daß du das vielleicht tun würdest.«

»Habe ich das?« Kennington kehrte zu seiner Zeitung zurück. »Ich muß im Delirium gewesen sein. Ich hatte wahrscheinlich das Römische Fieber oder so etwas.«

»Oh.«

»Nicht daß ich es nicht gerne tun würde. Es ist einfach nicht realistisch. Schließlich war ich seit mehr als einem Monat nicht mehr zu Hause. Die Post stapelt sich in meiner Wohnung sicherlich längst bis zur Decke.«

»Wie wichtig ist Post?«

»Wichtig genug. Dann ist da Joseph. Sein Hund war krank.«

»Nun, er ist doch nur dein Manager ...«

»Außerdem muß ich üben. Weißt du noch, was von Bülow immer sagte? Wenn man einen Tag nicht übt, dann merkt man es selbst. Wenn man zwei Tage nicht übt, hören es die Kritiker. Und wenn du drei Tage lang nicht übst, dann merkt es auch das Publikum. Und so wie es jetzt aussieht, habe ich seit einer Woche kein Klavier mehr angerührt.«

Außer einem leicht verstimmten »natürlich« gab es nichts, was Paul auf diese Feststellung hätte erwidern können. Kennington blätterte die Zeitung um.

Nach einigen Sekunden stand Paul auf und begann sich anzuziehen.

»Willst du gehen?« fragte Kennington hinter seiner Zeitung.

»Wir sind in einer halben Stunde mit meiner Mutter zum Abendessen verabredet, es sei denn, du hast auch in diesem Fall entschieden, daß es nicht realistisch ist.«

»Okay, okay.« Nachdem er aus dem Bett gestiegen war, begann auch Kennington sich anzuziehen. »Ich muß feststellen, daß du heute abend nicht so fröhlich und munter bist wie sonst«, sagte er, während sie das Hotel verließen und in Richtung Piazza Barberini eilten. »Bedrückt dich irgendetwas?«

Paul schwieg für einen kurzen Moment. Dann sagte er: »Es tut mir leid, aber ich bin wegen Florenz enttäuscht. Schließlich warst du es, der davon angefangen hat, und als du es tatest, klangst du derart begeistert, daß ich tatsächlich angenommen hatte, du meinst es ernst. Daß wir beide, nachdem meine Mutter ausgezogen war, vielleicht zusammen ein wenig weiterreisen könnten. Allein zusammen.«

»Das klingt wunderbar.«

»Aber nicht wunderbar genug, um es auch zu tun.«

Kennington lachte. »Ach, wenn ich doch nur für jedes wunderbare Ding, das ich nicht getan habe, einen Dollar bekommen hätte!«

»Warum tust du es dann nicht?«

Kennington schüttelte den Kopf. »Es gibt bestimmte Verhaltensmuster, die zu durchbrechen einfach zu kostspielig ist.«

»Auch wenn es nur für ein paar Tage geschieht?«

Sie warteten an einer Fußgängerampel auf grünes Licht. Paul schaute ihn flehend an.

Dann sprang die Ampel um. Sie gingen weiter.

»Und was geschieht als nächstes?« fragte Paul.

»Als nächstes? Ich kehre nach New York zurück. Du fährst nach Florenz. Und im Herbst fängst du auf dem Juilliard-Konservatorium an.«

»Und werden wir uns sehen?«

»Natürlich werden wir uns sehen.«

»Aber gestern hast du angedeutet, daß du fast den ganzen Herbst unterwegs wärest. Du sagtest, du müßtest im Oktober nach Deutschland, dann nach Japan …«

»Für mich ist das gar nichts. Ich werde viel öfter zu Hause sein als sonst, und wenn ich da bin, können wir uns ständig sehen.«

»Aber du hast mir deine Telefonnummer nicht gegeben.«

»Das habe ich nur getan, weil ich fast nie da bin. Es ist besser, wenn ich dich anrufe ...«

»Ich hasse das«, sagte Paul plötzlich voller Schärfe. »So wie du es schilderst, unternimmst du deine Tournee, hast deine Wohnung, fährst nicht mit nach Florenz und hast mich, wann immer du mich anrufst. Ich dagegen kriege nichts.«

»Hast du deshalb diese Sache angefangen? Um etwas zu kriegen?«

Paul antwortete nicht. Ein Wagen jagte röhrend durch die schmale Straße und zwang sie, sich an die Hauswand zu drücken.

Sie spazierten weiter.

»Geht Mr. Mansourian mit dir nach Deutschland?« fragte er dafür nach einigen Sekunden.

»Nein. Er reist mittlerweile nicht mehr mit mir. San Francisco war eine Ausnahme.«

»Er ist homosexuell, nicht wahr?«

»Weshalb fragst du?«

»Wegen der Art und Weise, wie er sich mir gegenüber in San Francisco verhalten hat.«

Kennington zuckte ein wenig zusammen. »Und wie hat er sich dir gegenüber in San Francisco verhalten?«

»Ach, du weißt schon ... genauso wie du hier.«

Sie hatten den Trevi-Brunnen erreicht, wo Paul in seinen Hosentaschen herumkramte. Kennington beobachtete schweigend, wie eine Münze in hohem Bogen über das grüne Wasser wirbelte und eintauchte.

Dann überquerten sie die Straße und hielten ein Taxi

an. Sie hatten sich mit Pamela in einer Pizzeria verabredet, die wegen ihrer Tischplatten aus Marmor bei den Römern nur »das Leichenschauhaus« hieß. Alleine im Licht der Leuchtstoffröhren sitzend, erwartete sie sie bereits und sah in ihrem neuen pinkfarbenen Valentino-Kostüm seltsam verschüchtert aus. Von den Backöfen blickte einer der *pizzaioli,* dessen T-Shirt mit Tomatensaft beschmiert war, zu ihr hinüber. Das hübsche Mädchen in der Nähe hinter der Registrierkasse trug das gleiche Valentino-Kostüm, allerdings in Grün. Dazu mindestens ein Pfund Goldschmuck.

Sie setzten sich. »Entschuldigen Sie, daß wir uns verspätet haben«, sagte Kennington und küßte Pamela auf die Wange.

»Ach, das ist nicht schlimm. So hatte ich ausgiebig Zeit, den Köchen dabei zuzusehen, wie sie den Teig in die Luft werfen.« Sie verschränkte die Hände unterm Kinn. »Die Pizza-Zubereitung ist wirklich eine Kunst, nicht wahr?«

»Die römische Pizza ist ziemlich dünn«, erklärte Paul. »In Neapel ist der Teigboden ein wenig dicker.«

Ein Kellner, der nicht lächelte, legte Speisekarten auf den Tisch. »Du meine Güte«, sagte Pamela und überflog das Angebot. »Wissen Sie, Richard, daß Pizzas mein absolutes Leibgericht sind? Hat Paul Ihnen das schon verraten?«

»Nein.«

»Und jetzt esse ich gleich eine echte römische Pizza in einer echten römischen Pizzeria – es ist ungeheuer aufregend!« Sie konzentrierte sich wieder auf die Speisekarte. »Mal sehen ... Pilze klingen gut. Und was ist auf der Pizza Napoli?«

»Mozzarella und Sardellen, glaube ich.«

»Ich mag keine Sardellen. Dann vielleicht Pilze. Oder

Salami. Oder was ist das? Du meine Güte, Zucchiniblüten. Wie exotisch!«

»*Prego*«, sagte der Kellner, als er zurückkam.

Sie bestellten, und Pamela entschied sich für die Zucchiniblüten. Der Kellner entfernte sich.

Augenblicklich senkte sich Stille auf ihren Tisch herab, vorwiegend deshalb, weil eine Schar deutscher Frauen auf der Straße so laut redete. Außerdem betrachtete jeder von ihnen etwas: Paul Kennington; Pamela (abwechselnd) den *pizzaiolo* und Kennington; Kennington einen gutaussehenden Jungen, der hinter einem Hackklotz in der offenen Küche stand. Der Junge nahm ein scharfes Messer, legte die linke Hand gespreizt auf den Hackklotz und stieß mit der Messerspitze zwischen den Fingern auf das Holz, wobei er von der Lücke zwischen Daumen und Zeigefinger über die Lücke zwischen Zeige- und Mittelfinger zur Lücke zwischen Mittel- und Ringfinger und schließlich zur Lücke zwischen Ringfinger und kleinem Finger und wieder zurück wanderte. Das machte er so schnell, daß die Stahlklinge aufblitzte – insgesamt fünf- oder sechsmal. Dann hielt er inne, atmete tief durch und fing wieder von vorne an, als wollte er seinen eigenen Rekord brechen.

Ihre Getränke wurden gebracht: Nastro Azzurro für Kennington, Wasser für Pamela und Paul. Kenningtons Gesichtsausdruck, als er den Jungen beobachtete, war gespannt, beinahe lüstern. Und was erhoffte er sich, fragte Paul sich. Daß der Junge einen Fehler machte und sich einen Finger oder eine Fingerspitze abhackte? Oder daß er keinen Fehler machte und seine Meisterschaft bewies? Offensichtlich war nur, daß, wenn es ein Spiel war, der Junge Sieger blieb, und zwar immer wieder. Dann wurden ihre Pizzen serviert, die weit über die Teller hinausragten, weil diese viel zu klein waren.

»Mein Gott, ist das herrlich!« sagte Pamela und schaute erst ihren Sohn und dann seinen Freund an. »Es ist so schön, daß ich es kaum wage, sie zu verzehren.«

Tränen traten ihr in die Augen – Tränen, die weder Kennington noch Paul bemerkten, weil sie sie schnellstens mit einem Hüsteln zurückdrängte. »Nun, dann *buon appetito*«, sagte sie.

»*Buon appetito*«, erwiderten sie unisono.

Sie nahm einen Bissen und wirkte dabei ein wenig nervös, weil sie noch nie zuvor Blüten verzehrt hatte. Aber es stellte sich heraus, daß sie köstlich waren.

11

An ihrem letzten Tag in Rom sollte Kennington mit Paul und seiner Mutter nach Tivoli fahren, um die Villa D'Este zu besichtigen. Gegen neun Uhr war Paul in seinem Zimmer angezogen und abmarschbereit, als das Telefon klingelte. »Guten Morgen«, sagte Kennington. »Hast du gut geschlafen?«

»Eigentlich nicht. Richard, um auf unser Gespräch von gestern abend zurückzukommen – ich habe das Gefühl, ich schulde dir …«

»Unsinn. Wenn irgend jemand um Entschuldigung bitten sollte, dann bin ich es.« Er nieste.

»Geht es dir gut?«

»Nein. Das ist auch der Grund, weshalb ich anrufe. Ich glaube, ich habe mich erkältet.«

»Ach?«

»Nichts Ernstes. Nur weiß ich nicht, ob ich heute fit genug für eine Expedition bin. Bist du sehr enttäuscht, wenn ich mich entschuldige?«

»Natürlich nicht.« Pauls Stimme wurde eisig. »Du kannst tun, was immer du willst. Das weißt du doch.«

»Nun, wenn es dir wirklich nichts ausmacht, denke ich, daß ich mich, so wie es aussieht, heute vormittag ausruhen sollte. Heute nachmittag geht es mir bestimmt schon besser, und dann können wir uns ja wie üblich in der Bar della Pace treffen. Wie findest du das?«

»Schön«, sagte Paul.

»Genieß den Tag, hörst du?«

»Das werde ich.«

»Du fehlst mir.«

»Danke. Du mir auch.«

Sie legten auf. Paul hängte sich seinen Rucksack über die Schulter und ging nach unten zum Zimmer seiner Mutter. »Bist du fertig?« rief er und klopfte an die Tür.

»Fast. Komm rein.«

Er stürmte hinein und warf sich aufs Bett. Pamela war gerade dabei, sich zu schminken. »Gut geschlafen?« erkundigte sie sich.

»Richard kommt nicht«, erklärte er beiläufig. »Er sagt, er hätte sich erkältet.«

Pamela errötete. »Weiß du, das ist wirklich seltsam, Paul« – sie legte den Lippenstift beiseite – »denn ausgerechnet heute morgen meldet sich mein Heuschnupfen ziemlich heftig. Würde es dir etwas ausmachen …«

»Ach, soll ich den Ausflug etwa alleine unternehmen?«

»Nun, du redest doch stets davon, daß du Zeit für dich haben willst, Liebling.«

Er rollte sich auf die Seite. »Na schön.« Er stand vom Bett auf und ging zur Tür. »Dann mach's gut.«

»Mach's gut, Liebling. Paß auf dich auf. Bis heute nachmittag, okay?«

»Schön.«

»Hast du genug Geld eingesteckt?«

»Ja.«

Die Tür schlug zu. Pamela drehte sich um und begutachtete sich im Spiegel. Sie sah immer noch gut aus. Als nächstes, nachdem sie sich vergewissert hatte, daß die Luft rein war, eilte sie hinunter und über die Straßen und betrat den kleinen Lebensmittelladen, wo sie Orangensaft, Salzbrezeln und eine Packung *cornetti* einkaufte. In der Apotheke besorgte sie Vitamin C-Tabletten. Schließlich hielt sie auf dem Corso Vittorio

Emanuele ein Taxi an. »Hotel Bristol«, nannte sie ihr Ziel und strich ihren Kostümkragen glatt, während der Fahrer sich in den Verkehr einfädelte.

Ihr kam der Gedanke, daß das, was sie tat, ziemlich verrückt war. Und dennoch, könnte diese Krankmeldung nicht auch ein Hinweis sein, auf den sie schon die ganze Zeit wartete, ein Hinweis, der schüchtern – oder vielleicht sogar raffiniert – durch Paul übermittelt worden war?

Im Foyer des Bristol hielt niemand sie auf – genaugenommen gab es niemanden, der sie bemerkte. Froh, nicht für eine Prostituierte gehalten worden zu sein, fuhr sie mit dem Lift in den sechsten Stock und kam sich dabei mit ihrer Einkaufstasche voller Lebensmittel ziemlich auffällig vor. Sie schritt durch den langen Korridor, vorbei an offenen Türen und Wagen aus Stahl, die mit Bettwäsche und kleinen Shampooflaschen beladen waren, bis sie vor der Zimmertür mit der Aufschrift 611 stehenblieb.

Sie klopfte an. »*Chi è?*« fragte eine Stimme von drinnen.

»Pamela.«

Stille. Mehrere Sekunden verstrichen, ehe Kennington die Tür öffnete. Unrasiert, bekleidet mit einer grauen Trainingshose und einem Tanglewood T-Shirt, stand er vor ihr.

»Hi«, sagte er.

»Hi«, sagte sie. »Ich hoffe, ich störe nicht.«

»Nein, ganz und gar nicht. Kommen Sie herein.«

Er trat zur Seite, um sie einzulassen. Sein Zimmer, obgleich elegant, war ein einziges Durcheinander. Das Bett war ungemacht, und ein Oberhemd lag achtlos hingeworfen über einer Sessellehne.

»Das ist hübsch«, sagte sie und stellte die Einkaufstasche ab. »So edel.« Sie faltete die Hände und lächelte ihn an.

Schweigen.

»Nun, ich wette, Sie sind überrascht, mich zu sehen, nicht wahr?«

»Ja, das stimmt. Ich hatte angenommen, daß Sie mit Paul nach Tivoli gefahren sind.«

»Ach, ich habe mich in der letzten Minute entschieden, hierzubleiben. Ich war gar nicht in der Stimmung für eine Busfahrt.«

»So, so.«

»Und als Paul mir mitteilte, daß Sie sich nicht wohlfühlen, dachte ich, daß ich Ihnen etwas zum Frühstück bringen sollte. Da ist alles.« Sie reichte ihm die Einkaufstasche. »Ich habe Orangensaft, Salzbrezeln und Croissants besorgt. Etwas Süßes und etwas Salziges, so wie Paul es am liebsten hat, wenn er krank ist. Außerdem Vitamin C.«

»Danke.« Kennington stellte die Tasche auf die Kommode. »Sie brauchten sich wirklich nicht all diese Mühe zu machen.«

»Oh, ich wollte es. Vor allem, nachdem Sie uns so oft zum Essen eingeladen haben.«

»Aber das habe ich gern getan.«

»Nun, jetzt bin ich an der Reihe, etwas Gutes zu tun. Legen Sie sich wieder hin« – sie deutete auf das Bett – »und ich bereite das Frühstück. Haben Sie Gläser?«

»Drüben bei der Minibar.«

»Ich hole sie. Sie rühren sich nicht vom Fleck.«

Sie nahm zwei große Gläser vom Wandregal, füllte sie mit dem Saft und reichte ihm ein Glas.

»*Cin-cin.*«

»Es bringt kein Glück, wenn man mit etwas anderem als mit Wein anstößt.«

»Oh, das wußte ich nicht.«

»Lassen Sie mich das wegräumen, damit Sie Platz haben«, fügte er hinzu und nahm das Oberhemd vom Sessel.

Sie setzte sich, und Kennington kehrte zum Bett zurück, wo er sich hinlegte und die Füße übereinander schlug.

»So«, sagte Pamela und lächelte geheimnisvoll. (Wie sollte sie jetzt anfangen?) »Wissen Sie, Richard, ich muß Ihnen ein kleines Geständnis machen. Ich bin heute nicht nur aus dem Grund zu Ihnen gekommen, um Ihnen Orangensaft zu bringen.«

»Sie sind nicht?«

Sie schüttelte den Kopf. »Tatsache ist, daß ich ein anderes Motiv hatte. Tatsächlich entschied ich mich, nicht nach Tivoli zu fahren, als Paul mir mitteilte, daß Sie nicht mitkommen würden. War das schlimm von mir?«

»Weshalb sollte das schlimm sein?«

»Weil ich, um ganz ehrlich zu sein, Sie für mich alleine wollte.« Sie lachte. »Und bitte schließen Sie nicht daraus, daß ich die Zeit nicht genossen habe, die wir zu dritt verbrachten. Das habe ich. Es ist nur – ist Ihnen eigentlich klar, daß Sie und ich diese ganze Woche nicht eine Sekunde miteinander alleine waren? Ohne Paul?«

»Nein, ich glaube nicht.«

»Nehmen Sie ein Croissant«, fügte sie hinzu, stand auf und riß den Karton auf.

Krümel rieselten auf die Bettdecke, als er das ziemlich weiche Croissant durchbrach.

»Und wie schmeckt es?«

»Köstlich.«

»Gut. Wollen Sie ein paar Brezeln?«

»Danke, nein. Noch nicht.«

»Sie können sie hier behalten, falls Sie doch noch Appetit bekommen sollten.« Sie setzte sich wieder und verschränkte die Hände. »Wissen Sie, Richard, ich wollte Ihnen schon die ganze Zeit sagen, wie dankbar ich Ihnen für all die Hilfe bin, die Sie Paul und mir bei dieser Reise haben angedeihen lassen. Ich meine, als wir ankamen, war ich, wie Sie sehen konnten, völlig fertig. Und jetzt sehen Sie mich an.«

»Es freut mich, daß Sie sich besser fühlen. Trotzdem kann ich mich nicht damit schmücken.«

»Oh, das sollten Sie aber! Wenn ich wieder Freude am Leben habe, dann eigentlich nur Ihretwegen.« Sie schmiegte sich in das weiche Polster des Sessels. »Eine schlechte Ehe kann eine schlimme Sache sein, die einen an sich selbst zweifeln läßt. Sie denken eines Tages, daß Sie von niemandem mehr geliebt werden können, weil es in Ihrem Leben keine Liebe mehr gibt.«

»Ich verstehe.«

»Und doch kommt es einem nie in den Sinn auszubrechen, weil alles so vertraut ist, auch dieses Leid, es ist so … ja, fast heimelig. Verstehen Sie, was ich damit sagen will? Es ist seltsam. Zuerst war ich auf Kelso wütend. Aber nun bin ich ihm fast dankbar. Wenn er tatsächlich mit uns nach Rom gekommen wäre, nun …« Ihre Stimme versiegte.

»Es ist eine Entscheidung, die er bestimmt ein Leben lang bereuen wird«, meinte Kennington nach einigen Sekunden.

»Es ist richtig lieb, daß Sie mir das sagen. Und ich kann nicht leugnen, daß ich tief in meinem Innern hoffe, daß sein kleines Verhältnis am Ende scheitert. Sie wissen schon, daß er zu mir kommt und mich bittet, ihn wieder aufzunehmen, und ich erkläre: ›Du kannst mich mal!‹« Sie schlug sich eine Hand vor den

Mund. »Ist es schlimm, wenn ich so etwas denke und sage?«

»Ich glaube, daß es überhaupt nicht schlimm ist. Ich finde es völlig natürlich.«

»Es freut mich sehr, daß Sie so denken. Ich vertraue auf Ihr Urteil. Paul tut es auch.«

»Tatsächlich?«

»Sie sind sein Held, sein Idol, Richard. Nun, ich kann mich noch daran erinnern, wie er seine erste Schallplatte gekauft hat. Er war nicht älter als neun. Und er hatte wochenlang sein Taschengeld gespart, und schließlich, als er genug zusammen hatte, fuhr ich mit ihm zum Schallplattenladen, eins von den Geschäften, wie man sie aus den sechziger Jahren kennt, im Grunde nicht mehr als eine riesige Holzkiste an der El Camino Road – wir nannten den Laden damals auch nur »Die Kiste« –, und ich beobachtete, wie er in die klassische Abteilung ging, so stolz, und die Alben durchblätterte, bis er Ihre neue Aufnahme fand, und wie er dann alle Cover miteinander verglich, bis er wirklich das makelloseste von allen heraussuchte. Damit ging er anschließend zur Kasse und bezahlte ausschließlich mit Kleingeld. Nur Münzen.« Sie lachte. »Deshalb hat diese Reise ihm soviel bedeutet. Überlegen Sie doch mal, wenn diese Zigeunermädchen mich nicht bedrängt hätten und wenn Sie nicht zufälligerweise im gleichen Moment auf der Piazza aufgetaucht wären … Aber ich will lieber nicht weiter darüber nachdenken.«

»Und morgen brechen Sie nach Florenz auf. Sind Sie aufgeregt?«

»Reden wir lieber nicht darüber. Möchten Sie noch ein wenig Saft?«

»Nein, danke, ich habe genug.«

»Wie wäre es mit Vitamin C? Ach, ich bin ja so durcheinander, ich habe Sie noch nicht mal gefragt, wie Sie sich fühlen.«

»Ziemlich verschnupft. Außerdem habe ich Halsschmerzen.«

»Und Fieber? Lassen Sie mich mal fühlen.«

»Ich habe kein Fieber.«

Sie setzte sich auf seine Bettkante und legte eine kühle Handfläche auf seine Stirn. »Nein, besonders warm fühlt sich das nicht an.«

»Ich habe es Ihnen doch gesagt – ich habe kein Fieber.«

Sie nahm ihre Hand nicht weg.

»Pamela …«

Sie zog die Hand noch immer nicht zurück.

Sie lachte wie ein Drache. Ihre Zähne blitzten.

Einige Zeit verstrich träge. »Wissen Sie was?« sagte Pamela nach einer Weile. »Vielleicht haben Sie zumindest überhöhte Temperatur. Ich hole Ihnen mal einen feuchten Umschlag.«

Sie nahm ihre Hand weg – die nun heiß geworden war – und begab sich ins Badezimmer. Sie schloß behutsam die Tür, drehte den Wasserhahn auf und nahm einen Waschlappen von der Ablage. Er war hellblau. Aus flauschigem Frotteestoff. Sie starrte ihn an, bis er vor ihren Augen verschwamm. Dann setzte sie sich auf den Toilettendeckel, vergrub für einige Sekunden das Gesicht in dem Lappen, machte ein paar mühsame Atemzüge und ballte die Hände zu Fäusten.

Aus irgendeinem Grund meldete sich eine alte Erinnerung. Während eines Französisch-Kurses am College hatte sie einmal für ihre Zwischenprüfung so intensiv gelernt, daß sie sich eine wichtige grammatische Regel völlig falsch einprägte und am Ende als Zensur nur die Note vier schaffte. Aber als sie erklärte, was mit ihr passiert war, hatte ihr Professor wenig Mitgefühl an den Tag gelegt. »Nicht zugehört!« hatte er gesagt und ihr mit den Fingern seitlich gegen den Kopf getippt.

Nicht zugehört.

›Närrin‹, schalt sie sich selbst, ›Idiotin‹, bis ihr bewußt wurde, daß sie nicht den ganzen Vormittag auf dem Toilettendeckel verbringen konnte, und wieder aufstand. Sie überprüfte im Spiegel ihr Make-up, das offenbar in Ordnung war, dann benetzte sie den Waschlappen mit Wasser und wrang ihn ein wenig aus. Sie wollte den Raum gerade verlassen, als sie eine Boxershorts bemerkte, die an einem Haken an der Tür hing. Sie war hellblau und von Brooks Brothers und sah genauso aus wie die, die sie Paul im vergangenen Jahr zu Weihnachten geschenkt hatte.

Sie machte einen Schritt zur Tür und nahm die Shorts vom Haken. Sie war an der Mittelnaht aufgerissen.

Gehörte sie Paul? Das Etikett war das gleiche, die Größe ebenfalls. Und wenn sie tatsächlich Paul gehörte, was hatte sie dann in Kenningtons Badezimmer zu suchen? Vielleicht besaß Kennington die gleiche Shorts. Das war nicht unwahrscheinlich.

Nachdem sie die Hose wieder an den Haken gehängt hatte, öffnete sie die Tür. Kennington lag noch immer in seinem Bett.

»Da«, sagte sie und reichte ihm den Lappen. »Damit werden Sie sich gleich besser fühlen.«

»Danke.« Er legte sich den Waschlappen auf die Stirn.

»Diese Umschläge habe ich immer für meine Kinder bereit gehalten, wenn sie krank waren. Sie ziehen regelrecht das Fieber weg.« Mit der linken Hand kratzte sie sich am Hinterkopf.

Kennington schloß die Augen und gab sich der angenehmen Kühle auf seiner Stirn hin.

»Nun, ich sollte wahrscheinlich lieber verschwinden«, sagte sie nach einer Weile. »Sie brauchen Ruhe.«

»Ja, ich glaube, ein wenig Schlaf dürfte bei mir wahre Wunder wirken.«

»So, dann treffen wir uns heute nachmittag im Café, wie wäre das? Es sei denn ...« Sie hob stolz den Kopf. »Nun, ich denke, ich wollte sagen, daß, wenn Sie heute nachmittag keine Lust haben sollten, Sie sich auf keinen Fall verpflichtet zu fühlen brauchen, Richard. Jedenfalls nicht uns gegenüber.«

»Oh, das tue ich gar nicht«, entgegnete Kennington schnell. »Wirklich, ich bin sicher, wenn ich ein wenig geschlafen habe, bin ich« – er schnippte mit den Fingern – »wieder kerngesund.«

»Gut«, sagte Pamela und kam sich richtig aufopferungsvoll vor. »Damit machen Sie gerade Paul eine ganz besondere Freude.«

Sie streckte ihre Hand in Richtung Bett aus, aber Kennington war schon auf den Beinen, ging zur Tür und hielt sie auf, damit Pamela hinausgehen konnte.

Sobald Pamela verschwunden war, verriegelte Kennington sofort die Tür hinter ihr. Im Laufe ihres Besuchs hatte er bemerkt, daß der Page ein weiteres Fax unter der Tür durchgeschoben hatte. Er hob es auf und wollte es schon ungelesen zu den anderen in die Nachttischschublade legen, als ihm ein vertrauter Name ins Auge sprang. Beunruhigt las er das Fax. Dann öffnete er die Schublade und holte die anderen Faxe heraus und las auch diese durch. Zu seinem tiefen Bedauern und Entsetzen erfuhr er, daß Joseph kein einziges Mal Batisti erwähnt hatte, sondern nur von Sophie berichtete, deren Tod ihn, wie es schien, viel schlimmer erschüttert hatte, als Kennington es jemals für möglich gehalten hätte.

Er nahm den Telefonhörer ab und wählte. »Ich bin es«, sprach er auf Josephs Voice-Mail. »Joseph, das mit Sophie tut mir leid. Bitte ruf zurück. Ich ... ich weiß nicht, was ich sonst noch sagen soll.« Dann legte er auf und ließ sich auf das Bett sinken. Fünf Minuten verstrichen. Er griff wieder nach dem Hörer und wählte Josephs Nummer ein zweites Mal. Erneut meldete sich die Voice-Mail. Diesmal hinterließ er keine Nachricht.

Er stand auf und zog sich aus. Daß er aufbrechen mußte – eine Möglichkeit, die ihm bereits seit mehreren Tagen immer wieder durch den Kopf geisterte –, dessen war er sich nun sicher. Nein, er hätte niemals vorschlagen dürfen – nicht einmal vage –, sie nach Florenz zu begleiten. Nun hatte sich nicht nur Paul, sondern auch seine Mutter in ihn verliebt. Wie üblich war alles zu weit und zu schnell gegangen (seine eigene Schuld), so daß er allein vor der Intensität der Affäre – Lust hat nun mal die Angewohnheit, wie ein Feuer leicht außer Kontrolle zu geraten – so schnell wie möglich flüchten wollte. Es war mehr, als er bewältigen konnte, mehr als er bewältigen wollte. Denn falls er die Affäre mit Paul fortsetzte, was erwartete ihn dann anderes als Probleme? Bei Pamela würde er mit einer zornigen Reaktion rechnen müssen, bei Paul wären es Konkurrenzdenken oder Neid. Oder vielleicht würde er versuchen, Kenningtons Prominenz zu benutzen, um seine eigene Karriere zu beginnen, oder er könnte diese Prominenz auch als Hindernis empfinden und daher ablehnen. Es war möglich. Alles war möglich.

Was Joseph betraf, könnten sie sich überhaupt trennen? Sie waren durch mehr als nur ein tiefes Bedürfnis aneinander gekettet. Ihre Geldgeschäfte waren ineinander verschlungen wie zwei Liebende an einem Wintermorgen. Was bedeutete, daß, wenn sie sich trennen sollten, daraus ein sowohl finanzielles wie auch emotionales Fiasko resultieren würde. Wahrscheinlich würde das Ganze sogar in aller Öffentlichkeit abgehandelt werden, während Kennington eigentlich nichts anderes wollte, als in Ruhe gelassen zu werden.

Er schlüpfte in seine Jeans. Er hatte, wie er feststellte, einen Panikanfall, und obgleich er seine Panik zumindest ein wenig auf Distanz halten, sie analysieren konnte – er war einer von jenen Menschen, die in Augenblicken einer Krise eine gewisse Klarheit des Denkens entwickeln und sich ihrer wahren Intentionen bewußt werden –, war es nichts als Panik, die seine Nerven vibrieren ließ.

Hatte Paul seine Telefonnummer herausbekommen? Er hoffte nicht. Trotzdem, um ganz sicher zu gehen, würde er sie sofort ändern lassen, wenn er nach Hause kam.

Es wäre nicht das erste Mal, daß er seine Nummer änderte.

Er nahm wieder den Telefonhörer ab und wählte die Nummer der Delta Airlines und buchte seine Reservierung auf die Maschine um, die am nächsten Morgen startete – das war nicht schwer, weil er erster Klasse reiste. Dann rief er die Rezeption an und erklärte, daß er auf Grund eines Notfalls sofort seinen Aufenthalt beenden müßte. Dann rief er Joseph an und hinterließ eine zweite Nachricht, diese ein wenig zurückhaltender, und teilte ihm mit, wann er wieder zu Hause wäre.

Nachdem er seine Telefonate erledigt hatte, packte er seine Sachen, was so gut wie keine Zeit in Anspruch nahm. Nach so vielen Jahren, in denen er ständig umhergereist war, schaffte er es innerhalb von zehn Minuten, sein Gepäck reisefertig zu machen. Schließlich schaute er unter dem Bett und im Badezimmer nach, wo er Pauls zerrissene Boxershorts am Haken in der Tür entdeckte. Ob Pamela sie gesehen hatte, fragte er sich.

War das wichtig? Eigentlich nicht mehr.

Er nahm die Boxershorts vom Haken und hielt sie sich für einen Moment an die Nase. Er atmete Pauls schalen, süßlichen Geruch ein. Dann warf er die Hose in den Abfalleimer.

Ein Taxi holte ihn draußen vor dem Hotel ab. Er fuhr durch eine trockene, triste Zone von hochhausähnlichen Apartmenthäusern und leeren Grundstücken, vorbei an den Caracalla-Bädern zur EUR, deren faschistische Türme im heißen Mittagslicht weiß funkelten. Die Landschaft in diesem Teil der Stadt erinnerte an die Mondoberfläche und hätte Kennington sicherlich einen Schrecken eingejagt, wenn sie nicht so übergangsmäßig, so zeitlich befristet erschienen wäre. Und wie sehr sehnte er sich in diesem Moment nach seinem Loft, seinem Klavier, all den vertrauten Dingen: Bettlaken und Kopfkissen, die er kannte, und Josephs Wohnung und dem Sofa mit seinem Geruch nach Leder und Dackel, der sich stets mit einem vagen Hauch von Honig zu mischen schien! All die Dinge, die zu verlieren er befürchtete, wenn er Joseph verließ. Aber das Zuhause hatte seine eigenen Schrecken. Am besten wären dann schon all jene wasserlosen Meere, wo ihn niemand würde finden können.

Sie hielten vor einer roten Ampel an. Teile des alten Rom ragten aus dem heißen Gras auf, müde und unerschütterliche Erinnerungen an seine Trivialität.

In seinem Zimmer im Sheraton in der Nähe von Fiumicino machte er sich gar nicht erst die Mühe auszupacken. Statt dessen ließ er sich auf die Bettkante sinken und schaute aus dem Fenster auf die Automobile, die in Richtung Flughafen unterwegs waren. Der Strom der Fahrzeuge übte eine seltsam beruhigende Wirkung auf ihn aus. Tatsächlich schien sogar das Zimmer selbst, eine Umgebung kühler Funktionalität nach dem überladenen Bristol, ein gedämpftes, unpersönliches Potential an Möglichkeiten auszustrahlen, das Kennington beruhigte. Es war das architektonische Äquivalent einer leeren Manuskriptseite. Niemand würde ihn hier aufspüren können. Natürlich könnte Paul noch einmal seinen kleinen Trick versuchen und sämtliche Hotels im Branchentelefonbuch abklappern, aber irgendwie bezweifelte Kennington, daß sogar Paul erraten würde, wohin er geflüchtet war.

Morgen, dachte er. Nach Hause. Nach Hause zu Joseph.

Würde er die Porterfields jemals wiedersehen? Paul zufälligerweise im Lincoln Center begegnen? Mit Pamela im Gedränge vor dem Opernhaus in San Francisco kollidieren? Im Augenblick war Paul wahrscheinlich noch immer in Tivoli. Und Pamela … sie war vermutlich im Bernini, wo sie las oder weinte. Und darauf wartete, daß Paul endlich nach Hause kam, wonach sie gemeinsam die Bar della Pace aufsuchen und auf ihn warten würden, eine Viertelstunde lang, eine halbe Stunde …

Was würden sie danach tun?

Er wollte nicht länger darüber nachdenken.

Am nächsten Tag bestieg Kennington ein Flugzeug nach New York, während Paul und seine Mutter mit einem Vormittagszug nach Florenz fuhren.

MUSIKLAND

12

»Wenn du nicht einmal bereit bist mitzumachen, wüßte ich nicht, welchen Sinn das haben soll«, sagte Bobby Newman zu Teddy Moss und richtete sich zwischen seinen Knien auf.

Über die glatte Kante des *Wall Street Journal* hinweg – dessen Papierkante scharf genug war, um sich daran zu schneiden –, verfolgte Teddy teilnahmslos, wie sein Freund seine weiße Unterhose hochzog.

»Was willst du eigentlich?« fragte er. Dann drückte er eine Zigarre im Aschenbecher aus und kehrte wieder zu seinem Artikel zurück, der sich mit der jüngsten Entwicklung in der Glasfaseroptik-Industrie beschäftigte.

»Weshalb tust du das?«

»Ich hasse Zigarren. Ich habe sie nur deinetwegen geraucht, vielmehr nur so getan, als würde ich sie rauchen.«

»Oh, das ist wirklich toll. Das rettet mir den Tag.« Bobby zitterte beinahe vor Wut, was Teddy sehr spaßig fand. Außerdem, so wußte Bobby, fand Teddy seine Wut spaßig. Das war das schlimmste. Er hätte am liebsten den Aschenbecher gepackt und gegen die Wand geworfen, nur wäre er dabei wahrscheinlich nicht zerbrochen. (Neben dem Fenster befand sich eine flache Delle in der Wand, wo er ihn schon einmal hingeworfen hatte.) Schließlich, wenn er den Aschenbecher geworfen hätte, wäre Teddys Amüsiertheit höchstwahrscheinlich in verhaltene und gegen ihn gerichtete Wut umgeschlagen. Das wußte er genau. ›Das reicht jetzt‹, würde er sagen, Bobby hochheben und ihn genauso wie den Aschenbecher durch die Tür wuchten. Es waren diese brutalen und wirkungsvollen Schweigephasen, die Bobby bei Teddy am meisten liebte, und während er die sehnsuchtsvolle Halberektion seines Freundes, die unter der Zeitung hervorschaute, betrachtete, erwachten in ihm erneut Liebeslust und Erregung. »Teddy«, sagte er.

Teddy musterte ihn über den Zeitungsrand hinweg.

»Darf ich ...«

»Es war deine Idee. Gib mir nicht die Schuld, wenn du den Happen, den du abgebissen hast, nicht schlucken kannst.«

»Es tut mir leid, daß ich so beleidigt reagiert habe. Ich hatte nur das Gefühl, von dir ignoriert zu werden.«

»Das war doch genau das, was du wolltest. Du hast gesagt, und ich zitiere: ›Laß mich dir einen blasen, während du das *Wall Street Journal* liest. Tu so, als würdest du noch nicht einmal bemerken, was ich tue.‹«

»Ja, du solltest so tun als ob. Aber ich hatte den Eindruck, daß du es tatsächlich nicht bemerkt hast.«

»Der Artikel war sehr interessant.«

»Ich glaube, ich weiß nicht richtig, was ich will«, sagte Bobby. »Ich bin erst neunzehn.« Er zog wieder seine Unterhose aus, kauerte sich in fetaler Haltung zwischen Teddys Knie und ergriff seinen Schwanz, als wäre er ein Mikrofon.

»Von wegen, ich hätte mehr abgebissen, als ich schlucken kann«, sagte er.

»Sehr interessant«, sagte Teddy. »Der Apple-Kurs ist um drei Achtel gefallen.«

Bobby gab ein kehliges Geräusch von sich.

Ein paar Minuten später klingelte das Telefon.

»Ja, bitte?« meldete Teddy sich, nachdem er den Hörer abgenommen hatte.

»Teddy? Hier ist Mrs. Porterfield.«

»Oh, hallo, Mrs. Porterfield, wie geht es Ihnen?«

»Ach, ganz gut, weißt du. Da ist zwar immer noch die Scheidung und so weiter, aber ich gebe mir Mühe, das zu überwinden und jeden Tag so gut wie möglich zu überstehen.«

»Es tut mir wirklich leid.«

»Übrigens habe ich heute vormittag deine Mutter im Supermarkt getroffen. Wir hatten ein kleines Schwätzchen. Sie kann es kaum erwarten, dich Weihnachten wiederzusehen.« Eine kurze Pause trat ein. »Ist Paolino zufällig in der Nähe?«

»Nein, er ist im Konservatorium und übt.«

»Natürlich! Immer übt er. Ich schaffe es nie, ihn mal zu Hause anzutreffen.«

»Ich kann ihm etwas ausrichten, wenn Sie wollen.«

»Sag ihm nur, daß ich angerufen habe. Ich ... nun, um ehrlich zu sein, Teddy, manchmal glaube ich, daß ich viel zu oft anrufe. Ich habe das ungute Gefühl, daß es ihn ziemlich nervt. Was meinst du? Meinst du, es nervt ihn?«

»Ich kann wirklich nicht sagen, was Paul nervt und was nicht, Mrs. Porterfield.«

»Nein, natürlich nicht. Nun, wie dem auch sei, deine Mutter und ich waren uns einig, daß es wunderschön sein wird, euch Jungen zu Weihnachten wieder zu Hause zu haben. Wann kommst du?«

»Bald.« (Er zwinkerte Bobby zu.)

»Wann genau?«

»Am zwanzigsten. Ja, am zwanzigsten.«

»Oh, Pablo kommt am einundzwanzigsten. Und wann kehrst du wieder nach New York zurück?«

»Am dritten Januar.«

»Ich bin richtig neidisch! Deine Mom hat dich vier ganze Tage länger, als ich Pauly bei mir habe. Naja, es war schön, mit dir zu plaudern, Teddy. Und sag Paolo Bescheid, daß ich angerufen habe.«

»Das tue ich.«

»Bye-bye.«

»Bye.«

Er legte auf.

»Die Mutter deines Mitbewohners?« fragte Bobby, während er aufstand, um sich die Hände zu waschen.

Er erhielt keine Antwort.

»Ich frage mich immer, ob er tatsächlich existiert.«

»Das tut er.«

»Erhalte ich je die Gelegenheit, ihn kennenzulernen? Ist er süß?«

»Nicht dein Typ. Außerdem übt er ständig, wie ich schon sagte. Er ist Pianist.«

»Ach ja, mit irgendeinem prominenten Geliebten aus der Theaterszene. Nicht wahr?«

»Es ist ein großes Geheimnis. Ich darf nicht verraten, wer es ist.«

»Das macht nichts. Ich kenne sowieso niemanden beim Theater.« Nachdem er Teddy geküßt hatte, verzog Bobby das Gesicht. »Igitt, du schmeckst nach Zigarre. Putz dir mal die Zähne.«

»Du kannst mich mal«, sagte Teddy. »Du hast mich doch darum gebeten.« Aber er ging zur Küchenspüle und putzte sich die Zähne.

Als Paul eine Stunde später auftauchte, um seine Post abzuholen, waren Teddy und Bobby schon gegangen. Sie hatten einen durchdringenden Geruch nach Sex hinterlassen, der die Luft erfüllte: Schweiß und Mundwasser und ... aber woher kam dieser seltsame Gestank, diese fast süße Bitterkeit, die an verbrannte

Kastanien erinnerte? Oh, eine Zigarre. Sie war noch feucht an der Spitze und stand im Aschenbecher aufrecht in der Asche wie ein dunkler und kurzer Phallus. Vom Sofa ergossen sich die Seiten eines *Wall Street Journal* auf den Fußboden. Paul sammelte sie auf. Darunter fand er einen weißen Socken. Teddy trug niemals weiße Socken. Und wer hatte das *Wall Street Journal* in die Wohnung mitgebracht? Teddy las nur die *Village Voice*. Zweifellos der Eigentümer der weißen Socke. Da es ihn nichts anging, ließ er die Seiten der Zeitung dort liegen, wo er sie gefunden hatte.

Sein Zimmer war ein Hort der Ordnung in dem ziemlich unordentlichen Apartment. Zwischen den sorgfältig arrangierten Gegenständen auf dem Schreibtisch – Kugelschreiber und Bleistifte in einem Glas, Notizblock, Notenpapier in weiß und gelb, ein Scotch Klebebandspender – hatte Teddy Pauls Post deponiert: zwei Briefe von seiner Mutter, einer von seinem Vater und eine Postwurfsendung von Steinway. Er öffnete den Brief seines Vaters zuerst. Darin erläuterte Kelso Dinge, von denen Pamela ihn per Telefon bereits in Kenntnis gesetzt hatte: Sobald die Scheidung ausgesprochen wäre, wollten er und Muriel Peete heiraten. ›Ich hoffe, du bist zum Mittagessen bei uns, wenn du zu Weihnachten nach Hause kommst‹, schrieb Kelso, ›obgleich wir es verstehen würden, wenn du es nicht wärest. Und Muriel möchte ausdrücklich darauf hinweisen, daß sie niemals erwartet, für dich eine Ersatzmutter zu sein, so wie sie auch nicht erwartet, daß ich ein Ersatzvater für ihren Stewart bin, der genauso alt ist wie du.‹

Am Ende hatte Muriel in hastiger Schrift hinzugefügt: ›Ich kann es kaum erwarten, dich kennenzulernen, Paul!‹ und einen kleinen Weihnachtsmann gezeichnet.

Nachdem er den Brief seines Vaters zusammengefaltet hatte, öffnete Paul das erste Schreiben seiner Mutter. ›Menlo Park‹ stand in der rechten oberen Ecke, ›4 Uhr 12 morgens.‹

Das war alles, was er wissen mußte. Er schob den Brief zurück in den Umschlag. Dann legte er eine CD auf seiner alten Stereoanlage auf – es war Kenningtons Debüt (Chopin-Präludien) – knipste das Licht aus und legte sich auf das harte, schmale Bett. Ein früherer Bewohner des Apartments hatte Leuchtsterne an die Decke geklebt. Daher breitete sich nun über ihm ein grünlich schimmerndes Firmament aus: Sternbilder und Planeten, Kometen, Nebel und Haufen winziger Sterne. Dieses persönliche Universum war etwas, das Paul sehr gerne Alden Haynes, seit zwei Monaten sein Geliebter, gezeigt hätte, nur war Alden bisher nicht einmal mit heraufgekommen und hatte bei ihm übernachtet. Oh, Paul hatte ihn gelegentlich dazu eingeladen, worauf Alden stets mit einem freundlichen Lachen reagiert hatte. Was für einen Sinn hätte es, drückte sein Lachen aus, wenn seine eigene Wohnung doch viel komfortabler war? Und Paul mußte ihm zustimmen, Aldens Sieben-Zimmer-Wohnung in der Central Park West war tatsächlich viel komfortabler. So schliefen sie jede Nacht in jenem riesengroßen Bett mit seinen Laken aus Rohseide, jenem Bett, von dem aus die Baumwipfel des Central Park zu sehen waren, wo jedoch an der Decke keine Sterne klebten. Komfort und Luxus. Paul mochte Alden. Er hoffte, vermutete, jahrelang mit Alden zusammen zu sein, bis einer von ihnen beiden schließlich starb. Zuerst war dieses Bett der heiße Nabel der Welt gewesen. Aber nun lagen sie an den meisten Abenden nebeneinander und lasen, wobei Aldens Halbbrille ihm stets von der Nase zu rutschen drohte und die Lampe wie ein Moskito summte. »Ich muß sie reparieren lassen«, sagte er immer und klang dabei wie Pauls Vater. Und hätte Kennington, mit dem er einmal erlebt hatte, wie der römische Himmel sich über ihnen öffnete, Gefallen an seinem Sternenhimmel gefunden?

Ein Schlüssel knirschte im Schloß. Paul stand auf, dämpfte die Lautstärke der Stereoanlage und blickte durch die Tür ins Wohnzimmer, wo Teddy soeben seinen Schal abnahm.

»Wie war es?« fragte Teddy und setzte sein strahlendstes Optimisten-Club-Lächeln auf.

»Nicht schlecht.« Paul tauchte vollständig aus der Dunkelheit der Diele auf. »Ich bin nur hergekommen, um nach meiner Post zu sehen.«

Teddy öffnete eine Dose Diet Coke und ließ sich auf die Couch fallen. »Deine Mutter hat heute nachmittag angerufen. Es war ziemlich lustig. Während wir uns unterhielten, bekam ich einen geblasen.« Mit der linken Hand spielte er an dem Zigarrenstummel herum. »Es geht mich zwar nichts an ... aber ich dachte, ich sollte es dir trotzdem sagen. Sie klingt nicht sehr gut.«

»Es geht ihr auch nicht gut.« Paul ließ sich ihm gegenüber nieder. »Übrigens habe ich *Maurice* gelesen. Danke, daß du es mir geliehen hast.«

»Und wie findest du es?«

»Mir hat es sehr gut gefallen bis auf den Schluß. Wahrscheinlich bin ich viel zu skeptisch, aber daß man nirgendwo erfährt, wie es Maurice und Alex ergeht, nachdem sie zusammen durchgebrannt sind, gefällt mir überhaupt nicht. Was mir wieder gefällt, ist dieser grüne Wald als eine Art eigene Welt.«

»Geschickt gemacht, nicht wahr?« Teddy stand auf

und ging zum Wandregal. »Es ist so etwas wie ein Paradies.« Er fuhr mit dem Finger über die Buchrücken. »Eigentlich stammt der Begriff von Edward Carpenter. Er war ein ziemlich seltsamer Philosoph, der sich regelrecht aus dieser Welt verabschiedet hat und mit seinem Geliebten, George Merrill, hinauszog, um fortan als Holzfäller zu leben.«

»Er hat die Welt verlassen? Ist so etwas möglich?«

»Damals vielleicht. Aber das ist eigentlich egal, meint mein Professor, denn für die Männer aus Fosters Generation war dieser grüne Wald ein hypothetischer schwulenfreundlicher Raum, den sie postulieren mußten, damit sie ihn entstehenlassen konnten.« Lächelnd streckte er seine Zunge heraus, dann begab er sich in sein Zimmer, um zu lernen.

»Ein hypothetischer schwulenfreundlicher Raum«, wiederholte Paul in Gedanken, während er mit der U-Bahn in die Stadt fuhr. Ihm kam der Gedanke, daß er bis vor kurzem Alden Haynes' Wohnung als eine Art eigene, paradiesische Welt betrachtet hatte, als einen Ort, der durch seine Gegensätzlichkeit zur restlichen Welt definiert wurde, von der aus er nicht zu betreten war. Aber war er das tatsächlich? Das Ende der meisten Geschichten, entschied er, war höchstwahrscheinlich eine Lüge, außer bei Biographien, die genauso enden wie das Leben: mit dem Tod. Denn Paradiese sterben ebenfalls. Die Welt dringt in sie ein, oder sie werden von innen zerstört. Was geschieht, wenn der brodelnde Sud junger Liebe zähflüssig wird und abkühlt? Und schließlich zu einer Konserve wird? (Was sonst ist die Ehe?) Paul empfand die Metapher der Marmeladenherstellung als angemessen, da es sich um eine häusliche Geschichte handelte – allerdings eine eher selten erzählte, da die Protagonisten zwei Männer waren.

In Aldens Apartmenthaus begrüßte der Pförtner mit dem glänzenden schwarzen Haar Paul mit ausgesuchter Freundlichkeit. Goldene Tressen glänzten auf seinen Schultern, während er die Drehtür anschob. Dann rief ein zweiter Portier den Fahrstuhl, der über eine kleine, samtbezogene Bank verfügte, auf der Paul sich niederließ. In gewissen entscheidenden Dingen war er immer noch ein Kind. Tatsächlich saß er bereits, als ein Mann in die Lobby stürmte und »Warten Sie!« rief. Mit beschleunigtem Puls drückte Paul auf den Knopf, der die Tür wieder öffnete. »Vielen Dank«, sagte der Mann atemlos und musterte Paul interessiert. »Kennen wir uns nicht?«

Paul schluckte. Natürlich erkannte er Joseph Mansourian.Er hatte ihn schon in dem Moment erkannt, als er durch die Tür getreten war.

»Ja, das tun wir«, erwiderte Paul. »Ich bin Paul Porterfield. Ich habe im vergangenen Frühjahr in San Francisco für Richard Kennington den Blattumwender gemacht.«

Joseph schnippte mit den Fingern. »Natürlich! Der elegant gekleidete Blattumwender! Und was führt Sie in mein Haus?«

»Ich wußte nicht, daß es Ihr Haus ist. Ein Freund von mir wohnt hier.«

Der Fahrstuhl erreichte den sechzehnten Stock, und die Türen glitten auf. »Sechzehn?« sagte Joseph. »Dann müßte Alden Haynes Ihr Freund sein.«

»Das ist richtig.«

»Seltsam, daß wir uns hier noch nie begegnet sind. Alden und ich kennen uns schon eine halbe Ewigkeit. Wie läuft's denn so im Public Theater?«

»Na super. Er geht darin auf. Er hat natürlich sehr viel zu tun.«

»Das war für Alden ein tolles Schnäppchen. Nun, ich sollte lieber den Fahrstuhl nicht länger aufhalten. Rufen Sie mich doch mal an.« Er griff in seine Tasche. »Da haben Sie meine Karte.«

»Danke. Sie haben sie mir bereits gegeben.«

»Ich gehe davon aus, daß Sie mittlerweile am Juilliard sind?«

»Ja. Im ersten Jahr.«

»Klappt alles nach Wunsch? Kann ich Ihnen irgendwie helfen?«

»Es ist alles bestens. Nein, vielen Dank.« Er ließ seine Knöchel knacken. »Übrigens ... wie geht es Mr. Kennington?«

»Richard? Oh, ganz hervorragend, wirklich. Er ist zur Zeit in Japan.«

»Ich verstehe. Grüßen Sie ihn von mir, ja?«

»Klar. Wie lautete Ihr Name noch mal?«

»Paul Porterfield.«

»Paul Porterfield. Ich werd's mir merken.«

Die Fahrstuhltür schloß sich vor Pauls Nase.

Er stand nun in Aldens vertrautem Flur mit seinem grauen Teppichboden. Mehr als zwei Monate waren seit jenem Nachmittag verstrichen, als Alden ihn während einer Pause in der Met angesprochen hatte – Monate, in deren Verlauf ihm dieser Flur auf seine Art genauso vertraut geworden war wie der im umkämpften Haus seiner Eltern in Menlo Park. Und in diesen Monaten hatte er schließlich die Welt kennengelernt. Er hatte Partys und Konzerte besucht. Eine bedeutende Schauspielerin war um ihn herumscharwenzelt; ein berühmter Opernsänger hatte ihm seine Telefonnummer zugesteckt und vorgeschlagen, sie sollten füreinander auf Abruf bereitstehen – ein nicht seltenes Arrangement in New York, wenn man jung und gutaussehend ist und über gewisse geschliffene Umgangsformen verfügt. Wie Paul feststellen konnte, war die kurzfristige Aufmerksamkeit der Mächtigen viel leichter zu erringen, als er es sich bisher jemals hätte träumen lassen.

Dennoch kam es niemals vor, daß er Kennington über den Weg lief. Natürlich hielt er stets die Augen offen. Tushi Strauss, die Alden von irgendwoher kannte, kam einmal in einem Restaurant an ihren Tisch, um hallo zu sagen. In ihrer Begleitung befand sich ein junger Mann, und sie schien sich nicht mehr an Paul zu erinnern. Desgleichen die Pianistin Magda Tanca, mit der Kennington einmal eine Schallplatte aufgenommen hatte. Aber niemals Kennington selbst. Daher Pauls Überraschung, als er Mr. Mansourian begegnete. Es war, als ob er in den Monaten, seit sie aus Italien zurückgekommen waren, aufgehört hatte, an Kennington zu glauben, als wäre ihre Affäre lediglich ein durch die Reise ausgelöster Traum gewesen. Nun mußte er sich sowohl eingestehen, daß sie tatsächlich stattgefunden hatte, wie auch Mr. Mansourians offensichtliche Unkenntnis der Tatsachen.

Er holte seine Schlüssel hervor und öffnete die Wohnungstür. »Alden?« rief er, denn in der Vorhalle brannte das Licht.

»Hier bin ich!«

Paul ging weiter ins Wohnzimmer, wo Alden auf einem Ledersessel stand. Er hatte Hammer und Nägel in der rechten Hand. Unter seinem Arm klemmte eine gerahmte Photographie von Norman, mit dem er zwölf Jahre lang befreundet gewesen war.

»Wie geht es dir heute?«

»Nicht schlecht.« Paul ließ sich in den anderen Ledersessel sinken und schaute zu, wie Alden die Stelle festlegte, wo der Nagel sich befinden sollte, und ihn dort einschlug. Im Fenster schienen die Sessel, der Schein des Feuers im offenen Kamin, die Leselampe und die Wandlampen die dunklen Baumwipfel und die Würfel der Skyline zu überlagern, denen sie auf diese Weise einen matten Schimmer häuslicher Wärme und Gemütlichkeit verliehen.

»So, das wär's«, sagte Alden, stieg vom Sessel und trat ein paar Schritte zurück, um das Bild zu bewundern, auf dem Norman mit seinem Racket im Tennisdress posierte. »Was meinst du?«

»Hübsch.«

»Das ist ein altes Bild. Norman dürfte darauf nicht viel älter als du gewesen sein.« Er legte Hammer und Nägel auf das Klavier. Alden war ein hellhäutiger, gepflegter Mann von vierzig, ein wenig rundlich, und obgleich er so oft dinieren ging wie Henry James in seiner besten Zeit, lud er nur selten, wenn überhaupt, Freunde in seine Wohnung ein. Und dies, so vermutete Paul, lag daran, daß er nicht wollte, daß irgend jemand sah, in welcher Weise er die Wohnung zu einem Schrein für den toten Norman ausgebaut hatte. Dieser Wunsch der Andenkenspflege entsprang – so Alden – reiner Liebe. Nur in zynischen Momenten meldete sich bei Paul der Verdacht, daß sein Freund auf diese Art und Weise versuchte, postum eine Schuld abzutragen. Denn seit seinem achtzehnten Lebensjahr hatte Alden die Angewohnheit, sich in Achtzehnjährige zu verlieben. Das Problem war nur, daß jeder älter wurde – auch Norman wurde älter –, während der Vorrat an Achtzehnjährigen, den die Welt bereithielt, unerschöpflich blieb.

Niemand hatte Paul angelogen. Nicht einmal Alden selbst hatte ihm etwas vorgemacht. Noch ehe sie miteinander schliefen, hatte er erklärt, wer Norman gewesen war, hatte seinen eigenen HIV-Status offengelegt und vorgeschlagen, als wäre es eine geschäftliche Vereinbarung, daß, falls Paul bereit wäre, zwei Jahre mit ihm zusammenzubleiben, eine ziemlich hohe Erbschaft seine Belohnung wäre. All das hatte anfangs Pauls angeborenem und jugendlichem Optimismus einen schweren Dämpfer versetzt. Aber in einer Welt, in der Menschen sich voneinander trennten, ohne sich zu verabschieden, waren geschäftliche Vereinbarungen am Ende vielleicht zuverlässiger als Liebesaffären. Daher hatte er Aldens Bedingungen angenommen und zu seiner Verblüffung festgestellt, daß er weitaus mehr für ihn empfand, als er erwartet hätte. Keine Liebe, wenn man es genau betrachtete, sondern etwas ruhigeres und festeres als Liebe: Zuneigung, gepaart mit hoher Wertschätzung.

»Übrigens habe ich heute nachmittag eine richtige Überraschung erlebt«, erzählte Paul. »Ich habe im Fahrstuhl einen alten Bekannten getroffen.«

»Ach? Wer soll das denn gewesen sein?«

»Joseph Mansourian. Er sagte, er würde dich auch kennen.«

»Na klar. Er wohnt oben im dreiundzwanzigsten Stock. Woher kennst du ihn denn?«

»Aus San Francisco.«

»Es ist wahrscheinlich sogar ganz gut, daß du ihm begegnet bist«, sagte Alden. »Er könnte dir behilflich sein. Niemand hat mehr Einfluß in der Pianisten-Szene als Joseph Mansourian.« Dann begab er sich in sein Arbeitszimmer, um einige Telefonate zu erledigen. Paul setzte sich ans Klavier und spielte ein wenig geistesabwesend die ersten paar Takte einer Etüde von Chopin. Tatsache war, daß er immer noch damit beschäftigt war, seine eigenen Gefühle in bezug auf die Begegnung mit Mr. Mansourian zu ordnen und zu werten. Erleichterung war sicherlich die stärkste Empfindung. Was Paul in den Monaten nach Rom am meisten bedrückt hatte, war weniger Kenningtons Abreise an sich, als vielmehr das Fehlen einer Begründung. Dafür stellte er die wildesten Vermutungen an. Vielleicht hatte es einen Notfall gegeben. Vielleicht war eine Nachricht hinterlassen worden und verlorengegangen. Oder vielleicht hatte Pamela ihn mit ihrer aufdringlichen Art vertrieben, oder Paul selbst, indem er sich irgendeinen faux pas erlaubt hatte, dessen Schwere zu erkennen er zu naiv gewesen war, sozusagen das soziale Äquivalent zum gleichzeitigen Umblättern von zwei Partiturseiten. Monatelang hatte er nicht die geringste Ahnung gehabt. Nun jedoch wußte er wenigstens, daß Kennington zu Mr. Mansourian nichts über die Affäre hatte verlauten lassen, wofür er ihm sehr dankbar war. Wenn er etwas gesagt hätte, hätte Paul es sicherlich sofort in Mr. Mansourians Augen bemerkt.

Eine Toilettenspülung wurde betätigt. Während er sich die Hose zuknöpfte, kehrte Alden zurück. »Was möchtest du zum Abendessen haben? Etwas Chinesisches?«

»Sehr schön«, sagte Paul und brach das Chopin-Stück ab, um sich einer Scarlatti-Sonate zuzuwenden. Unterdessen holte Alden einen Stapel Speisekarten der verschiedenen Lieferdienste aus der Schreibtischschublade. »Was hältst du von Hühnerfleisch mit Senfgemüse?«

»Okay.«

»Und kalte Nudeln mit Sesamsauce, natürlich ...«

»Alden ...« Paul hob die Finger von den Tasten und

schaute hoch. »Dieser Mansourian, hat er einen Freund?«

»Das weiß ich nicht. Wahrscheinlich.«

»Ich frage mich das nur, weil ich, als ich ihn in San Francisco kennenlernte, das eindeutige Gefühl hatte, daß er versuchte, sich an mich heranzumachen.«

»Das hat er sogar ganz bestimmt getan.«

»Demnach ist er alleine.«

»Ha!« Alden nahm wieder den Telefonhörer ab, um die nächste Nummer zu wählen. »Du kennst doch das Sprichwort: Wenn die Katze aus dem Haus ist, tanzen die Mäuse auf dem Tisch.«

»Ja, aber …«

»Nicht daß die Katze außer Haus sein muß. Die Katze braucht nur im Büro oder einkaufen zu sein oder – hallo, ist dort das Emperor Szechwan? Ja, das kann ich. Nun, während wir uns hier unterhalten, dürfte Joseph Mansourian ein paar Stockwerke höher in seinem Boudoir sitzen und darüber nachdenken, wie er es schaffen kann, in deine Unterhose zu gelangen.«

»Nein, das tut er nicht!«

»Das bringt mich zu dem Schluß, daß ich mich glücklich schätzen kann, daß ich zuerst an dir dran war.« Er fuhr mit den Fingern durch Pauls Haar. »Denn wenn du mich fragst … hallo? Ja, hier ist Alden Haynes. Wie läuft das Geschäft heute abend? Ich dachte, ich könnte bei Ihnen etwas zu essen bestellen …«

Am nächsten Morgen erwachte Paul so früh, daß er schon geduscht und unterwegs zum Konservatorium war, ehe Aldens Wecker geklingelt hatte. Er eilte durch die Drehtür und hielt Ausschau nach Mansourian, den er jedoch nirgendwo entdeckte. Es war kalt, und die Luft war eisig genug, um seinen Atem als Dampfwolke sichtbar zu machen, während er seinem Ziel entgegenstrebte. Dabei schaute er gelegentlich zu den Lichtschnüren mit den Weihnachtskerzen hoch, die den Broadway überspannten und im fettigen, grauen Winterlicht, erloschen wie sie waren, irgendwie trostlos wirkten. Sie erinnerten ihn daran, daß er in nur zwei Wochen nach Hause fliegen müßte, um seine Mutter das erste Mal seit dem Sommer wiederzusehen: seine Mutter, die ihm um 4 Uhr 12 morgens einen Brief geschrieben hatte. Es brauchte gar nicht eigens erwähnt zu werden, daß sie absolut nichts über sein New Yorker Leben wußte, auch hatte er keinesfalls die Absicht, ihr etwas davon zu erzählen.

In einem Imbiß gegenüber dem Gebäude des Juilliard-Konservatoriums bestellte er sich Kaffee und ein Brötchen mit Butter, von dem er gerade den ersten Happen abgebissen hatte, als Jen Feeney, eine stets freundliche und gut aufgelegte junge Frau, auf ihn zukam. »Hey, Paul!« sagte sie und durchstach mit einem kleinen Löffel den Plastikdeckel ihrer Kaffeetasse. »Sag mal, hast du schon die Neuigkeit gehört?«

»Welche Neuigkeit?«

»Thang Po wurde von Joseph Mansourian unter Vertrag genommen. Du weißt doch, der Junge, der heute nachmittag das Konzert gibt.«

Paul schwankte leicht, und für einen kurzen Moment hatte er das Gefühl, daß seine Beine nachgaben. Natürlich kannte er Thang, der mit vierzehn der jüngste Student in ihrer Klasse war. Er hatte ihn nur bisher niemals richtig ernst genommen.

»Wie ist es denn dazu gekommen?«

»Nun, es ist eine aufregende Geschichte. Schließlich

war Thang ein Flüchtling und ist mit einer Ladung Boat-people hergekommen. Seine Eltern besaßen nichts. Gar nichts. Sie haben einen Lebensmittelladen in Queens, es ist kaum zu glauben! Dann, offensichtlich auf Kirchenwalds Empfehlung, spielte er vergangene Woche Joseph Mansourian vor, und der Kerl hat sofort einen Vertrag mit ihm abgeschlossen, einfach so.« Sie schnippte mit den Fingern. »*Der* Joseph Mansourian. Kannst du dir das vorstellen?«

Paul konnte. Und während er über den Broadway ging (oder eher sich dahinschleppte), empfand er einen tiefen Schmerz. Weshalb hatte Kirchenwald nicht *ihn* gebeten, Mr. Mansourian vorzuspielen? Schließlich konnte er Paul gut leiden. Noch letzte Woche hatte er sich lobend über seine Schumann-Interpretation geäußert. Und dennoch, konnte er Paul wirklich für so gut gehalten haben, wenn er Thang, und nicht ihn, mit einer solchen Einladung ausgezeichnet hatte?

Sie betraten kurz darauf das Schulgebäude. »Sehe ich dich heute nachmittag beim Konzert?« fragte Jen. »Ich für meinen Teil kann es kaum erwarten.«

»Ich denke schon«, sagte Paul. Tatsächlich dachte er seit dem Imbiß darüber nach, wie er es bewerkstelligen könnte, dem Konzert zu entgehen, da Thangs jüngster Erfolg dafür gesorgt hatte, daß ihm seine eigene Bedeutungslosigkeit schmerzhaft bewußt wurde. Dennoch war es immer besser, seinen Konkurrenten zu kennen, als ihn zu ignorieren. Das sagte seine Mutter stets. Deswegen ging er hin. Im Auditorium saß er zwischen Jen und einem ungewöhnlich großen Mädchen aus Scarsdale, das eine Perlenkette trug und Oona Ford hieß.

Oona Ford hatte die Neuigkeit ebenfalls gehört. »Du meine Güte, die Schumann-Phantasie«, sagte sie, während sie das Programm überflog. »Dieser zweite Satz ist das reinste pianistische Waterloo, wenn es denn je eins gegeben hat. Wenn er nicht aufpaßt wie ein Schießhund«, fügte sie mit leiser Stimme hinzu, »könnte es sein, daß Thang Po am Ende hinter der Gemüsetheke seiner Eltern endet und höchstens mit Eßstäbchen jonglieren darf.«

»Oona!« Jen lachte verhalten. »Das ist richtig gemein und rassistisch!« Auf diesen Tadel reagierte Oona, indem sie in einer Geste der Entschuldigung die Hände in die Höhe hob.

»Es liegt mir fern, eine unpopuläre Meinung auszusprechen, aber du weißt genauso gut wie ich, daß diese kleinen asiatischen Wunderkinder – ich meine, ja, sie verfügen über ein gewisses technischen Können – aber sie spielen wie Roboter! Sie sind einfach *seelenlos*.«

»Oona, ich kann nicht glauben, was du da sagst! Wie kannst du nur so verallgemeinern?«

»Dann nenn mir doch mal einen bedeutenden asiatischen Pianisten.«

»Asien ist ein riesengroßer Erdteil. Du kannst doch nicht so einfach Menschen aus Japan und China und Vietnam und ...«

»Ich wiederhole, nenn mir einen großen asiatischen Pianisten.«

»Das ist doch nicht der Punkt! Und außerdem, seit wann ist Virtuosität das Gegenteil von Gefühl? Ich bin diesen Einwand so satt! Man muß technisch perfekt sein, ehe man ...«

Die Beleuchtung erlosch. Auf der kleinen Bühne erschien der Gegenstand ihrer Diskussion. Abgesehen von den typischen Merkmalen seiner Rasse sowie seiner Größe und seinem Alter ließ er sich nicht beschreiben. Nicht nur schüchtern, kam Thang dem Abstrakten derart nahe wie kein anderes menschliches Wesen, das

Paul je gesehen hatte. Auch seine Kleidung – weißes Hemd und schwarze Hose, wie Klaviertasten – konnte daran nichts ändern. Statt dessen ließ sie ihn aussehen, als ob das Instrument seine Persönlichkeit vollkommen verschluckt und ihn in eine anthropomorphe Projektion seines Mechanismus verwandelt hätte.

Nachdem er sich teilnahmslos verbeugt hatte, setzte er sich. »Das nenne ich wirklich einen seelenvollen Burschen«, flüsterte Oona. Seine Arme hingen schlaff herab wie die einer Lumpenpuppe. Aber als er zu spielen begann, fesselte er Pauls Aufmerksamkeit so nachhaltig, daß es schon schmerzte.

Später erinnerte Paul sich an das, was Miss Novotna einst über Kennington gesagt hatte – *es war, als hätte Chopin darauf gewartet, daß dieser junge Mann geboren wurde.* Viel wichtiger war, daß er nun verstand, was sie gehört hatte. Man konnte auf ein solches Spiel nicht neidisch sein. Es schnitt quer durch alle rivalitätsbezogenen Impulse, um sämtliche Nerven und Fasern im Körper zum Schwingen zu bringen. Es rief keine andere Reaktion als reine Freude hervor.

»Mein Gott, war das nicht unglaublich?« sagte Jen, sobald das Konzert zu Ende war. »Ich meine, habt ihr jemals etwas Ähnliches gehört?«

Oona, ihre Miene drückte Fassungslosigkeit aus, schnaubte, dann zündete sie sich eine Zigarette an.

»Wißt ihr, an wen er mich am ehesten erinnert? Könnt ihr das erraten? Er erinnert mich an Richard Kennington.«

»Nun, ich muß jetzt gehen.« Oona zog ihren Mantel an und brach auf. Und kurz danach ging Jen, die vielleicht in diesem Moment einsah, daß sie zuviel geredet hatte, ebenfalls. Paul war jetzt alleine.

Gerade als er im Begriff war, seine Handschuhe

überzuziehen, trat Thang aus der kleinen Tür an der Bühnenseite. Er trug einen abgewetzten schwarzen Aktenkoffer. Zu Pauls Überraschung wurde er von niemandem begleitet.

»Hi«, sagte Paul und erhob sich, als der Junge näherkam. »Ich bin Paul Porterfield. Ich bin in deiner Klasse.«

»Hi.« Die Hand, die Thang ausstreckte, war feucht.

»Ich wollte dir nur sagen, daß es wirklich ein ganz unglaubliches Konzert war. Wahrscheinlich eine der besten Interpretationen der Phantasie, die ich je gehört habe. Herzlichen Glückwunsch.«

»Danke. Trotzdem, ich habe im Marsch eine Note vergessen.«

»Tatsächlich? Das habe ich gar nicht bemerkt.«

»Hm-hm.«

»Nun, ich würde mir deshalb keine Sorgen machen. Das Publikum war begeistert. Das war wohl nicht zu überhören.«

»Das denke ich auch.« Thang trat von einem Fuß auf den anderen. Für ein paar Sekunden waren sie nur zwei Jungen, die wortlos dastanden.

»Nun, ich muß jetzt gehen«, sagte Thang schließlich. »Meine Mutter holt mich ab.«

»Okay. Nett, dich kennengelernt zu haben.«

»Danke gleichfalls.«

Thang entfernte sich. Durch die halb offene Tür sah Paul das verwitterte Gesicht einer Frau, die wartete.

Nachher, während er über den Broadway zu Aldens Wohnung spazierte, versuchte er sich über seine Reaktion auf das Konzert klar zu werden. Neid, das konnte er nicht leugnen, gehörte dazu, wenngleich es nicht die vorherrschende Empfindung war. Vielleicht traf es eher zu, daß die Darbietung ihn dazu animierte, seine Definition von Genie eingehend zu überprüfen und bis zu einem gewissen Grad zu modifizieren. Fragen stürmten auf Paul ein. Was war Besonderes an Thangs Klavierspiel? Bewegte Paul sich als Pianist in der gleichen Liga? Bei Kennington war es ein wenig anders gewesen. Kennington war eine Abstraktion gewesen, als Paul ihm zum ersten Mal begegnet war, eine körperlose Kaskade von Tönen, die sich aus dem Lautsprecher seines Plattenspielers ergossen, als er noch ein Kind war. Wohingegen Thang zumindest gleichrangig war. Ein Kollege.

Vor einer roten Ampel blieb er stehen. Etwas Entscheidendes geschah. Er beantwortete seine eigene Frage. Die Antwort lautete nein.

Er blinzelte. Über ihm flammte die Weihnachtsbeleuchtung auf. Sterne und Glocken, mit glitzerndem Flitter bedeckt, leuchtende Taschen kalter Luft.

»Ich werde niemals sein, was ich mir erhofft habe«, sagte er als nächstes, als wollte er sich vergewissern, ob die Worte paßten. »Thang Po, ja. Paul Porterfield ...« Aber er konnte den Satz nicht beenden.

Wie seltsam! Von jenen himmlisch entrückten Tagen vor vier Monaten (er hörte es »wie aus weiter Ferne«, wie eine der Anweisungen für Schuberts *Davidsbündlertänze* lautete) klang Musik herüber: Es war Peter und der Wolf, eine lebhafte Melodie des Suchens, in deren Logik die sichere Verheißung eines Happy-Ends eingeflochten war. Kaum zu fassen (dachte Paul), daß ich einst mit solchen Gedanken durch die Weltgeschichte spaziert bin, der musikalische Ausdruck dessen, was ich von meinem weiteren Leben erwartete. Dennoch war es die Musik der Unschuld, klar und hell und offen. Und nun war es zu Ende. Nun war es erledigt. Denn Thang hatte Paul mit der traurigsten Erkenntnis seines Lebens überrascht. Das war seine Gabe. Sein Spiel ließ allen Ehrgeiz vergessen, um eine verborgenere Saite anzuschlagen, eine zärtlichere Saite, eine Saite, die Paul auf die Füße hochriß und seine Hände (Oonas ebenfalls) gegeneinander führte, damit sie, als Reaktion auf diese erhabenen Klänge, einen harten, beinahe tierhaften Lärm erzeugten – er erinnerte an bellende Seehunde, hatte Paul immer gedacht. Und sie waren bellende Seehunde. Deshalb hatte Oona so verwirrt ausgesehen. Es verwirrte sie, erleben zu müssen, wie sie recht unsanft der Früchte ihrer bisherigen Bemühungen beraubt wurde, um ebenso verstummen zu müssen wie die Tiere, die Orpheus verzaubert hatte und die hechelnd, mit heraushängenden, der Sprache nicht mehr mächtigen Zungen um mehr bettelten.

Niemals, sagte eine Stimme in ihm, *werde ich die Tiere um mich versammeln können.*

Das macht nichts.

Er war wieder zurück. Vor Aldens Haus. Von seinem Platz an der Drehtür zwinkerte der junge Portier ihm zu. Ob dieser Portier wohl einen dunklen Schwanz mit einer langen Vorhaut hatte? (An seinem Finger befand sich ein goldener Trauring, fleckig von Patina.)

Paul betrat den Fahrstuhl (er setzte sich), fuhr hinauf in den sechzehnten Stock (er stand auf) und öffnete die Doppeltür mit ihren doppelten Schlössern. Er roch Küchendüfte, hörte Musik … aber woher kam sie?

Er ging leise durch die Diele und blickte durch die halb offene Tür ins Wohnzimmer. Offenbar hatte die Reinemachfrau, die ziemlich vergeßlich war, den Fernseher eingeschaltet gelassen. Ein alter Zeichentrickfilm flimmerte über den Bildschirm. Zur Musik Mendelssohns öffneten Blumen mit Babygesichtern ihre Blüten, zwitscherten Rotkehlchen und flatterten umher.

Sehr still zog er seinen Mantel aus, streifte die Schuhe ab und legte sich auf den Fußboden.

Er schaute zu. Die Musik änderte sich. Im Zeichentrickfilm erschien ein Fuchs. Die Blumen schlossen ihre Blüten wie Mäntel. Die Vögel flüchteten sich auf die Bäume.

Dann schlug der Fuchs zu.

Es klingelte. Zuerst glaubte Paul, es gehörte zu dem Zeichentrickfilm, bis er begriff, daß es das Telefon war, und er nahm den Hörer ab.

»Hallo?«

»Alden?«

»Nein, Paul.«

»Paul, hier ist Joseph Mansourian! Wie geht es Ihnen?«

»Gut, gut.« Paul richtete sich auf, drehte den Fernseher leise und strich das Haar zurück.

»Ich hoffe, es macht Ihnen nichts aus, daß ich Sie bei Alden anrufe.«

»Es ist schon okay.«

»Schön. Sehen Sie, abgesehen davon, daß ich einen Vorwand brauche, um Ihnen sagen zu können, daß es mir ein besonderes Vergnügen war, Ihnen gestern im Fahrstuhl begegnet zu sein, wollte ich Ihnen mitteilen, daß ich heute morgen mit Louis Kirchenwald gesprochen habe und daß dabei Ihr Name fiel.«

»Tatsächlich?«

»Ja. Ich weiß nicht, ob Sie es schon gehört haben, aber ich habe soeben einen Klassenkameraden von Ihnen, Thang Po, unter Vertrag genommen.«

»Ja, das weiß ich bereits. Ich war heute in seinem Konzert.«

»Erstaunlich, nicht wahr? Ich bin Louis dafür etwas schuldig. Also, wie dem auch sei, wie ich gerade erwähnte, haben wir uns heute vormittag unterhalten, und ich wollte von ihm wissen, ob er mir einen Studenten nennen könnte, den ich fragen könnte ...«

»O Mr. Mansourian ...«

»Ob er als Blattumwender einspringen könnte.«

»Als Blattumwender?«

»Ja. Sehen Sie, am Freitag soll Thang mit ein paar Freunden hier in meiner Wohnung ein wenig Kammermusik spielen. Es ist ein ganz privater Anlaß. Thang und Tushi Strauss spielen die Kreutzer-Sonate, und danach nimmt Thang sich eine Reihe von Liszt-Stücken vor. Es wird alles sehr zwanglos, nur zwanzig Gäste oder so. Vielleicht erscheint sogar Kennington, wenn er rechtzeitig aus Tokio zurückkommt.«

»Tatsächlich?«

»Meinen Sie, Sie könnten es tun?«

»Klar ... ich meine, vielen Dank.«

»Oh, gut. Das freut mich. Nun, Sie wissen ja, wo ich wohne. Im dreiundzwanzigsten Stock. Kommen Sie am Freitag gegen sechs herauf.«

»Gerne.«

»Dann bis bald.«

»Bye.«

Sie unterbrachen die Verbindung. Nachdem er den Hörer auf die Gabel gelegt hatte, starrte Paul für einen Moment das stumme Telefon an. Dann drehte er die Lautstärke des Fernsehers wieder hoch und streckte sich wieder auf dem Fußboden aus. Der Zeichentrickfilm hatte gewechselt. Nun lief ein Streifen mit Tom und Jerry. Anscheinend war ein Löwe aus dem Zoo entflohen und versteckte sich im Keller eines großen, menschenleeren Hauses, in dem Katze und Maus sich gegenseitig piesackten.

In dieser Haltung fand Alden ihn, als er eine halbe

Stunde später aus dem Büro nach Hause kam. Pauls Gesicht am Boden und der Teppich naß von Tränen.

»Paul, was ist los?« fragte er.

»Niemals«, antwortete Paul.

»Niemals?«

»Es ist nichts.« Und er weinte wie ein Kind.

13

Wieder einmal war Paul der Blattumwender. An Josephs Klavier saß er links neben Thang und achtete genau auf die Partitur, die er fehlerlos bediente. Kirchenwald war dort, machte ein stolzes Gesicht, desgleichen Thangs Eltern; Izzy Gerstler (er schien Paul nicht wiederzuerkennen); sogar Oona, die zu Pauls nicht gelinder Überraschung zusammen mit Thang angekommen war. Was Kennington betraf, so tauchte er nicht auf, da er offensichtlich beschlossen hatte, noch ein paar Tage in Kyoto zu bleiben, ehe er nach Hause zurückflog.

Nach dem Konzert fand ein Empfang statt. Im Wohnzimmer fanden die Gäste sich zu Gruppen von vier oder fünf zusammen, während Kellner mit weißen Handschuhen zwischen Küche und Wohnzimmer hin und her pendelten und Shrimps und Kanapees und Gläser mit gekühltem Weißwein auf Silbertabletts anboten. Nur Paul hatte niemanden, mit dem er sich hätte unterhalten können. Er kam sich in seinem dunklen Anzug ziemlich auffällig vor und betrachtete stattdessen die Photos an den Wänden und in den Bücherregalen, von denen viele Kennington zeigten. Auf einem war er noch ein Junge und gab Richard Nixon die Hand. Auf einem anderen teilte er sich ein Eishörnchen mit einem Dackel. Auf einem dritten Photo war er ein junger Mann und warf eine Münze in den Trevi-Brunnen. Dann waren da Photos von Kennington und Mansourian, der, soweit Paul erkennen konnte, in jüngeren Jahren durchaus attraktiv gewesen war. In verschiedenen Konzerthallen standen sie vor Blumenarrangements und Flügeln und lächelten, die Stirnen im

Scheinwerferlicht glänzend, in die Kamera. Oder sie lagen nebeneinander am Strand, Kennington schlank und jungenhaft in einer blau karierten Badehose. (Auf diesem Bild war auch der Dackel zu sehen.) Oder Kennington saß an dem Klavier, auf dem Thang soeben gespielt hatte, und hielt sich einen buntgemusterten Pullover vor die Brust, während hinter ihm ein Weihnachtsbaum in voller Pracht funkelte.

Irgendwann unterbrach eine Stimme seine Träumerei. »Hallo, Paul«, sagte Joseph. »Gefällt Ihnen meine kleine Galerie?«

»Ja, das tut sie. Und es sind so viele Bilder von Mr. Kennington dabei.«

»Wir beide kennen uns schon seit vielen Jahren.« Ein Kellner näherte sich mit einem Tablett voller Weingläser, von denen Joseph eins Paul reichte. »Trinken wir. Auf unseren elegant gekleideten Blattumwender.«

Die Gläser stießen gegeneinander. »Übrigens«, meinte Paul und deutete auf das Bild vom Trevi-Brunnen, »dieses Photo, wann wurde es aufgenommen?«

»Das da?« Joseph setzte seine Lesebrille auf. »O ja. Richard führt wieder mal seine Jean-Peters-Parodie vor.«

»Jean Peters?«

»Haben Sie *Drei Münzen im Brunnen* nicht gesehen? Also wirklich, Paul, das bringt Ihnen aber eine Menge Minuspunkte ein.«

»Minuspunkte …«

»Wann es aufgenommen wurde« – Joseph hielt das Bild auf Armeslänge von sich – »irgendwann Ende der siebziger Jahre, den Revers nach zu urteilen.« Er lächelte. »Ich muß mal wieder nach Rom fliegen. Ich war mit Richard sehr oft dort. Aber dann wurde das Reisen ein wenig schwierig wegen meines Hundes, genaugenommen meiner Hündin. Sie ist in diesem Sommer gestorben.«

»Oh, das tut mir leid.«

»Vielen Dank.« Joseph trank einen Schluck Wein. »Die meisten Menschen sind der Meinung, daß der Tod eines Hundes nicht so schlimm ist. Aber Sophie war für mich wie ein Kind.«

»Haben Sie mal daran gedacht, sich einen neuen Hund anzuschaffen?«

»Ach, das könnte ich nicht. Noch nicht. Mir scheint, als müßte man erst eine angemessene Trauerzeit absolvieren. Andererseits denken einige Leute, daß man, sobald die eine Sache vorbei ist, am besten gleich mit einer neuen anfangen soll. Aber ich schweife ab, denn wir wollten uns eigentlich nur über Hunde unterhalten, nicht wahr?«

Paul wandte den Blick von den Photos ab und schaute zu der kleinen Gruppe hinüber, die sich um Thang drängte. Er sagte: »Es stimmt, was Sie über das Trauern gesagt haben. Zum Beispiel kenne ich jemanden, dessen Freund gestorben ist, und das erste, was er tat, war, daß er loszog und einen Ersatz suchte.«

»Sie haben Angst, alleine zu sein. Haben den reinsten Horror vor dem Alleinsein.« Joseph schob sich näher an ihn heran. »Übrigens, wissen Sie schon, wo Sie heute abend essen?«

»Nein.«

»Warum bleiben Sie dann nicht hier? Ich könnte uns etwas bestellen.«

Paul blickte Joseph für einen kurzen Moment prüfend in die Augen. »Warum nicht«, erwiderte er.

»Wunderbar, wirklich. Hören Sie, ich sollte mich mal wieder um meine Pflichten als Gastgeber kümmern. Schließlich ist das Verabschieden die wichtigste Aufgabe, heißt es doch. Entschuldigen Sie mich, okay? In der Zwischenzeit fühlen Sie sich wie zu Hause und tun Sie, wozu immer Sie Lust haben.«

»Oh, ich habe mich schon immer ganz gut alleine beschäftigen können.«

»Prima. Dann bis später.« Und er entfernte sich, um seine Gäste zu entlassen: zuerst Tushi und ihren jungen Mann, dann Kirchenwald und schließlich Thangs Eltern. Thang selbst saß mit Oona Ford auf der Couch, wo die beiden in ein überraschend intimes Gespräch vertieft waren.

Bald verließen auch sie die Wohnung. Paul, der spürte, daß er sich am besten so unauffällig wie möglich im Hintergrund halten sollte, hatte sich in die Nische mit der CD- und Schallplattensammlung zurückgezogen, wo er ein anderes Photo betrachtete. Es war eines jener Photos anläßlich einer Vertragsunterzeichnung, wie sie in der Welt der klassischen Musik so heiß begehrt ist. Das Bild zeigte Kennington, immer noch jungenhaft wirkend, mit gezücktem Füllfederhalter vor den Vertragsformularen sitzend, während Männer in dunklen Anzügen ihn hungrig belauerten.

Nach einem Moment kam Joseph zurück. »Endlich alleine«, sagte er.

»Ich habe gerade ein wenig in Ihren Schallplatten gestöbert«, sagte Paul. »Ich habe noch nie eine so umfangreiche Sammlung gesehen.«

»Das gehört zu meinem Job.« Joseph lockerte seine Krawatte. »Was möchten Sie gerne trinken, Paul?«

»Nichts, danke. Mir ist übrigens aufgefallen, wie viele verschiedene Aufnahmen Sie von Mahlers fünfter Sinfonie haben.«

»Sie ist so etwas wie mein Lieblingswerk.«

»Oh, und da ist ja auch Richter in Italien!« Paul zog

eine Schallplatte aus dem Regal. »Die suche ich schon seit einigen Jahren. Donnerwetter, sie hat sogar ein Autogramm.«

»Behalten Sie sie.«

»Nein, nein. Ich hatte nicht die Absicht ...«

»Na los, nehmen Sie schon«, wiederholte Joseph und drückte Paul die Schallplatte in die Hand. »Ich höre sie mir sowieso niemals an.«

»Wirklich nicht? Vielen Dank.«

Für ein paar Sekunden schwiegen sie und ließen die Blicke über die Rücken der CD-Hüllen wandern. Nicht lange, und Paul spürte ein sanftes Kitzeln auf seiner Kopfhaut, das sich zu einem Streicheln verstärkte.

»Du hast schönes Haar«, sagte Joseph und drückte mit den Fingern sanft gegen Pauls Schläfen.

»Hmm.«

»Hast du ganz bestimmt keinen Durst?«

»Ich bin wunschlos glücklich.«

»Das finde ich schön. Hast du Lust, dir ein Band von Richters neuester Chopin-CD anzuhören? Harry Moore hat mir eine Voraus-Kopie zukommen lassen.«

»Das fände ich toll.«

Joseph zog seine Hand von Pauls Kopf zurück und holte eine Kassette aus einer der Schubladen unter den CD-Regalen. »Du bist einer der ersten Menschen auf der ganzen Welt, die diese Aufnahme zu hören bekommen«, sagte er und legte die Kassette in den Recorder ein.

Die Musik begann. »Die *Barcarolle*«, sagte Paul versonnen.

Erneut fuhr Joseph mit den Fingern durch Pauls Haar.

Paul schloß die Augen. Joseph drehte ihn um und küßte ihn.

»Was hast du morgen abend vor?« fragte er, als sie sich wieder voneinander lösten.

»Nichts.«

»Möchtest du dir die Berliner Philharmoniker anhören?«

»Aber sie sind ausverkauft.«

»Ich habe Karten dafür.«

»Ich würde sehr gerne hingehen, wenn Sie sicher sind, daß es keine Probleme gibt.«

»Natürlich gibt es keine Probleme. Wir machen uns einen schönen Abend, wie wäre das? Zuerst hier einen Aperitif, dann zum Abendessen ins Café Luxembourg und anschließend ins Konzert.«

»Das klingt verlockend.«

Joseph kehrte ins Wohnzimmer zurück und ließ sich auf der Couch nieder. »Komm, setz dich zu mir«, sagte er und klopfte mit der Hand auf den Platz zu seiner Linken.

Paul setzte sich. Fast im gleichen Moment legte Josephs Arm sich um seine Schultern.

Sie küßten sich zum zweiten Mal.

Nach einigen Sekunden befreite Paul sich aus der Umarmung. »Es tut mir leid, aber macht es Ihnen etwas aus, die Musik zu wechseln?«

»Überhaupt nicht.«

»Es ist nicht so, daß ich sie nicht mag ... es ist nur ...«

»Du brauchst nichts zu erklären«, sagte Joseph, sprang auf und nahm die Kassette aus dem Player. »Verrat mir nur, was du statt dessen hören möchtest.«

»Irgendwas. Scarlatti.«

»Scarlatti, Scarlatti ...« Mit den Fingernägeln glitt er über die CD-Rücken. »Ah, da ist er ja schon. Und wen möchtest du mit Scarlatti hören? Ich habe Horowitz, Landowska, Pletnev, Pogorelich, Charles Rosen auf dem Siena Pianoforte, Schiff, Maria Tipo, Alexis Weissenberg, Christian Zacharias ...«

»Horowitz.«

»Dann eben Horowitz.« Joseph holte die Hülle hervor, entnahm ihr die CD und legte sie vorsichtig in den Spieler ein. Dann kehrte er zum Sofa zurück.

»Ist das besser?« fragte er.

»Ja. Das ist gut.«

Sie küßten sich erneut. Die Finger von Josephs rechter Hand zeichneten Kreise auf Pauls Brust und schoben sich zwischen die Knöpfe seines Oberhemds.

»Du hast sehr schöne Muskeln«, sagte er.

»Dankeschön.«

»Laß mich sehen, wie du aussiehst.«

Gehorsam stand Paul auf. Er löste seine Krawatte. *Und jetzt kommt es doch noch dazu, dachte er, während er das Hemd aufknöpfte, so wie es schon in San Francisco hätte anfangen können* ... dennoch war er nicht unglücklich, nicht unerregt. Statt dessen spürte er, während er seinen Gürtel öffnete und zu Joseph hinüberschaute, der ihn erwartungsvoll betrachtete, wie die Lüsternheit in seiner Kehle hochstieg. Auch in seiner Hose.

Mit geschlossenen Augen zog er sich das T-Shirt über den Kopf und setzte sich wieder. Seine Brustwarzen wurden hart.

»Du bist ein schöner Junge«, sagte Joseph. Er strich wie ein Blinder mit flachen Händen über Pauls Brust, während Horowitz spielte und die Bilder in ihren Rahmen vom Klavier aus zuschauten.

14

»Paul, mein Lieber«, sagte Miss Novotna, »es heißt *Das wohltemperierte Klavier* und nicht *Das schlechtgelaunte Klavier.*«

»Es tut mir leid«, sagte Paul. »Ich fange von vorne an.«

»Nein, fang nicht wieder an. Setz dich her. So, wir trinken eine Tasse Tee. Consuelo! Tee! Und ein paar von diesen Peek Freans!«

Miss Novotna faltete die Hände im Schoß und lächelte Paul über den Tisch hinweg an, so daß er unruhig auf seinem Stuhl hin und herrutschte. Es war kurz nach Mittag am Weihnachtsabend, und er besuchte seine alte Lehrerin zum ersten Mal, seit er am Juilliard-Konservatorium angefangen hatte. Sie ließ ihre Wohnung mittlerweile immer im Dunkeln liegen, wie er feststellte. Dicke Vorhänge, sorgfältig zugezogen, sperrten den winterlichen Sonnenschein aus, aber ein paar Sonnenstrahlen fanden trotzdem ihren Weg durch eine Lücke und beleuchteten hier eine Kessler-Büste, dort ein Kessler-Photo, das Mason und Hamlin Klavier, von dem Staubpartikel hochwirbelten, um sich auf anderen, älteren, staubigeren Dingen niederzulassen.

»Du spielst heute nicht sehr gut«, stellte Miss Novotna fest und drehte an einem der Ringe an ihren Fingern.

Er wandte den Blick ab. »Ich habe keine sehr schöne Weihnacht. Meine Eltern lassen sich scheiden.«

»Oh, das tut mir leid.«

»Vielen Dank. Meine Mutter ist sehr deprimiert.«

»Und wie ist das Konservatorium?«

Paul knackte mit seinen Knöcheln.

»Tu das nicht, davon bekommt man Arthritis. Also, wie ist die Schule?«

»Das Konservatorium ist ... ganz okay. Nicht gerade berauschend.«

»Und Kirchenwald?«

»Prima. Er ist natürlich nicht wie Sie. Außerdem ... ich weiß nicht. Er scheint sich für mich nicht sonderlich zu interessieren.« Paul stützte sein Kinn auf eine Faust. »Um ganz ehrlich zu sein, er interessiert sich viel mehr für einen Jungen namens Thang Po. Haben Sie schon mal von ihm gehört? Joseph Mansourian hat ihn bereits unter Vertrag genommen. Er nimmt in Brüssel am Wettbewerb um das Queen-Elisabeth-Stipendium teil.«

»Ah, das Queen-Elisabeth.«

»Ja. Und ich bin neidisch. Ich gebe das wenigstens zu. Niemand anderer würde das tun. Ich gehe jedoch nicht nach Brüssel. Ich glaube nicht, daß ich schon soweit bin.«

»Deiner heutigen Leistung nach zu urteilen, Paul, muß ich dir, fürchte ich, recht geben.«

Er schaute hoch und schien ein wenig zu erschrecken, weil ihm nicht widersprochen wurde.

»Ich muß ehrlich sein«, fuhr sie fort. »Du hast seit dem Sommer nachgelassen. Was Juilliard, wie ich gehofft hatte, bei dir weiterentwickeln würde ... die Ernsthaftigkeit, mit der die Musik erarbeitet und dargeboten werden sollte ... das höre ich nicht bei dir. Nein, unterbrich mich nicht!« Sie stand auf und humpelte zu ihrem alten Plattenspieler hinüber. »Ich werde dir mal etwas vorspielen. Und zwar das Adagio aus dem *Hammerklavier*. Hör es dir an.«

Dann setzte sie sich wieder, und sie lauschten. Es ist ein schwieriges Adagio, das nur ein wirklich großer Pianist vor dem Auseinanderfallen bewahren kann.

Und unter diesen Händen zerfiel es nicht in seine Bestandteile. Es war mehr als eine Ansammlung von Bruchstücken, obgleich es zerbrochene Dinge waren, von denen es erzählte. Paul hörte eine Stimme, die müde war, vielleicht des Lebens überdrüssig. Dann schien ein Kuckuck zu rufen, leise – überhaupt nicht wie ein Kuckuck. Und die Stimme behielt die Fähigkeit, weiterzumachen. Nichts Poetisches wie Frieden oder eine Aussöhnung ... nur dieser eine nackte Satz: die Stimme behielt die Fähigkeit, weiterzumachen.

Als es vorüber war, nahm Miss Novotna mit zitternder Hand die Nadel von der Schallplatte. »Es ist sehr traurig«, sagte Paul, während sie ihm einen Karton mit Papiertaschentüchern reichte.

»Ja, das ist es.«

Nach einigen Sekunden sagte er: »Ich werde niemals so spielen, nicht wahr?«

Seine Lehrerin fixierte ihn einige Sekunden lang über den Tisch hinweg. »Nein«, antwortete sie schließlich. »Nein, ich glaube, das wirst du nicht.«

»Und trotzdem schienen Sie früher der Meinung zu sein, daß ...«

»Das war mein Fehler. Es ist möglich, daß man etwas sieht und erst später erkennt ...«

»Aber, Miss Novotna, wenn ich kein Pianist werden kann, was soll ich dann tun? Ich kann nichts anderes.«

»Unsinn. Du kannst alles tun, was du willst. Studiere Medizin oder werde Anwalt. Oder fang an zu schreiben. Das heißt, wenn du es nicht ertragen kannst, in der Musikwelt zu bleiben. Wenn das der Fall wäre, würde ich das verstehen. Für Frauen ist es vielleicht einfacher, eine Helferrolle zu übernehmen als Lehrerin, Begleiterin ...«

»Blattumwenderin«, unterbrach Paul sie.

»Blattumwender ist kein Beruf«, sagte Miss Novotna schnell. »Begleiter ist hingegen eine durchaus ehrenwerte Tätigkeit. Du solltest über diese Möglichkeit einmal nachdenken. Du könntest auf diesem Gebiet sicherlich erfolgreich sein, da, wie ich schon immer meinte …«

»Der Wille einen Künstler weiter bringt als Talent. Ich weiß.«

»Genau. Und Willen, Paul, den besitzt du im Überfluß.«

»Aber Talent nur gerade soviel, um brillante Geiger und Cellisten und Sänger und Sängerinnen zu begleiten, wollen Sie damit sagen, nicht wahr?«

»Ich versuche nur, dir spätere Enttäuschungen zu ersparen«, erwiderte Miss Novotna steif. »Glaube mir, wenn du mich Lügen strafst und einer der größten Pianisten deiner Zeit wirst, werde ich die erste sein, die öffentlich ihr Fehlurteil eingesteht. Aber wenn du es nicht tust, und die Wahrscheinlichkeit trifft eigentlich auf so gut wie jeden zu, dann solltest du dir darüber klar werden, ob du dich mit einer untergeordneten Rolle zufrieden geben kannst.«

»So wie Sie es getan haben.«

Sie nickte.

»Und doch ist es so unfair! Als Kennington so alt war wie ich, hatte er bereits …«

»Sprich nicht so über ihn!« Miss Novotna hob gebieterisch die Hand. »Vergiß nicht, daß dieser Mann für die Musik lebt. Denk immer daran, wenn du dich über ihn äußerst. Sonst ist er für dich nichts anderes als eine Projektion deines eigenen Ehrgeizes. Und Kennington hat niemals so etwas wie Ehrgeiz entwickelt. Für ihn ist Ruhm eine schwere Bürde. Er ist etwas, das ihn behindert, ihn belastet.«

»Oh, was gäbe ich nicht darum, feststellen zu dürfen, daß Ruhm etwas ist, das mich belastet!«

Miss Novotna schwieg einige Sekunden lang. Dann sagte sie: »Mach dir über den Schmerz keine Illusionen. Nur ein Kind glaubt daran, daß Freude ewig währt und daß Leid nur für kurze Zeit andauert. Und warum sollte es auch nicht daran glauben? Wenn es sich das Knie aufschlägt, dann heilt es wieder. Wenn ein anderes Kind gemein zu ihm ist, dann weint es. Aber die Mutter liebt es. Und dann wird es erwachsen, und die Mutter stirbt, und es erfährt, daß genau das Gegenteil von allem zutrifft, woran es mal geglaubt hat. Freude ist kurzlebig, Paul, aber Leid ... Leid dauert lange.«

»Miss Novotna ...«

Sie hob erneut die Hand. »Und jetzt«, sagte sie, »muß ich nachsehen, wo Consuelo mit dem Tee bleibt.«

Nachdem sie sich mühsam aus ihrem Sessel erhoben hatte, verließ sie das Zimmer. In dem dunklen, staubigen Raum bildeten die Lichtbalken eine Grenze, die Paul nun viel leichter überquerte, als er jemals für möglich gehalten hatte. Er ergriff die Hülle der Schallplatte, die Miss Novotna für ihn aufgelegt hatte, und erkannte darauf ihr eigenes, junges, Gesicht.

15

Weihnachten war vorüber. Das Fest war, wie immer, in einem hektischen Wirbel von Großzügigkeiten untergegangen und hatte einen bitteren Nachgeschmack der Lüge und Unaufrichtigkeit hinterlassen. Nichts war so abgelaufen, wie Pauls Mutter es sich erhofft hatte, womit sie meinte, daß der Truthahn strohtrocken war, daß sie Paul die falsche Aufnahme von Rachmaninoffs dritter Sinfonie gekauft hatte; daß der Lautstärkeknopf von Georges neuem Walkman abgebrochen war. Außerdem war ein P aus dem Scrabble-Kasten verschwunden. »Erwartungsfrust«, sagte Pamela und warf das Geschenkpapier in den Kamin, und in diesem von ihr erfundenen Wort lag alles Bedauern und alle Resignation, die siebenundvierzig Jahre Weihnachtsfeste in ihr aufgebaut hatten. Denn trotz allem, was ihr seit ihrer Kindheit versprochen worden war, hatten Kummer und Sorge sich nicht für den Festtag freigenommen. Auch der Schmerz hatte sich nicht zurückgehalten. Ein Riß teilte das Universum, ein Riß, den weder Trost noch Freude flicken konnten. Auch hatte das *Hammerklavier* ihr nichts klargemacht, was sie nicht längst wußte. Sie weiß, wie alles abläuft. Wenn das Leben nur minutenweise ertragen werden kann, dann mißt man sein Leben auch nach Minuten. Dann entstehen die Stunden von selbst. Desgleichen die Tage. Und man bewahrt sich die Fähigkeit weiterzumachen.

Weshalb war sie so traurig? Sie hatte ihren Mann nicht geliebt. Dennoch war seine Anwesenheit etwas, woran sie sich gewöhnt hatte. Und nun wollte er nichts mehr mit ihr zu tun haben, und als sie am Weihnachtsmorgen aufwachte, wurde sie mit dem unschönen Bild von einer Frau am Rand der Verzweiflung mit schmutzigen Fingernägeln und Haaren, aus denen allmählich die Tönung herauswuchs, konfrontiert. Und Kennington liebte sie auch nicht. Sie hatte ein Mißverständnis als Wunder interpretiert. Sie hatte den Abgrund der Hoffnung aufklaffen lassen, war über ihn hinweggesprungen, von Traurigkeit zu Freude, ein Übergang, der vielleicht lieber langsam vollzogen werden sollte, vielleicht sogar auf einem Umweg. Nun gestrandet in den Gefilden der Traurigkeit, blickte sie hinaus auf den öden Fleck Erde, wo die Hoffnung untergegangen war, und schwor sich, sich nie wieder täuschen zu lassen. Um geliebt zu werden, mußte man vielleicht immer das Risiko eingehen, getäuscht zu werden. Auf jeden Fall würde jegliches Glück, das sie in späteren Jahren erfahren würde, ganz und gar ihr eigenes Werk sein.

Traurigkeit war vermutlich die selbstsüchtigste aller Emotionen. Ganz gewiß die unersättlichste. Sie verschlingt jegliche Nahrung des Geistes, und das Einfühlungsvermögen verdorrt. Daher ist es wahrscheinlich keine Überraschung, daß Pamela bei diesem Weihnachtsfest vom Kummer ihres Sohnes nichts bemerkte. Statt dessen, als sie ihn anschaute und George und seine Frau, Christine (ihre Tochter, Julie, war bei ihren Schwiegereltern), sah sie nur Jugend, die das Alter mit dreister Sorglosigkeit beleidigt. Wie kam es, daß er sich seines Lebens nicht erfreute, fragte sie sich, wo ihm doch jede Möglichkeit zu Glückseligkeit und Freude offenstand? Aber er war bedrückt. Sein Bruder und seine Schwägerin bemerkten es ebenfalls. Beim Frühstück mit ihrem Vater redete er schlecht über ihre Mutter. Dann, beim Abendessen bei ihrer Mutter, redete er schlecht über ihren Vater. Er schien keinerlei Loyalitäten mehr zu kennen, während sich in Wirklichkeit seine

Aggression gegen jedes Objekt richtete, das ihm gerade in die Quere kam. Denn es schien, als würde jemand ihm einen Schal mit Klaviaturmuster unter die Nase halten, während er kaum damit angefangen hätte, sich mit Miss Novotnas traurigem Urteil abzufinden. Jedes Geschenk hatte in diesem Jahr etwas mit Musik zu tun: in seinem Strumpf befanden sich vergoldete Manschettenknöpfe in der Form winziger Konzertflügel, ein paar neue CDs, Bücher über die Romantik und blaues Notenpapier. Außerdem wollte sein Bruder, daß er irgend etwas vorspielte. »Schumann!« verlangte George, aber Paul, der sich an Thangs Darbietung erinnerte, schüttelte den Kopf.

»Wie wäre es dann mit Prokowjew? Spiel *Peter und der Wolf*.« George saß mit Christine auf dem Sofa und schnitzte aus Sperrholz ein neues P für das Scrabble-Spiel.

»Das Stück wurde nicht fürs Klavier geschrieben, allerdings gibt es eine Transkription von Tatjana Nikolajewa.«

Statt dessen spielte er »Romeo verabschiedet sich von Julia« – sehr schlecht. Sein Bruder und seine Schwägerin verloren das Interesse und unterhielten sich darüber, wie sehr sie als Kinder *Peter und der Wolf* geliebt hätten. »Wurde die Ente nicht von der Klarinette gespielt?« (Die Katze war die Klarinette.)

»Wenn wir unsere fünf Kinder haben …«

»Unsere drei Kinder …«

»Wenn wir unsere fünf Kinder haben …«

So verstrich der festliche Tag, und am Ende – und das war vielleicht das Beste, was man darüber sagen konnte, zumindest was die Porterfields betraf – war er glücklich überstanden. Als die Uhr schließlich Mitternacht schlug, spülten die Fluten der Zukunft dieses

Weihnachtsfest hinweg, über das sich die Welt, zumindest ein paar Wochen lang, den Kopf zerbrochen hatte. In dem nun sich wieder ausbreitenden Ozean entdeckte Paul Kennington. War er im Begriff zu ertrinken? Er hoffte nicht. In New York hatte Paul, neben Alden, mit dem er weiterhin mehr oder weniger zusammenlebte, eine Affäre mit Joseph Mansourian begonnen, den er früher nicht sonderlich attraktiv gefunden und von dem er unter anderem erfahren hatte, daß Kennington wieder in der Stadt war. Ebenfalls von Joseph – genauer aus Josephs Rolodex – hatte er Kenningtons Adresse und Telefonnummer. Er hatte ihn mehrmals angerufen, jedoch nie eine Nachricht hinterlassen. Er hatte sogar einen ganzen Nachmittag lang vor dem Gebäude in der White Street gestanden, in dem Kennington wohnte. Aber als Kennington schließlich gegen halb fünf auftauchte, hatte er sich verstecken müssen. Der Anblick seines ehemaligen Geliebten nach so vielen Monaten, attraktiv und vom Wind zerzaust, erzeugte in ihm eine seltsame innere Barriere, lähmte ihn geradezu, so daß er es nicht wagte, sich ihm zu nähern. Denn falls er diesen Mann liebte – und er war sich sicher, daß er es tat –, warum schlief er dann mit Alden? Warum schlief er mit Joseph? Nun, die Antwort lag auf der Hand: Er tat es, weil dieser Mann ihn nicht liebte, und irgendwie mußte er doch weiterleben und sich mit der Welt auseinandersetzen, oder etwa nicht? Er mußte vergessen. Und dennoch, wie konnte er vergessen? Wenn überall in Josephs Wohnung Kenningtons Gesicht zu sehen, so omnipräsent war, daß Paul offenbar nirgendwohin schauen konnte, ohne damit konfrontiert zu werden? Mit diesem Gesicht, in all seinen Stadien des Reifens und Alterns, hatte er im Laufe der Zeit einen Grad von Intimität erreicht, daß er, als es Zeit wurde, fürs Weihnachtsfest nach Hause zu fliegen, sich kaum davon trennen zu können schien. Deshalb lag in Menlo Park das Photo von seinem Freund, wie er eine Münze in den Trevi-Brunnen warf, versteckt zwischen den akkurat gefalteten T-Shirts in Pauls Reisekoffer. An seinem letzten Nachmittag hatte er es vom Bücherregal entwendet, in seine Wohnung mitgenommen und es vorsichtig aus dem Rahmen gelöst. Auf die Rückseite hatte jemand – Joseph oder Kennington – geschrieben: »Du bist alles, was ich mir wünsche«. Noch nicht einmal in seiner Phantasie konnte Paul sich völlig davon überzeugen, daß diese Widmung ihm gelten sollte.

Am nächsten Morgen erwachten er und seine Mutter schon früh und fuhren zu Walgreen's, um Weihnachtskarten und Geschenkpapier einzukaufen. Ab dem sechsundzwanzigsten waren Weihnachtskarten und Geschenkpapier für den halben Preis zu haben, und Pamela wollte sich einen Vorrat davon anlegen, damit sie sich im darauffolgenden Jahr zu ihrer ökonomischen Haushaltsführung beglückwünschen konnte.

Gemeinsam, wie sie es stets zu tun pflegten, schoben sie den Einkaufswagen durch die Regalgänge. Sie redeten nicht miteinander. Zu viele familiäre Aktivitäten hatten die Vertrautheit verwässert, die sich zwischen ihnen in den Jahren entwickelt hatte, nachdem George und Julie das Haus verlassen hatten, um außerhalb zu studieren. Erst jetzt, in diesem Drugstore, wo sie so viele Stunden verbracht hatten, kehrte ein gewisser flüchtiger Humor zurück, ein Humor, der im Laufe der Jahre, in denen man nach den Feiertagen wieder sich selbst überlassen wurde, kultiviert worden war. Räder quietschten. Pamela stopfte Tüten voll farbiger Girlanden und Papierrollen (nachdem ihr Wert radikal gekappt worden war, leuchteten sie voller Pathos) in den Wagen, während Paul zur Videokamera in der Ecke des Ladens hinüberschaute. Als Kind hatte er sich einen Spaß daraus gemacht, zur Registrierkasse zu rennen, während seine Mutter an der Kamera vorbeiging, damit er ihr Gesicht auf dem Bildschirm der Überwachungsanlage sehen konnte. Nun blickte natürlich ein weitaus ernsteres Auge auf die Gänge herab und hielt Ausschau nach Dieben auf frischer Tat.

Pamela wollte wissen, wie sein Studium voranging. Weil Pauls Entscheidung, sich ausschließlich dem Klavier zu widmen, mehr oder weniger mit Kelsos (nicht angekündigtem) Auszug zusammen fiel, von der Abreise seines Bruders und seiner Schwester zu Städten im Mittelwesten ganz zu schweigen, hatte eigentlich nur seine Mutter an seiner Entwicklung Anteil genommen. Nun stellte sie die Frage, von der er gehofft hatte, daß sie ihm erspart würde: War Juilliard erfolgreich? Hatte er gute Lehrer? Erkannten sie, welches Juwel ihnen mit ihm in den Schoß gefallen war?

»Ich denke darüber nach aufzuhören« lautete Pauls Antwort.

»Wie bitte?« Pamela stoppte den Einkaufswagen.

»Ich bin mir nicht mehr sicher, ob das Leben in den Konzertsälen das richtige für mich ist. Vielleicht sollte ich lieber bei einem Musikagenten arbeiten oder Texte für Schallplattencover schreiben, ich weiß es nicht. Vielleicht sollte ich Jura studieren.«

»Also, Paul, Moment mal. Es tut mir leid, aber ich kann nicht ganz glauben, was ich da von dir höre. Du willst mit dem Klavier-Studium aufhören?«

»Warum nicht?«

»Aber du liebst das Klavier!«

»Wirklich?«

»Und außerdem bist du so gut! Das sagt jeder. Mr. Wang, Miss Novotna …«

»Nicht mehr. Wir haben uns vorgestern über dieses Thema unterhalten, und sie gibt mir recht.«

»Sie gibt dir recht? Die Frau ist doch völlig senil!«

»Sie ist kein bißchen senil.«

Pamela öffnete ihre Handtasche und zog ein Papiertaschentuch heraus. »Es tut mir leid«, sagte sie und rieb sich die Nase. »Ich bin ganz einfach schockiert. Ich kann mir nicht vorstellen, was in dich gefahren ist.«

»Vielleicht die Wahrheit … daß ich nicht gut genug bin.«

»Aber ich habe dich gehört, und ich glaube …«

»Du findest mich nur deshalb gut, weil ich dein Sohn bin. Du hast von Musik keine Ahnung. Aber können wir jetzt bitte das Thema wechseln?«

Sie stolperten zur Kasse. Mit äußerster Anstrengung riß Pamela sich so weit zusammen, daß sie bezahlte und sogar mit der Kassiererin ein paar belanglose Worte wechselte. Erst als sie sicher im Wagen saßen, begann sie zu weinen. Und natürlich weinte sie nicht nur wegen Pauls Versagen. Sie weinte wegen ihres Mannes, den sie nicht liebte, und wegen Kennington, der sie nicht liebte, und wegen des Französisch-Examens, durch das sie gefallen war, und wegen hundert anderer privater Fehlschläge, die die vorliegende Geschichte nicht behandelt.

Unterdessen saß Paul auf seinem Platz, zitternd vor Ungeduld, bis seine Mutter sich wieder die Nase putzte und den Zündschlüssel herumdrehte.

»Okay, spuck's schon aus«, sagte er. »Du kannst mir ruhig erzählen, was dir durch den Kopf geht.«

»Mir geht nichts durch den Kopf. Ich denke nur, daß es zu früh ist.« Sie verließen den Parkplatz. »Ich meine, warum machst du nicht wenigstens das Jahr zu Ende, Liebling? Vielleicht denkst du dann anders darüber.«

»Ich denke, ich kann mit einiger Sicherheit annehmen ...«

»Annehmen ist nicht wissen. Und außerdem, wenn du erst einmal aufgehört hast ...«

»Ich werde schon nicht auf der Straße enden, wenn es das ist, was du befürchtest. Ich werde irgendwie zurechtkommen. Ich suche mir einen Job wie ein ganz normaler Mensch.«

»Aber du bist nicht ...« Sie preßte die Lippen zusammen.

»Was? Was bin ich nicht?«

»Paul, es tut mir leid, aber ich muß es zur Sprache bringen. Ich muß mich fragen, ob dieser Mann ...«

»Welcher Mann?«

»Ob er etwas damit zu tun hat.«

»Wer? Kennington?«

Sie nickte. »Ich weiß, wir haben seit Rom nicht mehr darüber gesprochen. Und ich habe auch deinem Bruder und deiner Schwester nichts davon erzählt. Absolut nichts.«

»Ich auch nicht.«

»Trotzdem kannst du mir nicht übelnehmen, wenn ich eins und eins zusammenzähle. Ich weiß, daß er einen großen Eindruck auf dich gemacht hat. Wenn du also solche Dinge sagst wie gerade eben, muß ich notgedrungen annehmen, daß er vielleicht ... ich weiß nicht, daß er es irgendwie geschafft hat, dir dein Selbstvertrauen zu nehmen, Liebling. Hey, du da vorne, willst du nicht endlich weiterfahren? Die verdammte Ampel ist grün!«

»Du irrst dich.«

»Worüber habt ihr euch denn an all diesen Nachmittagen unterhalten?«

»Über nichts Besonderes. Über Musik, Kunst. Über das Leben.«

»Hast du dich mal mit ihm getroffen, seit du in New York bist?«

»Nein.«

»Ich bin ganz sicher, daß er in Rom irgend etwas zu dir gesagt hat. Etwas, worüber du mit mir nicht reden willst. Oh, wenn ich diesen Mann in die Finger kriege, drehe ich ihm den Hals um!«

»Mutter, zum letzten Mal, er hat nichts damit zu tun. Würdest du dich jetzt endlich beruhigen? Ich habe mit dir nicht gesprochen, damit du völlig hysterisch wirst. Ich habe mit dir gesprochen, weil ich einen Rat brauchte – was offensichtlich ein Fehler war, da ich offenbar eher von einem Hund einen vernünftigen Rat kriegen könnte als von dir.«

»Paul, sprich nicht so mit mir!«

»Von jetzt an, wenn ich noch mal einen Rat brauchen sollte, gehe ich woanders hin, okay? Und hör um Gottes willen endlich auf zu weinen!«

»Ich kann nichts dafür.«

»Mutter, wir befinden uns im dicksten Straßenverkehr! Wir stehen hier mitten auf einer verdammten Kreuzung!«

»Es war so ein schreckliches Weihnachtsfest …«

»Fahr rechts ran. Ich fahre.«

Sie gehorchte. Er setzte sich ans Lenkrad.

Als sie nach Hause kamen, hatte sie sich halbwegs beruhigt.

»Paul, Liebling«, sagte sie, während sie die Einkaufstaschen in die Küche trugen, »ich möchte noch eins dazu bemerken …«

»Kein Wort mehr darüber. Sonst reise ich ab. Und zwar auf der Stelle.«

Sie verstummte. George und Christine sagten Bescheid, daß sie ins Einkaufszentrum fahren wollten, und Paul entschloß sich, sie zu begleiten. Er wollte die falsche Rachmaninoff-Aufnahme umtauschen.

Der Wagen rollte knirschend über den Kies, und dann war Pamela alleine.

In der plötzlich einsetzenden Stille begann sie Staub zu saugen. Stofflusen, Brotkrümel und Eierschalen verschwanden gehorsam im Saugrohr. Dann geriet eine Pennymünze ins Rohr und veranstaltete einen Lärm wie ein Flipperautomat, bis sie endlich im Staubbeutel landete. Pamela ging weiter zu Pauls Zimmer, wo sie Muster in den hell- und dunkelblau gemusterten Teppich zeichnete. Denn es war ihre Pflicht, ihn zu beschützen, und wenn sie ihre Pflicht nicht erfüllen konnte, ließ sie ihre ganze Energie in die Hausarbeit fließen. In letzter Zeit war sie ständig im Haushalt tätig. Das ganze Haus strahlte die gerötete Reinheit einer von Waschzwang gezeichneten Hand aus.

Als sie die Saugdüse unter das Bett schob, geschah es, daß sie auf ein Hindernis stieß. Ein Socken oder eine Unterhose, dachte Pamela, und war überrascht, als sie unter das Bett griff und ein Magazin hervorzog. Und wie spaßig! Santa Claus war auf der Titelseite zu sehen – aber ein junger Santa Claus mit offenem Mantel und nackter Brust. Und im Magazin war Santa Claus noch einmal zu sehen, nur war er diesmal in seiner pelzbesetzten Unterhose zu sehen! Aber warum …

Sie blätterte weiter und stieß einen Schrei aus. Der Staubsauger, sich selbst überlassen, jaulte, als hätte er schrecklichen Hunger. Mit zitternden Händen hob sie das Magazin auf, das auf den Fußboden gefallen war.

»Santa hat ein ganz besonderes Geschenk für dich«, lautete der Text. »In diesem Jahr kommt er nicht nur durch den Kamin ins Haus!«

Schnell klappte sie das Magazin zu, schob es wieder unters Bett und fuhr mit dem Staubsaugen fort.

16

Pamela wußte nicht, ob sie den Sahne-Kaffee-Kuchen oder die Zitronen-Nuß-Törtchen backen sollte. Der Kaffee-Kuchen wurde gewöhnlich von allen gerne gegessen, aber die Zitronen-Nuß-Törtchen waren ihre eigene Kreation. Schließlich entschied sie, beides zuzubereiten – wofür sie mehr als drei Stunden brauchte –, wonach sie sich, indem sie einen weiten Bogen um den Weihnachtsbaum machte, der bereits seine Nadeln verlor, vor den Spiegel stellte. Ihr Haar, in Rom getönt, wurde nach und nach wieder von seiner natürlichen grau-blonden Farbe zurückerobert, als handelte es sich um irgendeine gefräßige Unkrautpflanze. Und wie dünn sie aussah! Ein Sack heißer Knochen in einem kratzigen Pullover, ausgebeult und voller Flusen, die ausgefransten Ärmel so weit bis über die Hände gezogen, daß sie die Bündchen festhalten konnte, was sie auch im Augenblick mit Fingern tat, an denen die Fingernägel bis auf die Kuppen abgekaut waren.

»Na schön«, sagte sie, »es reicht«, und zog den Pullover über den Kopf. »Genug«, meinte sie und fuhr sich mit einer Bürste durchs Haar. Wenn es schon zu spät war, um es schneiden zu lassen, so konnte sie doch wenigstens ein paar Knoten entwirren. Als nächstes zog sie das hübsche, pinkfarbene Kostüm an, das sie bei Valentino gekauft hatte, spritzte sich ein wenig Parfüm auf den Hals, packte den Kuchen ein und begab sich in die Garage. Es war zehn vor acht am fünften Januar. Die Kinder waren vor fast einer Woche wieder nach Hause zurückgekehrt. »Ich muß das Ding unbedingt entfernen«, nahm sie sich vor, als sie an dem welken Baum vorbeikam, der immer noch mit Dekorationen geschmückt war, die sie in ihrer Kindheit gebastelt hatten. Trotzdem konnte sie sich mit der Idee nicht richtig anfreunden, nicht weil sie irgendeine sentimentale Bindung zu dem Baum entwickelt hatte, sondern weil das Abnehmen des Schmucks ihr schmerzhaft klar machte, daß wieder etwas zu Ende gegangen war. Ihr Magen verkrampfte sich bei der Vorstellung von dem Kadaver, wie er neben den Mülltonnen lag, von ein paar Lamettafäden blinkend, die immer noch in seinen Zweigen hingen, als wollten sie sagen: So endet es immer. Wir schaffen ein von allen verehrtes und geliebtes Symbol, das schließlich weggeworfen wird, um in den Unbilden des Wetters qualvoll unterzugehen. Und wenn wir tagtäglich daran vorbeikommen, scheinen die Lamettafäden, die im winterlichen Sonnenschein glitzern, uns beinahe zuzublinzeln: Alle Hoffnung wurde zunichte gemacht. *Es gibt nichts Leidvolleres, als sich im Elend an vergangenes Glück zu erinnern.*

Im Wagen versuchte sie, nicht daran zu denken, wohin sie unterwegs war. Und tatsächlich, erst als sie feststellte, wie sie nach links in Diane Moss' Sackgasse abbog, hatte sie ihren ersten Panikanfall. Plötzlich konnte sie nicht weitermachen, lenkte den Wagen durch den kleinen Wendekreis am Ende der Sackgasse – der Grundriß erinnerte sie immer an Spermien – und fuhr nach Hause. Dann, auf halbem Weg dorthin, überlegte sie es sich erneut anders. Nicht weil plötzlich so etwas wie Tapferkeit in ihr aufflackerte, sondern weil ihr die Aussicht auf einen weiteren einsamen Abend mit lediglich dem welken Weihnachtsbaum als Aufmunterung unerträglich erschien. Wenigstens verhieß ihr das Treffen Gesellschaft. Daher wendete sie ein weiteres Mal, rollte langsam in die Sackgasse und parkte vor dem Haus der Mosses. In der

Auffahrt standen bereits mehrere Wagen. Durch das Wohnzimmerfenster konnte sie warmen Feuerschein, das Funkeln des Weihnachtsbaums und eine große Frau in Rot sehen, die soeben aus einem Kaffeebecher trank.

Mit den Kuchen in der Hand klingelte sie. »Pammy!« rief Diane und begrüßte sie mit einem Kuß auf die Wange. »Ich freue mich ja so, daß du gekommen bist!«

»Ich habe etwas mitgebracht«, erwiderte sie und reichte Diane die roten Kartons.

»Wunderbar. Ich stelle sie aufs Büfett. Komm rein.« Diane geleitete sie ins Wohnzimmer, wo acht oder zehn Frauen, die meisten in Pamelas Alter oder älter, vor dem Kamin saßen. Einige unterhielten sich miteinander, andere schwiegen und achteten betont auf Distanz zu den anderen. Eine Frau betrachtete sie abschätzend. Dianes Eßzimmerstühle waren mit dem Sofa und den Sesseln zu einem Kreis arrangiert, und auf dem Büfett standen Kuchen und anderes Gebäck in solcher Vielfalt bereit, daß man sich sofort an eine Weihnachtsparty erinnert fühlte. Und was für ein unheimlicher, wenngleich beruhigender Zufall war es gewesen, als sie die Nummer der Selbsthilfegruppe gewählt und ausgerechnet Diane sich gemeldet hatte! Daß auch Teddy betroffen war, hätte sie niemals für möglich gehalten. Es war außerdem tröstlich, feststellen zu können, daß sie nicht die einzige war, die das Treffen zum Backen animiert hatte.

Während sie ein paar Krümel von ihrem Rock wischte, einem Modell mit Karomuster und einer überdimensionalen Sicherheitsnadel als Verschluß, trat Diane in die Mitte des Raums. »Also, meine Damen«, sagte sie und ließ sich auf dem Sofa nieder. »Sollen wir anfangen?«

Die anderen Frauen nahmen ihre Plätze ein.

»Es gibt einige neue Mitglieder in unserer Gruppe, die ich gerne begrüßen möchte. Zuerst Enid.« Sie deutete auf die große Frau in Rot.

»Hallo«, sagte Enid.

»Hallo«, antworteten die anderen unisono.

Enid hüstelte und holte ein Pfefferminzdragee aus ihrer schwarzen Unterarmtasche. »Ich weiß nicht, wo ich zuerst anfangen soll«, gestand sie.

»Nehmen Sie sich ruhig Zeit. Sie sind hier unter Gleichgesinnten.«

»Na schön. Also, der Grund, weshalb ich hergekommen bin, ist der, daß diese Weihnachten mein Sohn, mein Allen, nach Hause kam und uns offenbarte, daß er, Sie wissen schon, schwul ist. Und ich bin … nun, es fällt mir wirklich schwer, mich damit abzufinden. Das ist schließlich etwas, womit ich niemals gerechnet hätte.« Die anderen Frauen nickten; sie wußten Bescheid. »Allen ist ein völlig normaler Junge, er ist überhaupt nicht weibisch oder so etwas, und mir scheint – schließlich ist er erst einundzwanzig –, daß es noch ein wenig früh für ihn ist, eine solche Entscheidung zu treffen, wissen Sie? Aber er sagt, es wäre keine Entscheidung.« Sie spielte mit dem Tragriemen ihrer Tasche. »Das ist der Grund, weshalb ich hergekommen bin. Um in Erfahrung zu bringen, was ich sagen soll, denn jedesmal, wenn ich versuche, mit ihm zu reden, trete ich ins Fettnäpfchen!«

Sie preßte die Lippen zusammen. »Vielen Dank, Enid«, antworteten die Frauen im Chor, und danach fügte Diane hinzu: »Unser nächstes Mitglied ist Caroline.«

»Carolyn«, korrigierte eine hagere Frau in einem beigen Hosenanzug.

»Pardon, Carolyn.«

»Was dagegen, wenn ich rauche?« Nach einem allgemeinen zustimmenden Nicken zündete Carolyn sich eine Zigarette an. »Okay, meine Situation ist ein wenig anders als Ihre, Enid, denn mein Sohn hat sich mir schon vor fünf Jahren offenbart. Diesen Kampf, mich damit abzufinden, habe ich schon lange hinter mir, und ich komme ganz gut damit zurecht, daß er schwul ist. Womit ich aber nicht fertig werde« – sie atmete aus – »das ist sein Lebensstil. Er ist fünfundzwanzig und tut überhaupt nichts. Er wohnt in San Francisco und arbeitet in so einem Laden mit dem Namen – und das ist wirklich kein Witz – *Does Your Mother Know?*« Die anderen Frauen lachten. »Der Punkt ist, daß ich viel über AIDS und so weiter gelesen habe und mir große Sorgen mache, denn er lebt nicht in einer festen Beziehung, und soweit ich es beurteilen kann, verbringt er seine meiste Zeit in den Lederbars. Ich versuche immer wieder, mit ihm darüber zu reden, bitte ihn, er solle sich einen netten Partner suchen und mit ihm zusammenbleiben, aber er bricht das Gespräch sofort ab. Er sagt, das ginge mich nichts an. Gibt es hier einen Aschenbecher?« Diane reichte ihr einen. »Deshalb bin ich hier. Ich möchte wissen, ob irgend jemand hier die gleichen Erfahrungen macht.«

»Danke, Carolyn«, sagte Diane. »Wir diskutieren darüber, nachdem unser drittes Mitglied seine Geschichte erzählt hat. Unser drittes neues Mitglied ist Pamela. Ich muß hier einfügen, daß Pamela eine alte Freundin von mir ist. Unsere Jungen haben zusammen die High-School besucht und wohnen jetzt in New York zusammen.«

»Hallo, Pamela.«

»Hallo.« Wie sie es immer in Augenblicken innerer

Anspannung und großer Nervosität tat, knetete sie ein Papiertaschentuch in der Faust. »Nun, zuerst einmal vielen Dank dafür, Diane, daß du mich eingeladen hast. Ich bin ebenfalls in einer etwas anderen Situation als die anderen, denn mein Sohn ... nun, er hat mir nicht ausdrücklich mitgeteilt, daß er, äh, schwul ist.« Sie schluckte. »Eigentlich ... aber ich schäme mich, es zuzugeben.«

»Red weiter«, drängte Diane behutsam.

»Na gut. Ich fand es nur heraus, als er zu Weihnachten nach Hause kam und ich an einem Tag in seinem Zimmer saubermachte – er war gerade mit seinem Bruder ins Einkaufszentrum gefahren – und dabei ein Magazin fand. Sie wissen schon, nur Männer. Mein Gott, ich habe mich so geschämt!«

»Das habe ich mich auch«, sagte eine der Frauen.

»Das ist völlig okay, meine Liebe«, sagte eine andere Frau.

»Wie dem auch sei, danach habe ich – nun, ich glaube, ich muß es offen gestehen – also, ich habe in seinem Koffer nachgesehen.« Sie schloß die Augen. »Und da war ein Bild ... ein Bild von einem Mann, den wir getroffen hatten, als wir unseren Urlaub in diesem Sommer in Italien verbrachten. Auf dem Bild war er viel jünger, aber ich habe ihn trotzdem ganz eindeutig erkannt. Und auf die Rückseite hatte er geschrieben« – sie schluckte erneut – »›Du bist alles, was ich mir wünsche.‹«

Sie biß sich auf die Unterlippe.

»Nun, dann erst ging mir ein Licht auf. Was tatsächlich vor sich ging, als wir in Rom waren, weshalb er und Paul fast die ganze Zeit miteinander verbrachten. Ich hätte es damals schon erkennen müssen, aber ich hatte keine Ahnung. Dann, als ich gerade im Begriff war, das

Bild an seinen Platz zurückzulegen, kam Pauly wieder nach Hause, und ich mußte alles schnell in den Koffer stopfen, und ich glaube, ich habe die Kleider anders hineingepackt, als er es getan hatte – Paul ist in diesen Dingen sehr pingelig –, denn während des Abendessens hat er mich immer wieder ganz seltsam gemustert. Und ich mußte natürlich still bleiben. Ich mußte so tun, als wäre alles völlig normal. Und das war das schwerste überhaupt.« Sie hielt inne, trank einen Schluck Wasser aus einem Glas, das Diane ihr gereicht hatte. »Wie Sie alle sich sicher vorstellen können, hatte ich eine ziemlich schwere Zeit. Wenn ich ihm sage, daß ich seine Sachen durchgewühlt habe, wird er sicherlich wütend auf mich sein. Andererseits möchte ich ihn gerne von diesem Mann wegholen, denn ich bin überzeugt, daß er Paul negativ beeinflußt.«

Sie verstummte. Vom anderen Ende des Raums schaute eine der anderen Frauen, hochgewachsen, mit langem schwarzem Haar und mit einem limonengrünen Kostüm bekleidet, mit einem seltsam beschwörenden Ausdruck zu ihr herüber.

»Wenn Sie wissen wollen, wie ich darüber denke – ich finde, Sie müssen es ihm sagen«, meinte Carolyn.

»Machen Sie reinen Tisch. Geben Sie zu, was Sie getan haben. Er wird zuerst sicherlich sehr wütend sein, aber er wird sich auch wieder beruhigen.«

»Danach können Sie sich dann um die wirklich wichtigen Dinge kümmern, wie zum Beispiel sich vergewissern, ob er Safer Sex praktiziert.«

»Aber wie sollen wir das denn erfahren?«

»Indem Sie absolut offen sind. Sie müssen sagen, mein lieber Junge, reden wir mal Tacheles. Benutzt du einen Schutz?«

»Vor allem wenn Ihr Sohn ein Untermann ist. Ganz

gleich, was die Studien sagen, ich bin absolut davon überzeugt, daß es für jemanden, der den Untermann macht, viel gefährlicher ist.«

»Ganz gleich, ob sie oben oder unten sind«, sagte Diane, »das wichtigste ist, ihnen klarzumachen, daß sie Kondome benutzen müssen. Die Jüngeren kennen sich noch nicht so gut aus. Zum Beispiel wissen sie nicht, daß sie nur Gleitcremes auf Wasserbasis benutzen sollten.«

»Anderenfalls zerreißen die Kondome.«

»Und was ist mit oralem Sex? Ist oraler Sex wirklich sicher?«

»Keine Ahnung. Einige sagen ja, andere sagen nein. Bestimmt ist es schlimmer, wenn man im Mund kleine Verletzungen hat.«

»O Gott.« Enid begann zu weinen. »O mein Gott, ich kann es nicht mehr ertragen. Und sein Vater hat ihn ins Gesicht geschlagen. Am Weihnachtsabend. Meine Mutter hat geweint. Warum ich? Meine Schwester, all ihre Jungen ...«

Enid schluchzte auf. Die anderen Frauen trösteten sie. Angesichts von soviel offenem Schmerz war Pamelas eigene Frage vergessen. Sie hatte den Eindruck, daß sie wußten, wie man solche Zustände des tiefen Schmerzes in den Griff bekam. Und doch – AIDS war eine ganz andere Angelegenheit. Plötzlich herrschte im Raum eine unbehagliche Atmosphäre, als ob die Erwähnung irgendein empfindliches Gleichgewicht gestört hätte.

Unterdessen starrte die Frau auf der anderen Seite des Raums – es war die Frau in Grün – sie direkt an und bewegte stumm die Lippen. Welche Nachricht wollte sie ihr übermitteln?

Nach etwa einer Stunde war der offizielle Teil beendet. Die Frauen gingen zur Anrichte und stürzten sich mit einer Gier auf den Kuchen, die sie vor Männern niemals gezeigt hätten. Einige Kuchen blieben liegen, während andere – vor allem Pamelas Kaffeekuchen – innerhalb von Sekunden vertilgt waren. Und angesichts seiner Beliebtheit entwickelte sie ein unerklärliches Stolzgefühl. Wie unpassend, daß sich in solch einem Moment die Überreste einer alten Empfindung wie Stolz auf ihre Koch- und Backkünste bemerkbar machten – als besuchte sie eine Elternpflegschaftsversammlung, während Paul zu Hause auf sie wartete! Sogar in den Momenten einer ernsten Krise schienen die alten Bedürfnisse weiter zu existieren.

Den Alltäglichkeiten von Pamelas Leben verlieh die Nostalgie nun einen Hauch des Wertvollen. Sogar ihr Elend, ihre chronische Unzufriedenheit, wurde nun in eine Wolke sentimentaler Zärtlichkeit eingebettet. Denn in jenen Tagen war wenigstens jemand dagewesen, zu dem man hatte nach Hause kommen können.

In diesem verzweifelten, einsamen Moment spürte sie, wie jemand ihr auf die Schulter klopfte. Sie fuhr herum und fand sich Auge in Auge mit der Frau in Grün wieder, die sie schon die ganze Zeit regelrecht angestarrt hatte.

»Ich muß mich vorstellen«, sagte die Frau. »Das ist alles ziemlich verrückt. Ich konnte es kaum fassen. Und vielleicht werden Sie jetzt sogar handgreiflich, aber dieses Risiko muß ich eingehen, denn schließlich sitzen wir zumindest hier alle in einem Boot, nicht wahr?«

Die Frau lächelte. Ihre Zähne standen ein wenig schief und wiesen vom Rauchen braune Flecken auf.

»Wovon reden Sie?« fragte Pamela.

»Ich bin Muriel«, sagte die Frau. »Muriel Peete.«

Pamela wich einen Schritt zurück. »Aber ich ...«

»Machen Sie Diane keinen Vorwurf. Sie hat keine Ahnung. Warum auch? Soweit es sie betrifft, bin ich nur Muriel, was zwar nicht gerade ein Allerweltsname ist, aber er kommt trotzdem häufig genug vor, und außerdem hatte ich bis heute keine Ahnung, daß Diane und Sie befreundet sind. Natürlich habe ich Sie in dem Moment erkannt, als Sie zur Tür hereinkamen. Kelso hat einige Bilder in seiner Brieftasche. Ich gebe zu, ich habe sie mir angesehen. Ich war neugierig. Ich dachte, Sie waren so hübsch!« Sie lächelte wieder, ohne alle Verlegenheit trotz ihrer schiefen Zähne. »Ich nehme an, Sie haben mich ebenfalls erkannt ...«

»Nein! Weshalb hätte ich?«

»Ich hatte angenommen – aber nein, das glaube ich nicht.Ich glaube, es gibt keinen Grund, weshalb Sie es hätten tun sollen.« Muriel verlagerte das Gewicht von einem Fuß auf den anderen. »Nun, das sollte nur eine Erklärung sein. Wie dem auch sei, ich begreife, daß Sie wahrscheinlich gar nicht mit mir reden wollen. Ich finde ganz entsetzlich, was passiert ist, Pamela. Darf ich Sie Pamela nennen? Kelso sagt, es ginge Ihnen jetzt besser ...«

»Eigentlich nicht.«

»O nein?«

»Nein, es ist alles ziemlich schrecklich.« Sie blickte ihrer Rivalin in die Augen. Was für eine häßliche Frau! Es war fast eine Genugtuung. Es war, als meinte Kelso nicht, du bist für mich nicht gut genug, sondern, du bist zu gut. Ich brauche jemand schlechteren, jemanden, der mehr auf meiner niedrigeren Stufe steht.

Ein paar Sekunden lang schwiegen sie. Dann sagte Muriel: »Okay, ich denke, das war's. Aber ehe ich verschwinde und den Kopf in den Sand stecke, möchte ich sagen, daß Sie sich glücklich schätzen können. Es scheint, als würde Ihr Sohn wenigstens ein solides Leben führen. Wohingegen mein Stewart, als er über Weihnachten nach Hause kam, eine entzündete Stelle an seiner Lippe hatte – und was soll man zu so etwas sagen? Ich frage Sie. Was soll man tun? Ich bekam kaum ein Stück vom Weihnachtstruthahn herunter, als ich mir vorstellte, wie er sie sich zugezogen hat und von wem.« Sie schüttelte den Kopf. »Naja, das wär's wohl. Good-bye, Pamela. Sie brauchen mir nicht die Hand zu schütteln. Ich bin froh, daß ich Sie kennengelernt habe. Ich hoffe, daß wir eines Tages vielleicht … aber nein, das wäre wirklich zuviel des Guten. Leben Sie wohl.«

Sie ging hinaus. Zu ihrer Überraschung stellte Pamela fest, daß sie immer noch auf genau demselben Fleck stand, auf dem sie gestanden hatte, als sie unterbrochen worden war. In der Hand hielt sie denselben Teller, auf dem ein nicht sehr appetitlich aussehendes Schokoladenplätzchen von jemand anderem zerbröselte.

Und plötzlich war sie froh, daß sie sich die Mühe gemacht hatte, sich herauszuputzen. Sie wünschte sich nur, sie wäre doch noch zum Friseur gegangen.

»Nun, was denkst du?« fragte Diane und trat neben sie. »Hat die Versammlung dir ein wenig geholfen?«

»Oh, es war in Ordnung. Trotzdem, diese arme Frau, mit der ich gerade gesprochen habe, die mit den Zähnen« – sie deutete in Muriels Richtung – »ich muß zugeben, daß sie mir richtig leid tut. Es scheint, als führe ihr Sohn ein ausgesprochen promiskes Leben.«

Diane lächelte matt, als ein winziges Zittern über ihr fröhliches Gesicht huschte. Dann meinte sie ziemlich spitz: »Promiskuität ist ein Wort, das wir nicht benutzen. Es ist zu wertend.«

Sie ging weiter.

Nachdem sie das Schokoplätzchen in den Abfalleimer geworfen hatte, holte Pamela sich zwei von ihren Zitronen-Nuß-Törtchen.

Wir sitzen tatsächlich alle im selben Boot.

Sie wischte sich ein paar Krümel von den Lippen. *Ich sehe heute noch zu, daß ich den Baum entferne,* entschied sie, dann verabschiedete sie sich hastig, eilte hinaus zu ihrem Wagen und fuhr nach Hause. Es war halb neun – halb zwölf in New York. Zu spät für einen Anruf? Eigentlich nicht. Sie waren noch jung.

In der Küche, noch ehe sie ihren Mantel auszog, nahm sie den Telefonhörer ab und wählte Pauls Nummer.

Es klingelte dreimal.

»Hallo?«

»Ist dort Teddy?«

»Nein, Teddy ist nicht zu Hause.«

»Wer ist denn dort?«

»Bobby. Teddys Freund.«

»Oh, ich verstehe. Hallo, Bobby. Hier spricht Pauls Mutter, Mrs. Porterfield.«

»Oh, hi!«

»Ich nehme an, Paul ist nicht da.«

»Nein, er ist ...«

»Üben, ich weiß. Hören Sie, könnten Sie ihm bestellen, ich würde – nein, wenn ich es recht überlege, versuche ich es lieber ein zweites Mal.«

»Kein Problem, Mrs. Porterfield.«

»Vielen Dank, Bobby, bye.«

Sie legte auf. Natürlich hatte sie auch die andere Nummer. Kenningtons Nummer. Sie hatte sie aus Pauls Adreßbuch abgeschrieben. Und dennoch, wäre ein Anruf wirklich angemessen?

Schrecklich, schrecklich, eine Frau so im Ungewissen

zu lassen, ihr keinen reinen Wein einzuschenken. Und dabei war er die ganze Zeit …

Sie ging zum Schlafzimmer. Ein herrliches Gefühl überkam sie, ein Gefühl der Macht. Denn jetzt konnte sie Paul retten. Auch wenn er nach außen hin vor Wut rasen würde, in seinem Innern, das wußte sie, hätte er Angst. Und sie würde ihn in diesem Zustand der Angst belassen. Sie würde ihm nicht sagen, daß er wieder ihr kleiner Liebling wäre. Sie würde ihm nichts von der Frau in Grün erzählen, die in diesem Augenblick in einem Zustand völliger Unsicherheit zu ihrem Geliebten aus dem Summit Motor Lodge und ihrem Sohn mit der Entzündung an der Lippe unterwegs war.

DIE HAND,
DIE DICH FÜTTERT

17

Kennington und Joseph versuchten, sich zu lieben. In dem geräumigen Bett, in dem er noch eine Woche vorher mit Paul Porterfield geschlafen hatte, rutschte Joseph auf seinem Geliebten herum und liebkoste seine Brust, bis ihm die Brusthaare zwischen den Zähnen hängenblieben. Unter ihm wand und krümmte Kennington sich und verzog schmerzhaft das Gesicht.

»Autsch! Nicht so fest!«

»Entschuldige.«

»Und rutsch runter, du liegst mit deinem ganzen Gewicht auf meinem Magen.«

»So besser?«

»Ja.«

Joseph leckte Kenningtons Eier. Stille.

»Geht es dir gut?« fragte er nach einem Moment.

»Klar. Ich bin nur müde. Ich habe im Flugzeug nicht sehr viel geschlafen.«

»Warum machst du dann nicht ein kleines Nickerchen?«

»Aber du weißt doch, daß dies das Schlimmste ist, was man bei Jetlag tun kann.«

»Keine Angst, ich wecke dich schon frühzeitig genug.«

Er kletterte herunter. Kennington drehte sich auf die Seite und zog sich die Bettdecke bis ans Kinn hoch. »Bist du immer noch scharf?« fragte er nach einigen Sekunden.

»Ein wenig.«

»Dann sieh dir doch ein Video an.«

»Psst. Schlaf. Das letzte, was du jetzt brauchst, wäre, das Gebrabbel aus dem Fernseher zu hören.«

»Aber es würde mich nicht stören.«

»Laß mal. Ich bin auch müde. Ich werde ebenfalls schlafen.«

Kennington schloß die Augen. Durch die vorgezogenen Vorhänge konnte er sehen, wie die Sonne sich orange färbte. Eine Stille, die an Sonntagnachmittagen im Winter seltsam anmutete, breitete sich um ihn herum aus, weich und voller Genugtuung, endlich wieder zu Hause angekommen zu sein. Dann störte ein knarrendes Geräusch seine Gedanken. Mit entnervender Langsamkeit wurde die Nachttischschublade zentimeterweise aufgezogen. Immer weiter schob sie sich heraus, scheuerte Holz auf Holz, bis sie das Telefon vom Nachttisch zog. Joseph fluchte. Er öffnete die Flasche mit der Körperlotion. Da sie fast leer war, gab sie Furzgeräusche von sich, als er sich ein wenig von ihrem Inhalt auf die Handfläche träufelte.

Nach ein paar Minuten ertönte ein Stöhnen. Joseph stand auf. Vom Schlafzimmer aus konnte Kennington den Wasserhahn und anschließend die Toilettenspülung hören.

Er war verschwunden, als Joseph wieder herauskam. Gespannt darauf, was er tat, schlüpfte Joseph in seinen Bademantel und folgte dem Lichtschein bis in die Küche, wo er seinen Freund dabei antraf, wie er eine Knoblauchzwiebel begutachtete, die er aus der Speisekammer geholt hatte.

»Was tust du?«

»Ich bereite das Abendessen.«

»Aber ich dachte, du wolltest ein Nickerchen machen?«

»Ich habe es mir anders überlegt.« Er öffnete den Kühlschrank. »Hast du irgend etwas in deinem Eisschrank?« fragte er und verlieh seiner Stimme einen hohen schrillen Klang, als er eine Schauspielerin aus einer ziemlich albernen Fernsehserie imitierte. »Also wirklich, dieser Kühlschrank ist eine Schande. Ich meine, sieh dir doch nur mal diese Butter an. Sie ist schon im letzten Jahr abgelaufen! Und was ist das, frage ich dich!«

Er fischte eine vertrocknete Mohrrübe aus der Gemüseschale.

»Tut mir leid«, sagte Joseph. »Wenn du weg bist, habe ich nicht immer Lust ...«

»Macht nichts. Ich kriege immer noch ein paar simple Spaghetti hin.«

Kennington holte ein Schneidebrett aus einer Schublade und begann, die Zwiebeln zu schälen.

»Ich glaube, ich habe dich geweckt«, sagte Joseph und ließ sich auf einen Hocker sinken.

»Du hast die Angewohnheit, erst recht laut zu sein, wenn du besonders leise sein willst.«

»Das stimmt. Ich weiß es.«

»Und zwar so sehr, daß ich mich manchmal frage, ob du nicht versuchst, damit meine Aufmerksamkeit zu erregen.«

»Weshalb sollte ich deine Aufmerksamkeit erregen wollen?«

»Das mußt du mir sagen.«

»Ich wußte nicht, daß ich es tue.« Joseph konnte sich auf Befehl total dumm stellen. »Habe ich dir übrigens schon erzählt, was mit Bernice passiert ist?«

»Nein.«

»Nun, du kannst dich doch daran erinnern, daß ich, nachdem sie sich zur Ruhe gesetzt hat, auf das offizielle Okay gewartet habe, eine neue Sekretärin einzustellen, nicht wahr? Also, gestern vormittag erhielt ich schließlich aus der Personalabteilung die Aktennotiz, daß sie aufgrund von notwendigen Kosteneinsparungen – so lautete der Begriff, den sie dafür benutzten – entschieden hätten, daß ich mir Peggy mit den anderen teilen sollte. Ich soll mir eine Sekretärin mit jemand anderem teilen!«

»Und?«

»Und! Der Punkt ist, daß es im Grunde gar nicht um Rationalisierung geht, wie es auch bei dieser Sache mit den Telefonrechnungen nicht um Kostenersparnis ging. Sie wollen mir damit nur mitteilen, ›Du bist für uns auf keinen Fall die große Nummer, für die du dich hältst.‹ Als ob ich nicht in der Stadt sofort einen anderen Job kriegen könnte, sobald ich ein entsprechendes Telefongespräch führe.«

Kennington begann den Knoblauch zu hacken. »Vielleicht bin ich zu naiv«, sagte er, »aber ich würde eher dazu neigen, ihnen zu glauben. Heutzutage schnallen auf die eine oder andere Art alle den Gürtel ein wenig enger.«

»Nimm dich in acht! Du hättest dir beinahe den Daumen abgeschnitten.«

»Das Messer befand sich noch nicht mal in der Nähe meines Daumens.« Kennington wischte sich die Knoblauchschalen in eine Hand und warf sie in den Abfalleimer. »Wann läßt du endlich einen Müllschlucker einbauen? Ich weiß nicht, wie oft ich dich das schon gefragt habe.«

»Du weißt, daß diese Dinger in New York verboten sind.«

»Na und? Man kriegt sie immer noch zu kaufen. Ich habe auch einen.«

»Oh, ich bin es ja so leid!« Joseph schlug sich mit der Hand klatschend vor die Stirn. »Diesen uralten Trick benutzt du schon seit Jahren immer wieder. Anstatt offen zuzugeben, daß du dich ärgerst, tust du so, als wäre alles in bester Ordnung, und dann steckst du die Hand in den Müllzerkleinerer oder drohst damit, sie mit einem Messer abzutrennen, oder ...«

»Aber ich hacke doch nur Knoblauch!«

»Warum gibst du nicht einfach zu, daß du sauer bist, weil ich dich geweckt habe? Dann hätten wir etwas, worüber wir reden könnten.«

»Das würde ich auch tun, wenn es so wäre, aber ich bin nicht sauer.«

Joseph schüttelte den Kopf. »Ich muß es dir ganz ehrlich gestehen. Ich weiß nicht, wie lange ich das noch ertragen kann.«

»Niemand zwingt dich, irgend etwas zu ertragen.« Kennington legte das Messer beiseite. »Mein Gott, müssen wir denn jedesmal, wenn ich in die Küche gehe und zu kochen anfange, ein solches Psychodrama veranstalten?«

»Es tut mir leid. Wahrscheinlich bin ich einfach nur müde.«

»Du und müde! Ich war es, der soeben mit dem Flugzeug aus Tokio gekommen ist.«

»Paß auf, wir tun so, als hätte diese Unterhaltung gar nicht stattgefunden, okay? Wir drehen einfach die Uhr zurück.«

Mit einem lauten Seufzer konzentrierte Kennington sich wieder auf das Hacken des Knoblauchs.

»Ich liebe dich«, sagte Joseph nach einem Moment.

Er erhielt keine Antwort.

»Willst du nichts darauf erwidern?«

»Nein.«

»Warum nicht?«

»Weil du es nur sagst, damit ich es wiederhole. Damit ich dich beruhige.«

»Nein. Das stimmt nicht. Ich sage es, weil … ach, vergiß es. Ruf mich, wenn das Essen fertig ist, okay?«

»Das tue ich.«

Joseph ging hinaus und ließ die Tür hinter sich zufallen.

18

Tushi Strauss war dreimal mit berühmten Dirigenten verheiratet gewesen und hatte von jedem einen Sohn. Die beiden älteren Jungen, mittlerweile zwanzig und siebzehn Jahre alt, lebten in England, wo einer in Cambridge und der andere in Eton studierte. Der dritte – er war dreizehn und hieß Nicky – lebte in New York bei seiner Mutter. Er war ein mürrisches Kind, das die meiste Zeit in seinem Zimmer hockte, Pearl-Jam-CDs hörte, sich seine Pickel ausdrückte (wovon seine Mutter ihn abzuhalten versuchte) und Pot rauchte (wovon seine Mutter keine Ahnung hatte). Er verstand sich überhaupt nicht mit ihrem jungen Mann, dem er nicht anders begegnen zu können schien als mit Mißtrauen und kaum verhohlener Abneigung, ganz gleich wie oft der junge Mann anbot, ihn in den Zoo mitzunehmen oder mit ihm Basketball zu spielen oder ihn ins Kino einzuladen. Der einzige Mensch in Tushis weitläufigem Bekanntenkreis, den er wirklich zu mögen schien, war ausgerechnet Kennington. Und Kennington, obgleich er nicht erklären konnte warum, mochte Nicky ebenfalls. Vielleicht lag es daran, daß die Rolle des Jungen als eine Art häßliches Entlein irgend etwas ihn ihm anrührte. Es machte auch nichts aus, daß Kennington mit dreizehn bereits Chopin-Etüden gespielt hatte. Die Identifikation fand auf einer Ebene statt, die mit gemeinsamen Erfahrungen nicht das geringste zu tun hatte. Es war eine seelische Angelegenheit und betraf eher die Art und Weise, wie sie beide der Welt gegenübertraten. So kam es, daß Kennington jeden zweiten Samstag, wenn er in der Stadt war, zu Tushis Wohnung in der East End Avenue fuhr, Nicky abholte und ihn zu irgendeiner Unternehmung mitnahm. Nicky konnte sich immer aussuchen, wozu er Lust hatte. Gewöhnlich wollte er chinesisch essen gehen, was ihm stets besonderen Spaß machte, und anschließend einen Film ansehen – am liebsten einen Actionthriller. Und Kennington gefielen die Filme meistens ebenso gut wie Nicky, vor allem wenn er gerade eine Tournee hinter sich hatte. Sie schienen nach den Strapazen der Auftritte seine Nerven zu beruhigen. Für anderthalb Stunden boten sie ihre Gesichter der Verwüstung – explodierenden Schurken, entgleisenden Eisenbahnzügen – dar, ähnlich einem Kind, das sein Gesicht aus dem offenen Fenster eines schnell dahinfahrenden Wagens hält und zuläßt, daß der Wind ihm die Haare nach hinten weht. Danach spendierte Kennington dem Jungen ein Eis und brachte ihn nach Hause. »Hat dir der Film gefallen?« fragte er immer, und Nicky antwortete auf seine mürrische Art stets: »Er war ganz okay« – als ob er ein Prinzip oder Ethos verletzen würde, wenn er auch nur den geringsten Grad von Vergnügen zugab. »Dankeschön«, sagte er dann, wenn sie nach Hause zurückkehrten, ehe er Kenningtons Hand schüttelte und sich wieder in sein muffig riechendes Zimmer zurückzog. Und Tushi bedankte sich ebenfalls und bereitete Tee. Sie unterhielten sich. Kennington genoß diese Gespräche mindestens ebenso wie die Filme. Ungeachtet der jeweiligen Jahreszeit lag Tushis Wohnung unter einer watteartigen Decke von Melancholie, die die Abwesenheit ihres jungen Mannes an diesem speziellen Nachmittag noch zu vertiefen schien.

Tushi sah zur Zeit sehr gut aus, stellte er fest. Da ihr Teint eher blaß und ihr Haar dunkel war, neigte sie in unglücklichen Momenten (ebenso wie er) zu käsigem Aussehen. Die noch junge Liebe hatte jedoch Farbe in ihre Wangen gezaubert, Farbe, die von ihrem schwarzen Trikotoberteil und Rock nur stärker betont wurde. Wenn sie litt, bildeten dasselbe schwarze Trikot mitsamt dem Rock einen scharfen Kontrast zu ihrer weißen Haut und ließen sie aussehen wie eine Statue aus kaltem Marmor.

Während sie ihr Haar über die Schulter nach hinten strich, schenkte sie Tee ein. »Es gibt etwas, das ich dir schon die ganze Zeit erzählen wollte«, sagte sie. »Du errätst niemals, wem ich kurz vor Weihnachten begegnet bin. Nämlich diesem elegant gekleideten Blattumwender aus San Francisco. Erinnerst du dich?«

Kennington, der gerade in einen Keks beißen wollte, hielt mitten in der Bewegung inne.

»Ja, ich erinnere mich«, sagte er nach einigen Sekunden.

»Zuerst hatte ich ihn gar nicht erkannt. Das heißt, sein Gesicht erkannte ich, ich wußte nur nicht, wo ich es hinstecken sollte. Dann, ein paar Wochen später, konnte ich einmal nicht einschlafen, und da fiel es mir plötzlich ein. Er müßte am Juilliard sein.«

»Wo hast du ihn gesehen?«

»Bei Joseph. Entsinnst du dich, daß er während deines Aufenthaltes in Japan in seiner Wohnung ein Konzert veranstaltete, bei dem ich mit diesem Jungen aus Vietnam spielte?«

»Er hat so etwas erwähnt. Nur, was hatte Paul dort zu suchen?«

»Heißt er so? Paul?«

»Ich glaube. Ich meine, sein Name war Paul.«

»Nun, er machte natürlich den Blattumwender.« Tushi lachte. »Ein seltsamer Junge. Sehr formell und steif, aber gleichzeitig … ich weiß nicht, wie ich es ausdrücken soll. Irgendwie tragisch, könnte man sagen.«

»Was hat Joseph gesagt?«

»Ich habe mit ihm nicht darüber gesprochen. Es ist mir erst gestern abend wieder eingefallen.«

Kennington nahm sich einen zweiten Keks, dann schlug er die Beine übereinander und streckte sie wieder.

»Apropos Joseph«, fuhr Tushi fort, »wie läuft es im Augenblick zwischen euch?«

»Warum sollte es jetzt anders laufen als sonst?«

»Nun, Richard« – sie spielte mit dem Anhänger an ihrer Halskette – »du weißt genauso gut wie ich, daß er, als du in Rom warst, ziemlich sauer reagiert hat, um es milde auszudrücken.«

»Hat er dir das gesagt?«

»Nur daß es eine Art Kommunikationsproblem gegeben hätte. Als du wieder zurück warst, nahm ich an, daß ihr euch ausgesprochen hattet, da er nichts mehr davon erwähnte.«

»Ja, bei uns ist alles in Ordnung. Er ist okay.« Kennington stellte seine Tasse ab. »Ich nehme an, tatsächlich kommen wir am besten miteinander aus, wenn ich so oft wie möglich unterwegs bin, daher sorge ich dafür ... daß ich möglichst oft nicht da bin.«

»Aber ich dachte, du bist nicht gerne auf Reisen.«

»Das bin ich auch nicht. Mehr als je zuvor träume ich davon, nur noch Schallplatten aufzunehmen.«

»Warum tust du es dann nicht? Du könntest es dir erlauben.«

»Weil, wenn ich es täte, Joseph und ich uns ständig gegenseitig auf der Pelle hocken würden. Außerdem hätte er dann nicht genug zu tun.«

»Natürlich hätte er. Er hat auch noch andere Klienten.«

»Aber wir sind zusammen groß geworden. Wir

haben uns unsere Positionen gemeinsam erkämpft. Wenn ich aufhörte … wäre es wie das Ende von etwas Bedeutendem, nicht wahr? Vor allem für Joseph.«

Tushi starrte schweigend auf die Teeblätter in ihrer Tasse.

»Stimmt etwas nicht?« fragte er.

»Richard, sei mir nicht böse, daß ich, wenn ich dir diese Frage stelle, meine Grenzen überschreite, aber was ist es genau bei dir: Haßt du es, auf Tournee zu gehen, oder bist du so ungern mit Joseph zusammen?«

»Tushi! Es ist schlimm, was du da sagst. Ich liebe Joseph.«

»Das weiß ich doch. Aber trotzdem kann ich nicht übersehen, daß du trotz deines ständigen Redens vom Aufhören stets eine Entschuldigung dafür zu finden scheinst, daß du es am Ende doch nicht tust. Als wären die Tourneen am Ende das kleinere Übel.«

»Aber ich hab' dir doch gesagt, es würde Joseph einfach zu weh tun. Außerdem ist er nicht mehr der Jüngste und hat in der Agentur nicht mehr die Position inne, die er früher einnahm. Ohne mich …«

»Er hat gerade diesen Jungen aus Vietnam unter seine Fittiche genommen, nicht wahr?«

»Warum unterziehst du mich einem solchen Verhör?«

»Weil das, was du sagst, nicht zusammenpaßt. Ich meine, ich glaube dir, wenn du sagst, daß du Angst hast, ihn zu verletzen. Aber, Richard, siehst du denn nicht, daß du ihn im Augenblick noch viel schlimmer verletzt, indem du ständig unterwegs bist und Affären hast …«

»Was schlägst du denn vor? Daß wir unsere – wie soll ich es ausdrücken – außerhäuslichen Aktivitäten aufgeben und wieder das monogame Durchschnittspaar spielen? Ich meine, wenn ich auf Tournee bin, sitzt Joseph nicht unbedingt zu Hause herum und kocht Marmelade ein, Tushi ...«

»Nein, das schlage ich nicht vor. Ich schlage vor, daß du vorwärts strebst, die Tapeten wechselst, etwas Neues suchst.«

»Aber ich könnte Joseph niemals verlassen.«

»Nein, ich glaube nicht, daß du das kannst. Und dennoch könnte das Verhältnis dank dir zwischen euch so unerträglich werden, daß er am Ende keine andere Wahl hätte, als dich zu verlassen. Und wenn das dein Plan ist, dann solltest du ihn schnellstens aufgeben. Er ist durch und durch kindisch.«

Kennington setzte seine Tasse mit einem Ausdruck des Unwillens ab. »Oh, ich bin es ja so leid, dauernd hören zu müssen, ich wäre kindisch: ›das kleine Wunderkind, das niemals groß werden wollte, der kleine Junge, der nie erwachsen werden wollte.‹«

»Aber in gewisser Weise bist du das nie geworden. Und du kannst Joseph deshalb keinen Vorwurf machen.«

»Warum nicht? Wenn ich mich immer noch als Kind betrachte und fühle, dann ist es sein Werk. Zum Beispiel nannte er mich immer ›Sohn‹ – wenn wir im Bett waren.« Kennington schaute finster drein. »Damals war ich nicht viel älter als Nicky. Überrascht dich das nicht?«

»Nein.«

»Fünfzehn Jahre alt, und Joseph beugt sich über mich und sagt: ›Jetzt werde ich dich bumsen, Sohn. Bist du bereit, von deinem Daddy gevögelt zu werden?‹«

»Richard ...«

»Ich brachte ihn dazu. Zuerst wollte er nicht. Aber

sobald er nachgab, kannst du dir kaum vorstellen, wie erregt er war – wie erregt wir beide waren ...«

»Bitte, sprich leise«, sagte Tushi und deutete auf Nickys Tür.

»Oh, das Kind! Verzeih mir, wenn ich die zarten Ohren des Jungen beleidigen sollte!«

Tushi schwieg. Ihr gegenüber fuhr Kennington sich mit übertriebener Inbrunst mit den Fingern durch die Haare.

»So, das wär's«, sagte er nach einigen Sekunden. »Die ganze traurige Geschichte.«

»Richard, es ist doch nicht so, daß ...«

»Und nun muß ich dich etwas fragen. Dieser Junge, dieser Blattumwender. Warum hast du mir von ihm erzählt? Hat Joseph dich vielleicht dazu gedrängt?«

»Nein, natürlich nicht. Warum sollte er?«

»Weil ...« Eine kurze Pause verstrich. »Naja, Joseph kann sehr eifersüchtig sein. Vielleicht hat er sich gefragt, ob in San Francisco ...«

»Wie ich dir schon sagte, haben Joseph und ich niemals über den Jungen gesprochen.«

»Ich nehme an, ich bin von Natur aus mißtrauisch.« Kennington stand auf. »Ich glaube, ich gehe lieber. Ich muß ...« Er brach mitten im Satz ab. »Weißt du, was mein eigentliches Problem ist, Tushi? Daß es so einfach ist, sich einzureden, daß man etwas tut, um jemand anderen zu retten, während man in Wirklichkeit nichts anderes tut, als sich selbst zu retten.«

»Richard ...«

Er hob die Hand, als wollte er sie aufhalten. »Es ist schon okay. Bitte, sag jetzt nichts. Ich hab' dir schon viel zuviel erzählt.«

»Was hast du mir denn erzählt, das ich nicht schon längst weiß?«

»Ich fürchte, ich muß wirklich weg. Ich habe versprochen, um sieben wieder zurück zu sein.«

Sie strich ihr Haar zurück. »Ich mache mir Sorgen um dich. Eigentlich sogar um euch beide.«

»Ach, das ist nicht nötig. Auch wenn ich noch ein Junge bin, bin ich doch immerhin ein großer Junge. Danke für den Tee.«

Sie küßten sich, und sie brachte ihn zur Tür, wo er sich umdrehte. »Ach, ich wollte dich schon immer etwas fragen«, sagte er. »Jemand hat mich das mal gefragt. Wenn jemand deine Hände abschneiden und zwischen andere Hände legen würde, würdest du sie erkennen?«

Sie lachte. »Das ist aber eine seltsame Frage!« Und sie betrachtete ihre Hände. »Du meinst ohne Ringe oder so?«

»Ja, nur deine Hände.«

»Ich weiß es nicht«, sagte Tushi. »Würdest du sie erkennen?«

»Ich bin sicher, daß ich es nicht täte. Aber jetzt muß ich wirklich gehen. Bestell Nicky einen schönen Gruß von mir.«

Er verließ die Wohnung. Sie schloß die Tür. Die Sonne würde bald untergehen, und die Vorhänge flatterten aus einem offenen Fenster in ihrer Küche nach draußen. Sie ging hin, um es zu schließen, und beugte sich dabei hinaus, um Kennington nachzuschauen. Er überquerte im Laufschritt die East End Avenue und winkte und rief einem Taxi. Das Taxi hielt an. Er stieg ein.

Er entfernte sich und tauchte in einen Wirbel aus Rot und Gelb ein.

Weil sie fror, drückte sie ihre Arme, bis sie ein Prickeln spürte, dann verriegelte sie das Fenster. Seltsam: Plötzlich schien die Wohnung von Schatten bevölkert zu sein, so daß sie sich fürchtete und durch die Flure eilte, um jede Lampe anzuknipsen. Dann legte sie Musik auf, *Karneval der Tiere* von Camille Saint-Saëns, das unschuldigste Stück, das ihr einfiel. Und trotzdem verspürte sie weiterhin Angst.

Schließlich tat sie etwas, das sie fast niemals tat. Sie klopfte an Nickys Tür.

»Wer ist da?«

»Mom. Kann ich reinkommen?«

»Einen Moment.« Ein Rascheln ertönte, ein Schloß wurde geöffnet. »Okay.«

In der Dunkelheit saß Nicky auf seinem Futonbett. Er hatte die Vorhänge zugezogen. Aus den Kopfhörern seines Walkman drang blecherne, rhythmische Musik.

»Hallo, Liebling«, sagte Tushi, ließ sich auf den Futon fallen und umarmte den Jungen und drückte ihn.

»Mom, hör auf!«

»Ich liebe dich, Nicky. Ich hoffe, das weißt du.«

»Mom, bitte.«

Sie hielt ihn fest. Nicht lange und er hörte auf zu protestieren und schloß die Augen. Sie drückte ihre Zähne in die seidige Haut seiner harten Schulter, bemühte sich um ihren besten transylvanischen Akzent und sagte: »Ich bin ein Vampir. Ich werde dir jetzt das Blut aussaugen.«

»Ach ja.«

»Hmm, frisches Blut. Köstlich.«

»Du bist *wirklich* ein Vampir«, sagte Nicky.

Er lachte.

»Ich wünschte, ich könnte dich trinken!« sagte sie und wünschte sich zum ersten Mal, daß auch ihre anderen Söhne da wären. Außerdem wünschte sie sich zum ersten Mal, daß ihr junger Mann an diesem Tag nicht nach Hause käme, damit sie den Abend allein mit Nicky verbringen könnte.

Seltsam, als sie ihn kennengelernt hatte, hatte sie Kennington genauso betrachtet wie den jungen Mann. Sie hatte sich vorgestellt, ihn zu verführen und zu heiraten. Bis sie erfuhr, zu welcher Fakultät er gehörte.

Wo er wohl im Augenblick war? Wahrscheinlich irgendwo in der Stadt und unterwegs zur Wohnung, wo Joseph auf ihn wartete, wie er in all den vielen Jahren jeden Tag gewartet hatte. Joseph verfügte über Geduld. Sie nicht. Deshalb würde es in ihrer eigenen Geschichte trotz all der kleinen Fehlschläge niemals zu einer Tragödie kommen.

Schließlich ließ sie Nicky los. Er massierte seine Arme und rollte sich von ihr weg.

»War Richard mit dir chinesisch essen?« fragte sie.

»Ja.«

»Und bist du chinesisches Essen derart leid, daß du es zum Abendessen nicht runterbekämst?«

Nicky zögerte. »Ich glaube, ich hätte damit keine Probleme«, erwiderte er, nachdem er kurz nachgedacht hatte.

»Dann komm«, sagte sie, »wir gehen aus.« Sie begab sich ins Badezimmer, wo sie die Augen vor dem grellen Licht der Halogenlampen abschirmen mußte. Aus dem Spiegel schaute sie eine alternde Frau an: eine Frau mit einem Geliebten, der jung genug war, um ihr Sohn sein zu können.

»Es ist okay«, sagte sie zu niemand bestimmtem. Aber war es das? Als sie aus irgendeinem unerfindlichen Grund an den Blattumwender dachte, schminkte sie sich mit ihrem Lieblingslippenstift und trug ihr prägnantestes Parfüm auf.

Mit ihren Händen. *Ihren* Händen.

Hervortretende Adern, kurz geschnittene Nägel, Altersflecken.

»Fertig?« rief sie und schloß die Badezimmertür hinter sich.

»Fertig«, antwortete Nicky mürrisch.

»Dann nichts wie los.« Und indem sie einen Arm um seine Schultern legte, zog sie ihn mit sich zum Fahrstuhl.

Als Kennington zehn Minuten später ankam, kniete Joseph im Wohnzimmer und wühlte zwischen alten Konzertprogrammen und Photos herum, die er aus einer Schreibtischschublade herausgeholt hatte.

»Was suchst du?« fragte Kennington, während er die Tür schloß.

»Nun, es ist was ganz Verrücktes. Eins der Photos im Bücherregal fehlt.«

»Welches?«

»Das von dir vor dem Trevi-Brunnen.«

»Bist du ganz sicher, daß du es nicht woanders hingestellt hast?«

»Ich habe überall nachgeschaut.«

Kennington schlüpfte aus seinem Mantel. »Dann möchte ich bloß wissen, was damit passiert ist«, sagte er. Er setzte sich und griff nach dem Game Boy.

»Ich kann mir nichts anderes denken, als daß Maria es beim Staubwischen zerbrochen hat. Das ist ihr schon früher passiert, daß sie irgend etwas zerbrochen und es dann versteckt hat, damit ich es nicht merke.«

»Und du meinst, sie hätte das Photo in der Schublade versteckt?«

»Dort hat sie zumindest den Porzellanhund deponiert, der ihr im vergangenen Jahr zerbrochen ist. Und irgendwo mußte ich mit der Suche ja anfangen ... ach, sieh mal hier.« Er faltete ein vergilbtes Papier auseinander. »Weißt du noch, was das ist? Das Programm von deinem Konzert in Dallas, als du gerade fünfzehn warst.«

»Wenn du annimmst, daß Maria den Rahmen zerbrochen hat, warum fragst du sie dann nicht einfach?«

»Oh, da ist noch eins. Aus Rom, während derselben Reise, auf der ich das Photo gemacht hatte.«

»Hör mal, gehen wir jetzt Abendessen oder nicht?«

»Wir gehen. Ich wollte nur vorher nachsehen, ob ich das Bild finde.«

»Aber ist das nicht genauso wie die Suche nach der Nadel im Heuhaufen? Und außerdem, woher willst du wissen, daß Maria es beschädigt hat? Vielleicht hat jemand es gestohlen?«

»Warum sollte jemand das Bild stehlen wollen? Es hatte noch nicht mal einen silbernen Rahmen. Und in dieser Wohnung gibt es jede Menge andere Dinge, die viel wertvoller sind.« Joseph erhob sich aus seiner knienden Haltung. »Aber du hast ja recht, es ist tatsächlich so, als würde man die Nadel im Heuhaufen suchen.« Er wischte sich die Hosen ab. »Also, können wir gehen?«

Kennington hörte ihn nicht. Er hielt die Hände hoch und starrte sie an, als versuchte er, sich etwas ganz Bestimmtes an ihnen einzuprägen.

»Richard?«

»Was ist?« Er ließ die Hände sinken. »Tut mir leid. Ja, ich bin soweit.«

Und sie gingen essen.

19

Der Flug dauerte den ganzen Tag, es war ein Flug, den sie sich eigentlich nicht leisten konnte, und er führte sie in eine Stadt, die sie bisher nur ein einziges Mal besucht hatte: während ihrer Hochzeitsreise (eine absolute Ironie), vor langer Zeit und in einem anderen Leben. Schneematsch lag auf den Straßen, wodurch der übliche Abendverkehr noch zähflüssiger wurde. Hinzu kam, daß der Taxifahrer, ein massiger, unfreundlicher Jamaikaner namens Desmond Fairclough, nicht gerade beruhigend wirkte. Würde er sie entführen, fragte sie sich, sie in irgendeiner Ruine in der South Bronx vergewaltigen und verstümmeln? Sie glaubte schon die zerbrochenen Fensterscheiben sehen zu können, hörte das Gegröle der Zuschauer. Oder Desmond Fairclough unternahm mit ihr eine völlig närrische Rundfahrt, um den schon jetzt enormen Fahrpreis noch mehr in die Höhe zu treiben. Das war durchaus möglich. Sie hatte keine Ahnung, wo sie war, außer in einem Inferno aus Nässe und grellem Licht. Nicht zum ersten Mal lag ihr Leben in den Händen eines Fremden.

Dann fuhren sie über eine Brücke, überquerten eine Avenue und danach eine zweite. »White Street«, verkündete Desmond Fairclough viel eher, als sie erwartet hatte, und öffnete die Tür. Sie stieg aus. Er half ihr, das Gepäck aus dem Kofferraum zu hieven, nahm ihr Geld und verschwand im Matschregen. Die Straße war leer und gespenstisch still. Laderampen ragten über die Bürgersteige hinaus. Ein Schild auf der anderen Straßenseite machte auf eine Wing Fat Fish Company aufmerksam. All das flößte ihr Angst ein. Trotz allem hatte sie angenommen, daß Kennington in einer gepflegten

Gegend wohnen würde, in einer wohlhabenden Nachbarschaft, in einem prächtigen Wolkenkratzer, aus dessen Vorhalle Scharen von Portiers herausstürzen würden, um ihr die Türen zu öffnen und sie hineinzugeleiten. Statt dessen fand sie sich zwischen Fischfabriken und eingehüllt in den Gestank von rohem Fleisch wieder. War es möglich, daß es in Manhattan die White Street zweimal gab? Vielleicht hatte der Fahrer aber auch ihr Fahrtziel falsch verstanden, und sie befand sich gar nicht in Manhattan. Plötzlich hatte sie das Gefühl, in tödlicher Gefahr zu sein.

Sie müßte sich trotzdem vergewissern. Daher ergriff sie ihren Koffer, humpelte hinüber zu dem Gebäude mit der Nummer 48 und klingelte.

Nach ein paar Sekunden meldete sich über die Hausprechanlage eine männliche Stimme.

»Richard?«

Lauter Hintergrundlärm erklang. »Ich kann Sie nicht verstehen.«

»Richard Kennington?«

Ein Summer ertönte. Die Tür öffnete sich. Pamela stieß sie vollends auf und ging zum Fahrstuhl, der offenbar dem Frachttransport diente. Er war für sie und ihren Samsonite-Koffer viel zu groß. Sie fuhr hinauf in den dritten Stock, wo sich hinter der Fahrstuhltür ein enger Vorraum erstreckte. Auf der anderen Seite stand eine Stahltür halboffen. Durch den Türspalt drang Musik heraus: klassische Musik. Vielleicht hatte sie doch den richtigen Ort gefunden.

Sie trat ein. Die Wohnung war groß, der Fußboden ein Meer aus hellbeigen Holzbohlen, die sich bis zum Fenster erstreckten, das, nahezu drei Meter hoch, zur Straße hinausging. Stellenweise durchhängende Bücherregale aus Kiefernholz standen an den Wänden.

In der Mitte des Raums drängte sich eine kleine Schar Leute um einen Konzertflügel, während auf einem Rauchtisch ein Teller mit den Resten einer Rohkostplatte mit verschiedenen Dips ein trauriges Dasein führte. Er veranstaltet demnach eine Party, dachte sie. Irgendwie war sie nicht auf die Idee gekommen, daß er eine Party feiern könnte. Und unterdessen achtete niemand auf sie. Allerdings entdeckte sie unter den Gästen im Dunst aus Tabaksqualm und lebhaftem Gespräch weder Paul noch Kennington selbst.

Irgendwann löste sich eine Frau mit langem schwarzem Haar aus der Gruppe um den Flügel und kam herüber, um Pamela, die immer noch in ihrem Regenmantel und mit dem Koffer zwischen den Beinen in der Wohnungstür stand, zu begrüßen. »Hallo«, sagte sie und streckte ihr eine lange, schlanke Hand entgegen. »Darf ich Ihnen das Gepäck abnehmen?«

»Ich suche Richard Kennington«, sagte Pamela. »Ist dies die richtige Adresse?«

»Natürlich. Richard müßte eigentlich jede Minute zurück sein. Sehen Sie, er kommt heute aus Chicago, aber wegen des schlechten Wetters wurde sein Flug verschoben.« Tushi betrachtete fragend den Koffer. »Kann *ich* Ihnen irgendwie behilflich sein?«

»Ich bin wegen meines Sohnes hier«, lautete Pamelas eisige Erwiderung.

»Ihres Sohnes. Aber wer ist Ihr Sohn?«

»Sie müßten ihn eigentlich kennen.«

»Es tut mir leid, ich ...«

»Von dem Konzert, zumindest. Dem in San Francisco. Aber es hat keinen Sinn, daß Sie die Ahnungslose spielen, weil ich weiß, daß er hier ist. Es nützt nichts, wenn Sie weiterhin so tun als ob.«

»Mrs. – »

»Porterfield.«

Pamela ließ den Blick durch den Raum schweifen.

»Mrs. Porterfield, es tut mir leid, Sie enttäuschen zu müssen, aber ich glaube nicht, daß Ihr Sohn hier ist. Was sagten Sie – wie hieß er noch?«

»Paul.«

Ein junger Mann, der eine Schürze trug, kam aus der Küche. »Kann ich dir bei irgendwas behilflich sein, Liebling?« fragte er und schlang einen Arm um Tushis Taille.

»Nein, alles ist in Ordnung. Hier liegt wohl eine kleine Verwechslung vor. Sieh mal, Mrs. Porterfield sucht ihren Sohn Paul, der ihrer Überzeugung nach auf der Party ist. Nur habe ich leider noch nie von ihm gehört.«

»Nun, das läßt sich sehr schnell feststellen.« Der junge Mann formte die Hände zu einem Trichter und rief: »Ich bitte um Ihre Aufmerksamkeit. Paul Porterfield. Ich rufe Paul Porterfield. Ist jemand namens Paul Porterfield im Haus?«

Plötzlich tauchte Joseph aus der Schar der Gäste auf, kam schnell herüber zu Pamela, die sich mittlerweile auf ihrem Koffer niedergelassen hatte und still vor sich hin weinte.

»Was sollte die Frage nach Paul Porterfield?« erkundigte er sich. »Wer will denn etwas von ihm?«

»Ich«, antwortete Pamela schüchtern. »Ich bin seine Mutter.«

»Aber warum ...«

Hinter ihnen schwang die Tür auf. Kennington, der seinen Koffer trug, spazierte herein.

Pamela erhob sich.

»Überraschung!« riefen die Gäste, ehe sie ein herzliches ›Happy Birthday to You‹ anstimmten.

Sehr steif und formell stellte Kennington den Koffer ab.

»Wo ist Paul?« fragte Pamela mit eisiger Stimme. »Sie können ihn nicht vor mir verstecken.«

»Aber ich will ihn doch gar nicht …«

»Sie können ihn nicht vor mir verstecken«, wiederholte sie.

»Ich habe gar nicht die Absicht, ihn vor Ihnen zu verstecken«, sagte Kennington. »Ich habe keine Ahnung, wo Paul sich aufhält. Seit Rom habe ich ihn nicht mehr gesehen.«

»Rom?« fragte Joseph.

»Ich denke, Sie drei sollten sich lieber hier drin weiter unterhalten«, sagte Tushi, eilte zielstrebig durch den Raum, um die Schlafzimmertür für sie aufzuhalten.

Es gab keinen Sitzplatz. Das Bett war mit Mänteln bedeckt. Daher standen sie, alle drei in einer Haltung deutlichen Unbehagens: Pamela zog und zerrte an ihren Fingern, Kennington und Joseph lehnten am Fenster und hatten die Arme vor der Brust verschränkt.

»Wo ist Paul?« fragte Pamela erneut. »Ich will meinen Sohn. Ich bin gekommen, um meinen Sohn zu holen.«

»Es tut mir leid, aber ich habe keine Ahnung.«

»Lügen Sie mich nicht an. Erst recht nicht nach Rom …«

»Was ist mit Rom?« ergriff Joseph das Wort. »Richard, woher um alles in der Welt kennst du diese Frau?«

»Wir haben uns kennengelernt, als ich im Juni dort war. Rein zufällig.«

»Und wer sind *Sie*?« unterbrach Pamela ihn. »Woher kennen Sie meinen Sohn?«

»Ich bin Mr. Kenningtons Agent. Ich kenne Paul nur, weil ich ihm kurz vor Weihnachten im Fahrstuhl meines Hauses begegnet bin. Ich …«

»Was hatte er in Ihrem Haus verloren?«

»Er ist mit jemandem befreundet, der ein paar Etagen unter mir wohnt. Und er kannte mich aus San Francisco. Dadurch kamen wir ins Gespräch. Später fragte ich ihn, ob er Lust hätte, bei einem kleinen Konzert, das ich veranstaltet habe, den Blattumwender zu machen. Du warst zu der Zeit gerade in Japan«, fügte er an Kennington gewandt hinzu.

»Warum hast du mir nichts davon erzählt?«

»Weshalb hätte ich das tun sollen? Zu welchem Zweck? Ich hatte keine Ahnung, daß du diese Leute in Rom getroffen hattest.«

»Ich verstehe nicht, weshalb Sie mir all diese Lügen auftischen. Es hat keinen Sinn«, sagte Pamela und ließ sich auf die Mäntel sinken.

»Mrs. Porterfield, Pamela, ich sage Ihnen die Wahrheit. Ich habe Paul ganz ehrlich seit Juni nicht mehr gesehen.«

»Und ich sage Ihnen auf den Kopf zu, daß Sie lügen. Ich habe Ihre Adresse in seinem Adreßbuch gefunden. Und ich habe das Photo gesehen.«

»Welches Photo?«

»Das, welches Sie ihm geschenkt haben. Sie haben es mit einer Widmung versehen.«

»Aber ich habe ihm niemals ein Bild gegeben! Das ist völlig verrückt!«

»Sie vergeuden Ihre Zeit. Ich habe es mit eigenen Augen gesehen.«

»Nun, vielleicht hat er sich irgendwo ein Bild gekauft. Manchmal gebe ich nach den Konzerten Autogramme …«

»Auf ein solches Photo? Das glaube ich nicht.«

»Was für ein Bild war es denn?« wollte Joseph wissen.

»Es wurde in Rom aufgenommen. Er steht darauf vor dem Trevi-Brunnen. Es muß Ihnen besonderen Spaß gemacht haben, mich an diesem Abend zu demütigen.«

Joseph drehte sich um und schaute zu Kennington, der neben Pamela auf dem Bett saß.

Schweigen breitete sich im Zimmer aus.

»Da draußen ist eine Party im Gange«, meinte Kennington schließlich. »Wir können nicht den ganzen Abend hier drinbleiben.«

»Ja«, sagte Pamela. »Es liegt einer Mutter fern, irgendeine feudale Party zu sprengen. Aber Sie brauchen sich keine Sorgen zu machen, denn ich bin nicht hergekommen, um Ihnen Ihren Spaß zu verderben. Ich bin wegen Paul hergekommen. Wenn Sie daher so nett wären und mir mitteilten, wo ich ihn finden kann …«

»Pamela …«

»Haben Sie es schon in seiner Wohnung versucht?« fragte Joseph.

Sie schüttelte den Kopf. »Er ist so gut wie nie dort. Er übt ständig. Behauptet er jedenfalls.«

»Wenigstens sollte man es mal versuchen.« Kennington reichte ihr das Telefon.

Widerstrebend nahm sie es an, wählte und wartete.

Wenig später veränderte sich ihr Gesichtsausdruck.

»Hallo, Teddy? Hier ist Mrs. Porterfield. Mir geht es gut, und wie geht es dir? Hör mal, mein Lieber, ist Paul da? Nein, keine Nachricht. In Ordnung, ich rufe später noch einmal zurück.«

Sie legte auf. »Hat sonst noch jemand irgendeine Idee?«

»Er könnte tatsächlich üben«, sagte Joseph. »Oder es gibt noch eine andere Möglichkeit.« Er schaute zu Pamela, die immer noch den Telefonhörer in der Hand hielt. »Darf ich mal?«

»Gerne.«

Sie reichte ihm den Hörer. Er wählte 411.

»Ja, haben Sie einen Eintrag für einen Alden Haynes, bitte? H-A-Y-N-E-S. In der Central Park West. Vielen Dank.«

Er drückte auf die kleinen Knöpfe auf der Innenseite des Hörers und wählte erneut.

»Hallo, Alden? Hier ist Joseph Mansourian. Prima, bestens. Ja, viel zu lange. Hör mal, ich störe dich nur ungern um diese Uhrzeit, ich weiß, es ist ziemlich unhöflich, aber ich suche deinen jungen Freund, diesen Paul Porterfield. Ich weiß nicht, ob er erwähnt hat, daß wir uns im Fahrstuhl begegnet sind ... ja. Ich muß ihn ziemlich dringend sprechen, verstehst du? Ich habe seine Mutter hier, und sie hat ihn in der ganzen Stadt gesucht ... er ist da? Gut, gut. Danke.«

Er reichte Pamela den Hörer, deren Gesicht sich im Laufe der Unterhaltung stark gerötet hatte.

»Hallo, Paul? Hallo, Liebling, ich bin ja so froh, endlich deine Stimme zu sehen. Deine Stimme zu hören, meine ich natürlich. Mein Gott, bin ich nervös.« Sie lächelte wieder. »Nun, weißt du was, mein Schatz? Ich bin in New York. Und zwar in Richard Kenningtons Wohnung.«

»Du bist *wo*?« hörte Kennington Paul brüllen.

»Ich gehe nur eben hinaus und sorge dafür, daß alle versorgt sind«, sagte Joseph, stieg vorsichtig über Kenningtons Beine hinweg und schloß die Tür hinter sich.

Gemeinsam setzten sie Pamela mitsamt ihrem Koffer in ein Taxi.

»Warum hast du mir nicht erzählt, daß du diese Leute kennengelernt hast?« fragte Joseph, während sich das Taxi entfernte.

»Warum sollte ich? Ist es meine Pflicht, dir jedesmal Meldung zu machen, wenn ich jemanden getroffen oder kennengelernt habe?«

Sie stiegen in den Fahrstuhl. »Nein, natürlich nicht. Aber wenn man diese Frau ernst nimmt, dann muß eure Beziehung doch aus etwas mehr bestanden haben als nur einer kurzen Unterhaltung auf der Straße. Du mußtest mindestens ...«

»Ich habe ihr geholfen, als ein paar Zigeuner ihr die Handtasche stehlen wollten. Das war alles.«

»Und der Sohn?«

»Wir haben uns ein wenig angefreundet. Er ist ein Fan.«

»Hast du mit ihm geschlafen?«

»Joseph!«

»Du mußt es mir sagen. Schließlich bin ich es, der bestohlen wurde. Und du mußt zugeben, daß du noch nie besonders gut darin warst, solche Situationen richtig einzuschätzen, Richard. Erinnerst du dich noch an San Francisco? Er wußte alles über dich. Wer kann schon mit Sicherheit ausschließen, daß er es nicht entsprechend arrangierte, an diesem Tag im Fahrstuhl zu sein, damit er sich irgendwie Zugang zu meiner Wohnung verschaffen konnte, um ...«

»Joseph! Du warst es, der ihm den Job als Blattumwender angeboten hat!«

»Hat er dich angegriffen? Dir irgendwelche Briefe geschrieben?«

Die Fahrstuhltüren öffneten sich. »Liebling!« rief

Tushi und kam aus ihrer Wohnung herausgestürzt. »Ist die Verrückte endlich weg?«

»Sie ist weg«, antwortete Joseph. »Wir haben ihr ein Taxi gerufen.«

»Ich muß euch gestehen«, fuhr sie fort und nahm die Männer rechts und links in den Arm, »als ich sie zuerst zu Gesicht bekam, dachte ich, sie wäre irgendein völlig durchgedrehter Fan.«

»Sie ist kein durchgedrehter Fan«, sagte Kennington. »Sie ist überhaupt kein Fan.«

»Sie ist nur eine unglückliche Frau, die ihren Sohn zurückhaben will«, fügte Joseph hinzu.

»Oh, ihr Sohn. Das wollte ich noch fragen. Wer ist ihr Sohn? Sie sagte irgend etwas über San Francisco.«

»Der Blattumwender«, sagte Joseph. »Der gut gekleidete Blattumwender.«

»Das ist ihr Sohn? Du liebe Güte. Nun, dann herzlichen Glückwunsch!«

»Herzlichen Glückwunsch!« stimmten die Gäste mit ein, während Tushis junger Mann, nun schon zum zweiten Mal, den Kuchen hereintrug, der die Form eines Konzertflügels hatte.

»Wünschen Sie sich etwas!« rief er, nachdem sie das Lied beendet hatten.

Kennington tat es. Und blies dabei die Kerzen aus.

»Dunkle und weiße Schokolade«, sagte Joseph. »So, wie du es am liebsten magst.«

»Ja, wie ich es am liebsten mag«, wiederholte Kennington und stach mit dem Kuchenmesser in die Klaviatur.

20

Alle anderen Gäste hatten die Party verlassen, und Tushi und ihr junger Mann tanzten. Sie tanzten – sie hatte eine von Kenningtons Billie-Holiday-CDs aufgelegt –, und daher hörten sie nicht den Lärm aus der Küche, wo Joseph Kennington beim Aufräumen half.

Obgleich nur sehr klein, war Kenningtons Küche sehr gediegen und modern. Sie hatte Arbeitsplatten aus Carraramarmor, Schränke aus Birkenholz, einen Tiefkühlschrank und Thermador-Herde. Sie hatte außerdem einen raffinierten kleinen Drehschrank in der Ecke, eine herausziehbare Gewürzbar und einen Müllschlucker, in den Kennington soeben Dipreste und welke Selleriestangen schüttete. Immer wieder schaltete er das Gerät ein, so daß es seine und Josephs Unterhaltung überlagerte, die für Tushi und ihren jungen Mann bereits durch die Stimme Billie Holidays und die kratzigen Klänge einer Bluesband hinreichend überdeckt wurde.

»Ich rate dir«, sagte Joseph, »lieber zur Polizei zu gehen. Nur um dich zu schützen.«

»Und ich versichere dir, daß es nicht nötig ist.«

»Machst du Witze? Weißt du nicht mehr, was mit dieser jungen Frau, dieser Schauspielerin, in Kalifornien passiert ist? Oder mit Versace, verdammt noch mal?«

»Joseph, ich bitte dich. Du übertreibst total. Es gibt nicht den geringsten Grund anzunehmen …«

»Du hast gut reden, schließlich war es meine Wohnung, in der er herumgeschnüffelt hat. Und Gott weiß, was er noch alles betatscht hat.«

»Trau mir doch wenigstens ein kleines bißchen Menschenkenntnis zu. Paul ist nicht so.«

»Warum hat er dann das Photo gestohlen?«

»Keine Ahnung. Er bewundert mich. Außerdem, ein Photo gestohlen zu haben heißt noch lange nicht, daß er einen Revolver in der Tasche hat, Joseph.«

»Das behaupte ich ja auch gar nicht von ihm. Ich sage nur, daß man heutzutage nie vorsichtig genug sein kann.«

Kennington hielt eine Schüssel unter den Wasserstrahl, bürstete sie ab und stellte sie in die Spülmaschine.

»Ich hoffe, du begreifst, daß ich mir nur deshalb den Kopf zerbreche, weil ich dich schützen will«, fuhr Joseph fort. »Weil ich mir um dich Sorgen mache.«

»Tatsächlich?«

»Würde ich mich sonst so sehr aufregen?«

»Keine Ahnung. Vielleicht bist du eifersüchtig.«

»Hätte ich denn Grund, eifersüchtig zu sein?«

»Nein.«

»Gut.«

»Dennoch hat dich das auch schon früher nicht aufhalten können.«

»Moment mal. Hier geht es nicht um Eifersucht. Es geht einzig und allein darum, daß du mit den Leuten einen engeren Kontakt gepflegt hast, als du zugeben wolltest. Sonst hätte diese verrückte Frau niemals ...«

»Pamela ist nicht verrückt. Sie steckt mitten in einer Scheidung. Und außerdem ist sie nicht Paul.«

»Sie könnten zusammenarbeiten. Unter einer Decke stecken ...«

»Würdest du vielleicht ein wenig leiser sprechen? Nichts von alledem ist deren Schuld. Wenn überhaupt jemand die Schuld daran trägt, dann bin ich es.«

»Was war denn nun mit dem Bild?«

»Ich weiß es nicht. Lieber Himmel, es ist nur ein Photo, Joseph. Es hat Tage gedauert, ehe du überhaupt bemerkt hast, daß es nicht mehr da ist, und jetzt tust du so, als hätte er einen schweren Raub begangen.« Kennington atmete seufzend aus. »Ich sage es jetzt zum letzten Mal. Paul Porterfield ist ein absolut anständiger, ein wenig naiver Junge, der ...«

Joseph lachte. »Manchmal kannst du dich richtig dämlich anstellen.«

»Red nicht so mit mir!«

»Der Junge hat dich tatsächlich an der Nase herumgeführt. Er hat es geschafft, daß du ihn für die Unschuld vom Lande gehalten hast. Ist dir noch nie der Verdacht gekommen, daß er damit vielleicht eine ganz bestimmte Taktik verfolgt hat? So einer wie er würde alles tun, um vorwärtszukommen. Er würde mit jedem ins Bett gehen.« Joseph verzog das Gesicht. »Es führt kein Weg daran vorbei. Ich muß es dir erzählen.«

»Was erzählen?«

»Er hat es auch mit mir gemacht.«

»Was gemacht?«

»Er hat sich an mich rangeschmissen. Mein Gott, mir wird schlecht, wenn ich nur daran denke.« Joseph zögerte, wie Lügner es meistens zu tun pflegen. »Natürlich wußte ich Bescheid und habe mich nicht völlig hinters Licht führen lassen ...«

Kennington trat zurück. Er lachte.

»Ich habe es nur verschwiegen, um dich zu schützen. Aber jetzt müssen wir den Tatsachen ins Auge schauen. Nachdem er an diesem Abend für Thang den Blattumwender gemacht hat, ist er noch dageblieben.«

»Joseph ...«

»Es war schwierig, ihn loszuwerden. Und ich bin sicher, daß wir nicht die einzigen sind. Ein Typ wie der hat nicht nur ein Eisen im Feuer. Später sah ich ihn bei einem Konzert. Ich machte ihn mit Harry Moore bekannt. Soweit ich weiß, dürfte Harry …«

»Ich will nichts darüber hören.«

»Aber du mußt. Du bist kein Kind mehr. Heute bist du vierzig geworden. Du mußt dich damit abfinden, daß es Menschen gibt, die dich nur benutzen wollen.«

»Mußt du so laut reden?« Kennington ging zur Spüle und schaltete den Müllschlucker ein.

»Oh, fängst du schon wieder damit an?« rief Joseph über den Lärm. »Das gute alte Müllschlucker-Spiel?«

»Nein.«

»Dafür bist du jetzt zu alt. Zu alt, um …«

»Bitte, halt den Mund. Kannst du nicht still sein?«

Joseph schwieg. Er durchquerte den Raum und schaltete den Müllschlucker ab, so daß wieder die Stimme Billie Holidays in der Küche zu hören war:

Oh my man I love him so,
he'll never know
how my life ist just despair
but I don't care …

Im Wohnzimmer lehnte Tushi den Kopf an die Schulter des jungen Mannes. »Ich hoffe, sie vertragen sich wieder«, sagte sie.

»Ich denke, deswegen braucht man sich keine Sorgen zu machen«, erwiderte er und knabberte an ihrem Ohr.

Erneut wurde der Müllschlucker eingeschaltet.

Man braucht sich keine Sorgen zu machen, wiederholte Tushi in Gedanken.

Und sie tanzten weiter.

21

Zwanzig Minuten später stand Pamela wieder alleine auf einem Gehsteig, und zwar in einer Gegend, die – falls das überhaupt möglich war – noch unheimlicher anmutete als Kenningtons Nachbarschaft. Schmuddelige Gebäude ragten ringsum auf, das Mauerwerk war im Schein der Straßenbeleuchtung grellbunt beschmiert. Eine Obdachlose, eingewickelt in Zeitungspapier und zerschlissene Decken, lag schlafend auf Pauls Eingangstreppe, während an der nächsten Straßenecke mehrere Jungen mit übermäßig weiten Jeans, die um ihre Hintern und Beine schlotterten, zu ihr herüberstarrten, wobei sie zwischen den schmutzigen Schneehaufen nervös von einem Fuß auf den anderen hüpften. Einer von ihnen trug einen großen Radiorecorder auf der Schulter, aus dem Tanzmusik wie ein schwacher, quälender Herzschlag herauspulsierte.

Sie starrten sie an – weniger drohend als abschätzend, was vielleicht noch schlimmer war.

Sie ergriff ihren Koffer, stieg vorsichtig über den schlafenden Haufen aus Decken und drückte auf Pauls Klingelknopf. Sofort öffnete sich die Haustür mit einem Klicken, was sie dankbar zur Kenntnis nahm. Genauso schnell schlüpfte sie hindurch und schloß sie hinter sich. Dabei klirrte die Glasscheibe so laut, daß sie befürchtete, sie könnte jeden Moment zerschellen. Aber sie blieb heil. Endlich in Sicherheit, atmete Pamela erst einmal tief durch. Der Flur war schmal und wurde von einer Lampe erhellt, in deren milchiger Schale mehrere Insektenleichen lagen. Die Wände rochen nach Rauch und ungewaschenem Haar.

Über ihr erklangen Schritte. Sie konnte das laute

Trippeln von Jungenfüßen hören, die immer drei Stufen auf einmal nahmen. Dann tauchten vor ihr zwei lachende Gesichter auf. Eins gehörte Teddy Moss. Das andere erinnerte sie unerklärlicherweise an ein Eichhörnchen.

»Teddy!« rief sie erleichtert und küßte ihn. »Ach, es ist ja so schön, dich zu sehen, mein Lieber!«

»Ich freue mich auch, Sie heil und gesund zu sehen, Mrs. Porterfield. Das ist mein Freund, Bobby Newman.«

»Sehr angenehm, Bobby.«

»Danke dito.«

»Nun, können wir? Leider gibt es hier keinen Fahrstuhl.«

»Das macht nichts, ich bin noch ziemlich kräftig.«

»Geben Sie mir Ihren Koffer«, sagte Bobby, als sie mit dem Aufstieg begannen. »Sie benutzen aber ein sehr schönes Parfüm. Moment, lassen Sie mich raten. *L'Air du Temps*, richtig?«

»Tatsächlich, das ist es. Sie haben aber eine gute Nase.«

»Mit Düften kenne ich mich aus«, sagte Bobby. »Vor allem mit den klassischen. Die klassischen sind mir immer noch die liebsten. Haben Sie zum Beispiel mal den neuen Chanel-Duft ausprobiert? *Allure?* Ich finde, er ist viel zu ...«

»Bobby«, unterbrach Teddy ihn, »ich glaube nicht, daß Mrs. Porterfield jetzt über Parfüms reden möchte.«

»Es macht mir wirklich nichts aus.«

Sie hatten den dritten Absatz erreicht, wo Bobby den Koffer abstellte.

»Mein Gott, ist das anstrengend«, sagte Pamela. »Wie viele Stockwerke haben wir denn noch vor uns?«

»Nur drei. Paul ist noch nicht da, aber wir erwarten ihn jeden Moment.«

»Teddy, ich hoffe, ich bereite dir keine Unannehmlichkeiten, indem ich so mir nichts dir nichts herkomme.«

»Kein Problem.«

»Da bin ich aber froh. Ich hoffe nur, daß Paul nicht ... naja, weißt du, es bringt einen jungen Mann wahrscheinlich ein wenig durcheinander, wenn unvorbereitet seine Mutter plötzlich vor der Tür steht.«

»Da wären wir«, sagte Teddy und schloß die Tür auf. »Ich fürchte, es ist nicht besonders feudal. Aber es ist ein Zuhause.«

»Oh, es ist ... reizend«, sagte Pamela. Soweit sie erkennen konnte, bestand die Wohnung aus einem langen Flur, von dem mehrere Zimmer abgingen. Das erste, dessen Tür geschlossen war, war Teddys Schlafzimmer, erklärte er. Das zweite war die Küche. Das dritte war das Wohnzimmer, an das Pauls Zimmer angrenzte. Das vierte Zimmer war das Bad.

»Apropos Bad, darf ich mal ...«

»Natürlich.« Bobby öffnete die Tür für sie.

»Danke.« Sie trat ein. Es war das winzigste Badezimmer, das sie je gesehen hatte, mit einem Waschbecken, so groß wie ein Blatt Papier. Klebebandstreifen umrahmten einen vergilbten Fleck an der Wand, als wäre dort soeben ein Poster abgenommen worden. Was mochte es wohl dargestellt haben?

Nachdem sie ihrem Bedürfnis nachgekommen war und ihr Make-up aufgefrischt hatte, kehrte Pamela zu Teddy und Bobby ins Wohnzimmer zurück. Es war ein quadratischer Raum von etwa dreieinhalb Meter Seitenlänge, möbliert mit einem Sofa, das mit indischen Flechtmatten bedeckt war, einem großen Fernseher und mehreren Bücherregalen aus Sperrholz. Drei Fenster befanden sich in der gegenüberliegenden Wand, alle verriegelt und vergittert. Sie gingen auf eine Feuertreppe hinaus. Genau gegenüber, in einem anderen Wohnzimmer, saß eine dicke junge Frau vor einem Fernseher und sah sich *Alle lieben Lucy* an und rauchte dabei.

»Nun, das ist aber völlig anders als Menlo Park«, stellte Pamela fest und setzte sich.

»Mrs. Porterfield«, sagte Teddy, »ich hoffe, Sie nehmen mir die Frage nicht übel, aber wenn Sie zufälligerweise mit meiner Mutter reden sollten, würden Sie sich dann bemühen, sie nicht zu sehr zu beunruhigen? Wegen der Wohnung, meine ich. Sie war noch nie in New York, daher hat sie keine Ahnung, wie wenig man für tausend Dollar im Monat verlangen kann.«

»Du bezahlst tausend Dollar im Monat für das hier?« Pamela hatte es nicht gewußt, da Pauls Hälfte der Miete von Kelso bezahlt wurde.

»Das ist noch günstig für zwei Zimmer«, meldete Bobby sich zu Wort. »Möchten Sie Kräutertee, Mrs. Porterfield? Fruchtsaft? Wasser?«

»Nein, danke.« Sie schlug die Beine übereinander. »Ich hoffe, Paul geht es gut.«

»Ich denke schon. Und« – Teddy spitzte die Ohren – »ich glaube, da ist er schon.«

Tatsächlich wurde die Tür aufgeschlossen. Pamela erhob sich.

Ein paar Sekunden später kam Paul herein. Er sah verwirrt und blaß aus.

»Hi, Paul.«

»Hi, Teddy.«

Bobby hüstelte vielsagend.

»O Paul, das ist Bobby. Ich glaube, ihr kennt euch noch nicht.«

»Es ist mir ein Vergnügen«, sagte Bobby und ergriff Pauls Hand.

»Mir auch«, entgegnete Paul.

Er schaute seine Mutter nicht an.

»Paul?« sagte sie schließlich.

»Teddy, würde es dir und Bobby etwas ausmachen, meine Mutter und mich für eine Weile alleine zu lassen?«

»Natürlich nicht. Wir sind schon so gut wie draußen.«

»Wir wollen heute nach Coney Island«, fügte Bobby hinzu.

»Viel Spaß, Freunde. Seid vorsichtig.«

Sie ergriffen ihre Mäntel und brachen auf.

»Ihr macht wirklich die Nacht zum Tage«, stellte Pamela fest und setzte sich wieder.

»Was tust du hier?«

»Das ist wohl kaum die Art, wie man mit ...«

»Ich habe dich etwas gefragt. Was tust du hier?«

»Ich wollte eigentlich nur meinen Sohn besuchen. Ist daran irgend etwas falsch?«

»Also bist du in ein Flugzeug gestiegen, nach New York geflogen und zu Kenningtons Wohnung gegangen? Um mich zu sehen?«

»Du bist ja nie zu Hause.«

»Mein Gott, Mutter, was hast du dir dabei gedacht, einfach dort aufzukreuzen? Wie bist du überhaupt an seine Adresse gekommen?«

»Frag mich nicht, woher ich seine Adresse habe.« Sie holte ein Papiertaschentuch aus ihrer Handtasche. »Wir müssen miteinander reden, Paul.«

»Na schön, worüber? Und ich hoffe, du erwartest nicht, daß ich die ganze Nacht hierbleibe. Zufälligerweise nahm ich gerade an einer sehr schönen Dinnerparty teil, als du anriefst, und ich habe die feste Absicht, in spätestens einer halben Stunde wieder dorthin zurückzukehren. Daher solltest du lieber anfangen, denn nach meinen Berechnungen hast du nur noch« – er schaute auf die Uhr – »zweiundzwanzig Minuten.«

»O Paul, um Himmels willen.«

Er schaute erneut auf die Uhr.

»Willst du dich nicht wenigstens hinsetzen? Und deinen Mantel ausziehen?«

»Du hast soeben eine weitere Minute vergeudet.«

»Paul, ich kann nicht glauben, wie du mich behandelst.« Sie straffte den Rücken. »Na schön, wie du willst. Ich bin hergekommen, weil ich weiß, was zwischen dir und diesem Mann vorgeht, und ich werde dem ein Ende machen.«

»Welchem Mann?«

»Spiel mir nichts vor. Du weißt genau, von wem ich rede.«

»Nein, das weiß ich nicht.«

Sie strich ihr Haar zurück. »Na schön, wenn es unbedingt sein muß, dann sage ich es dir. Richard Kennington. Ich weiß, was zwischen dir und Richard Kennington vorgeht.«

»Aber zwischen mir und Richard Kennington geht nichts vor.«

»Ich mag zwar nicht gerade welterfahren sein, mein Lieber, aber ich bin nicht dumm. Und man lebt nicht sein halbes Leben einen Steinwurf von San Francisco entfernt, ohne mit ... Homosexuellen konfrontiert zu werden.«

»Ach du lieber Himmel ...«

»Wahrscheinlich hätte ich es schon viel früher merken müssen, weißt du, ich hätte die Zeichen erkennen sollen, daß er nicht verheiratet war und daß er so gut über Mode und Friseure Bescheid wußte. Ich nehme an, nun, ich glaube, ich wollte es nicht erkennen. Ich war so unglücklich, nachdem dein Vater mich verlassen hatte, daß ich lieber glaubte ... Und er hat sich das zunutze gemacht. Er hat uns beide ausgenutzt.«

»Mein Gott.« Paul setzte sich hin und vergrub das Gesicht in den Händen.

»Ich habe zwei und zwei nicht zusammengezählt bis Weihnachten, als du ...«

»Du hast schon wieder alles mißverstanden. Es ist schon wieder deine gottverdammte Französisch-Prüfung.«

»Wie? Was habe ich mißverstanden?«

Er schaute hoch. »Ich habe Richard seit Rom nicht mehr gesehen. Ich habe mit Richard seit Rom noch nicht einziges Mal geredet. Hat er dir das nicht erzählt?«

»Natürlich hat er das. Um sich selbst zu schützen, nehme ich an.«

»Wovor sollte er sich schützen? Was sollte ihm denn passieren?«

»Aber wenn du ihn seit Rom nicht mehr gesehen hast, woher kam dann das Photo?«

»Welches Photo?«

»Das Photo, das du Weihnachten bei dir hattest. Das Photo mit der Widmung für dich.«

»Was erzählst du da? Hast du etwa meinen Koffer durchgewühlt?«

»Ich habe mir doch so furchtbare Sorgen gemacht, mein Liebster, weil du mit dem Klavierspielen aufhören wolltest. Und als ich dann das Bild fand, ergab alles plötzlich einen Sinn. Deshalb war ich in seiner Wohnung. Um dich von ihm wegzuholen.«

»Herrgott im Himmel, diesmal hast du aber wirklich ein absolutes Chaos angerichtet.«

»Rede nicht in diesem Ton mit mir, junger Mann. Ich bin deine Mutter ...«

»O sei still …«

»Ganz gleich, wie erwachsen du dich fühlst, Tatsache ist, daß du erst achtzehn Jahre alt bist. Es gibt Dinge, die du nicht verstehst.«

»Sieh mal, warum verschwindest du nicht einfach? Du bist doch die wandelnde Katastrophe, weißt du das? Das Beste, was du tun kannst, ist, nach Hause zurückzukehren, dein Leben zu leben und mich in Ruhe zu lassen.«

»Sag das nicht!«

»Und weine nicht!«

»Ich kann nichts dafür. Ich bin hergekommen, um dir zu helfen, und du behandelst mich wie …«

»Ich brauche deine Hilfe nicht. Du brauchst Hilfe.«

»Es ist furchtbar, ich könnte mich ebensogut … selbst umbringen. Ich brauche nur aus diesem Fester zu stürzen. Dann seid ihr mich los, du und dein Vater und Richard …«

»Sei nicht so melodramatisch.«

»Ich mache den anderen nur Ärger. Und mir selbst auch.«

Paul stand auf, zog den Mantel aus und ging zum Fenster. Durch die Gitterstäbe konnte er sehen, daß Lucy im Fernseher seiner Nachbarn gerade gegen eine Portion Pizzateig kämpfte.

Schließlich wandte er sich um. Seine Mutter hockte wie ein verschreckter Vogel auf der äußersten Sofakante.

»Na schön, paß auf. Ich erkläre es dir nur ein einziges Mal. Nicht weil ich es dir schuldig bin – das bin ich gewiß nicht –, sondern weil ich nicht möchte, daß du mit dem falschen Eindruck nach Hause zurückkehrst.«

»Danke, Paul, ich höre.«

»Zuerst einmal ist dieses Bild gar nicht von mir. Es gehört Joseph – Mr. Mansourian.«

»Aber wie ist es dann …«

»Ich habe es gestohlen, okay?«

Für einen Moment herrschte Schweigen. »Warum hast du es gestohlen?«

»Weil ich es haben wollte. Weil es mir gefiel. Weil ich wütend war, daß Richard uns in Rom einfach sitzengelassen hat. Es war eine dumme Idee, und ich hätte sie nicht in die Tat umsetzen sollen, aber es ist nun mal passiert. Außerdem hätte Joseph es niemals bemerkt, denn er hat von ihm schon so viele Bilder.«

»Hat er die?«

»Und der einzige Grund, weshalb ich Richards Adresse und Telefonnummer habe, ist der, daß ich beides aus Josephs Rolodex herausgeschrieben habe. Ich war noch nie in Richards Wohnung und habe nicht mit ihm gesprochen. Nicht seit Rom.«

Pamela saß da und rührte sich nicht. Dann streifte sie den Ring vom linken Zeigefinger ab, drehte ihn mehrmals und steckte ihn auf ihren rechten Zeigefinger.

»Und doch ist in Rom etwas zwischen euch passiert, nicht wahr?« fragte sie nach einigen Sekunden.

Paul schwieg.

Plötzlich stand sie auf und versuchte ihn zu umarmen. »Oh, ich wußte es! Ich wußte es! Er hat sich nicht nur deine Bewunderung, deine Verehrung zunutze gemacht …«

»Er hat sich gar nichts von mir zunutze gemacht. Laß das! Ich war mir völlig darüber im klaren, was ich tat.«

»Warum ist er dann wie ein Feigling geflüchtet?«

»Das weiß ich nicht. Wahrscheinlich hatte es nichts mit uns zu tun. Er ist ein Künstler, und Künstler kann man nicht unbedingt mit normalen Maßstäben messen ...«

»Hat er dir das gesagt?«

»Nein, das hat er nicht.«

»Die Tatsache, daß einer Künstler ist, rechtfertigt noch lange nicht, daß er lügt.«

»Was wolltest du denn, das er sagt? ›Mrs. Porterfield, ich habe eine Affäre mit Ihrem Sohn und hoffe, daß Sie nichts dagegen einzuwenden haben‹?«

»Nein, nicht mich. Dich hat er angelogen.«

»Er hat mich niemals angelogen.«

»Was hat er dir dann über diesen Mann erzählt? Diesen Mansourian, oder wie immer der Kerl heißt.«

»Mutter, Joseph ist Richards Agent.«

»Auch das?«

»Auch das!«

Er schaute sie mit gerunzelter Stirn an.

Nach ein paar Sekunden setzte er sich. Sie setzte sich neben ihn. Er studierte mit größtem Interesse die indianischen Muster auf der Tagesdecke, die auf dem Sofa lag.

Dann: »Du wußtest es nicht, oder?« sagte Pamela.

Er schüttelte den Kopf.

»Liebling, es tut mir leid. Wenn ich doch begriffen hätte ...«

»Aber es ergibt alles einen Sinn, nicht wahr? Ein Idiot hätte es auf Anhieb erkannt.«

»Nicht unbedingt. Du bist noch jung. Vielleicht mußt du erst in meinem Alter sein, um eine Lüge als solche zu erkennen.«

»Aber ich hätte es erkennen müssen. Es war so offensichtlich.«

»Liebling, ich komme mir ja so komisch vor, daß ich

dich umarmen möchte ... nur nehme ich an ... ach, scheiß was drauf.« Und sie umarmte ihn.

Er wehrte sich nicht.

Nach ein paar Minuten löste er sich von ihr. »Es ist spät«, sagte er. »Du kannst in meinem Zimmer schlafen.«

»Oh, das ist nett von dir, Liebling, aber ich suche mir lieber ein Hotel.«

»Um diese Uhrzeit?«

»Naja ... wenn ich es recht überlege, vielleicht hast du recht. Nur möchte ich dich nicht aus deinem Bett vertreiben. Ich schlafe hier, auf der Couch.«

»Sei nicht albern, Mutter. Komm schon.« Und er brachte sie in sein Zimmer, wo die Jalousien heruntergelassen und die Schreibutensilien ordentlich auf dem Tisch arrangiert waren.

»Mein Paul«, sagte sie und küßte ihn auf die Stirn. »Stets die Ordnung in Person.« Automatisch strich sie ihm das Haar zurück. »Nun, ich denke, ich gehe mich jetzt waschen, wenn du nichts dagegen hast. Oh, was ist eigentlich mit deiner Dinnerparty?«

»Die ist nicht so wichtig«, sagte Paul. »Mach du dich fertig fürs Bett. Ich muß telefonieren.« Und er ging in die Küche, um Alden anzurufen.

Als er das erledigt hatte, war seine Mutter gewaschen und umgezogen. Sie trug jetzt ihr Nachthemd und lag im Dunkeln auf seinem Bett.

»Die Decke ist voller Sterne«, sagte sie.

»Ich weiß.«

»Leg dich neben mich«, sagte sie, und er tat ihr den Gefallen. »Ich wußte mal fast alles über Astronomie. Ehe ich deinen Vater kennenlernte, hatte ich einen Freund, Pete Carruthers, der ein richtiger Sterngucker war, und er hat mir alles beigebracht.«

»Was hat er dir denn beigebracht?«

»Nun, zum Beispiel, dieses Sternbild dort, das ist Ursa Major. Der Große Bär. Und das Bild da drüben, das ist der Kleine Bär. Ursa Minor. Und dieser sehr helle Stern, weißt du, welcher das ist?«

»Der Polarstern?«

»Das ist überhaupt kein Stern. Das ist der Mars.«

»Was ist denn der helle Punkt dahinter? Ist das der Polarstern?«

»Ganymed«, sagte Pamela. »Einer der hellsten Monde, die den Jupiter umkreisen.«

»Ich weiß alles über Ganymed«, sagte Paul. »Jupiter hat ihn entführt und ihn zu seinem Mundschenk gemacht.«

»Hat er das?«

»Hm-mm.«

Sie schwiegen. Nicht sehr weit entfernt tickte eine Uhr. Und das aufgestaute Licht lief aus den Sternen aus.

Später in dieser Nacht, auf einem Riesenrad in Coney Island, schaute Bobby Newman Teddy Moss an und sagte: »Ich liebe dich.«

Zuerst gab Teddy keine Antwort. Höher und höher trug das Riesenrad sie empor, bis sie sich dem höchsten Punkt näherten, und dort griff er nach einem Splitter vom alabasterfarbenen Mond. Still öffnete er seine Hand, reckte die Finger in einen Himmel, der ein Gewoge aus Violett und Mauve und kräftigen Blaubraun-Tönen war – als ob ein Moment so heftig gelebt werden könnte, daß es wehtat.

ENDE

Band 14 168
Sheila
Gefangen in Tibet
Deutsche Erstveröffentlichung

Ein dramatisches Frauenabenteuer vor dem Hintergrund der Auseinandersetzungen zwischen Tibet, China und dem Königreich Bhutan.

Als sie die Augen öffnet, findet Angie Bronson sich im Finstern wieder. Ihr Kopf schmerzt und an ihren Füßen klirren Ketten. Sie ist eine Gefangene. Ihre letzten Erinnerungen sind die überwältigende Schönheit des Himalaja, die Mahnungen ihres tibetanischen Führers Dawa und die schattenhaften Gestalten, die sich plötzlich auf sie stürzten.
Die Chinesen, die sie rund um die Uhr bewachen, halten die junge Amerikanerin für eine Spionin. In Wahrheit ist sie Kunsthändlerin, Tochter eines reichen Medienzars, und auf der Suche nach einer besonderen Buddha-Figur. Angie Bronson weiß, daß ihr Vater nichts unversucht lassen wird, dem Geheimnis ihres plötzlichen Verschwindens auf die Spur zu kommen. Aber sie weiß auch, daß er sie in diesem Winkel der Welt unmöglich finden kann. Sie selbst muß einen Weg zurück in die Freiheit finden.

BASTEI LÜBBE

Band 14 166
Catherine Borgella
Die Räuberin
Deutsche Erstveröffentlichung

Sie stammte aus einfachen Verhältnissen, konnte sich aber nie damit abfinden, immer nur den Reichen zu dienen: Marion du Faouet (1717–1755), die Räuberin aus der Bretagne.

Catherine Borgella hat dieses abenteuergesättigte Leben zu einem großen historischen Roman verwoben: von ihren ersten zaghaften Ausbruchversuchen, über den Aufbau einer Räuberbande, die der Obrigkeit Streich auf Streich spielte, bis zu ihren leidenschaftlichen, aber auch schmerzvollen Liebeserlebnissen.
Den Männern, die sie liebte, brachte Marion kein Glück. Einer aber war auf besonders verdrehte Weise von ihrer Schönheit und ihrem Lebensmut besessen: Der Gendarm Guillain Pcourt machte es zu seiner Lebensaufgabe, die Rebellin, die er insgeheim bewunderte, an den Strang zu bringen. Zwei Jahrzehnte lang verfolgte er Marion du Faouet durch alle Winkel der Bretagne ...

Band 14 175
Victor Villaseñor
Macho!

Wie alle, die es in diesem gottverlassenen mexikanischen Dorf zu etwas bringen wollen, zieht es Roberto in den Norden: in das Land der sagenhaften Reichtümer, auf die Farmen Kaliforniens, wo man als Erntearbeiter in einem Sommer ein Vermögen gewinnen kann. Aber nachdem er illegal die Grenze überquert hat, erlebt Roberto Dinge, die er sich nicht hätte träumen lassen. Und zwischen Ranchern, Tagelöhnern und in den Kämpfen der Landarbeiter erhält Roberto seine Feuertaufe. Erst als er merkt, daß die Familie zu Hause um sein abgespartes Geld betrogen wurde, kehrt er zurück in die mexikanischen Berge. Sein Stolz ist verletzt, er sinnt auf Rache – und es gibt nur einen Menschen, der ihn besänftigen könnte: seine achtzehnjährige Schwester.

BASTEI LÜBBE

Band 14 170
Albert Wiedenhöfer
Das Fenster zur Straße
Originalausgabe

In jener denkwürdigen Nacht, als Sabine Christiansen im Fernsehen den Beginn des Golfkrieges bekanntgibt, marschiert der Tod mit donnerndem Trommelschlag durch die engen Gassen der Kölner Südstadt und treibt Ali und seine Freundin Marion aus dem Schlaf und ans Fenster. Am nächsten Morgen findet man in ihrer Straße einen alten Penner – erschlagen. Es ist der erste einer Reihe von Morden, für die es kein Motiv zu geben scheint. Aber dann wird Ali klar, daß nicht nur in Bagdad Krieg geführt wird, sondern auch vor der eigenen Tür. Es geht um offene Rechnungen aus den letzten Tagen des zweiten Weltkrieges – und um Menschen, die niemals vergessen haben ...

ALBERT WIEDENHÖFER ist ›echter Kölner und abgebrochener Anglist, Historiker, Galvaniseur und Straßenkämpfer‹. Der Mitinhaber einer Independent-Schallplattenfirma arbeitet als Journalist für Print-Medien und Rundfunk. Sein Roman-Debüt DAS FENSTER ZUR STRASSE ist ein Muß für alle Köln-Fans.

BASTEI LÜBBE